AF192351

Titelillustration:

Henry Dessaul

Herstellung: Books on Demand GmbH
ISBN 3-8311-4709-4

Bernd Möhlmann

Von Menschen und Maulwürfen

Gesammelte Aufsätze (Band 1)

Wer traut sich?

"Ostern. Wer traut sich?" Die Finger des Chefredakteurs trommeln nervös. "Na, Möhlmann, wie sieht's aus? Ostern in Hamburg. Ein kleiner Aufsatz: Bedeutung, Stimmungsbild, Meinungen, Aussichten, kurzer historischer Abriss, Unterschrift und raus damit!" Widerspruch zwecklos. Mein journalistisches Credo ("Fakten, Fakten, Fakten - und niemals an die Leser denken!") erleichtert den Zugang zum komplexen Thema. "Wenn die Mönckebergstraße im hellen Lichterglanz, nicht wahr, weiße Flocken leise und Kinderaugen sehnsüchtig, tja, dann deutet doch wohl alles auf..."

Jahreszeit verfehlt, setzen. Ganz ruhig, Stoffsammlung: Ostern, Osterinseln, Ostereier, Osterfeuer. Jetzt nur noch gliedern, und die Kirsche ist gelutscht. Alles eine Frage des Handwerks. "Wenn Krokusse und Primeln den Stadtpark in ein Kleid aus, äh, Krokussen und Primeln zwängen, dann ist Ostern." Na bitte, es geht doch. Auf keinen Fall den Faden verlieren, die Stimmung ist bereits sicher eingefangen, jetzt nur noch fesseln und knebeln. "Doch dieses Kleid trügt. Denn was auf den ersten Blick aussieht, entpuppt sich bei näherem Hinsehen relativ rasch. Wie sich die Bilder gleichen."

Wie sich die Bilder gleichen, hm, das sollte ich für den Schluss aufheben, das klingt fundiert, suggeriert Kenntnis und Überblick. Aber lieber erst einmal den historischen Aspekt einbringen. "Was unseren Kindern heute Vergnügen und Kurzweil bereitet, war für den jungen Fabergé harte Arbeit. Wie viele der kostbaren Eier tatsächlich in russischen Gärten versteckt wurden, darüber streiten die Experten noch immer. Tatsache ist, dass..."

Super, das hat Gesicht, das hat Substanz, das ist gelebter Journalismus, fernab von Halbwissen und Kolportage. Und schon ist es an der Zeit, kosmopolitische Aspekte gleichsam wie nebenbei einzustreuen. "Was auch immer der Mitteleuropäer von den Ritualen der

Osterinsulaner halten mag: Das öffentliche Kitzeln eines Häschens, seit Jahrtausenden Symbol für den Drang nach Unabhängigkeit und politischer Selbstbestimmung dieses Volkes, ist - gemessen an der in unseren Breitengraden praktizierten Massengeflügelhaltung - ein eher kleines Verbrechen. Und wer will ruhigen Gewissens behaupten, Meister Langohr habe Strafe nicht verdient? Wie können wir, die wir Tag für Tag..."

Hui, wenn ich da bloß nicht den Bogen überspanne. Zuviel Gesellschaftskritik verdirbt den Lesegenuss. Also relativieren und bei der Gelegenheit das Osterfeuer in den Artikel einbauen: "Zugegeben, was in einem gedemütigten Hasen vorgeht, kann niemand ermessen. Doch frühzeitig eingelegt in Buttermilch, über einem prasselnden Feuerchen gebraten und an, bei, zwischen oder gar mit kleinen Kartöffelchen serviert, ist er mehr als ein possierlicher Zeitgenosse." Jawoll, das nenne ich Journalismus! Da grübelt die Leserschaft, da ist Nachdenken schier unausweichlich, da wird spätestens jetzt daheim reflektiert, was der Schädel hergibt. Also, Zeit für das große Finale, die Persönlichkeit des Autors muss erkennbar werden, wenn nicht jetzt, wann in Gottes Namen dann?

"Als ich gestern in der U-Bahn mein Huhn kraulte, bemerkte ich eine junge Frau, die ein Ei mit kleinen Versen schmückte. Was sie denn da schreibe, fragte ich neugierig. "Das geht Sie nichts an", erwiderte die Frau und stopfte das Ei hastig in ihr Wams. Bedrückt stieg ich an der nächsten Haltestelle aus. Wie sich die Bilder gleichen, dachte ich."

Eine fremde und seltsame Welt
Am Abend des 34. Tages unserer Reise entsteht im Team eine gewisse Unruhe. Alle spüren, dass wir kurz vor dem Ziel sind. Volker, mein Kameramann, überprüft schon zum fünften Mal an diesem Tag seine Aus-

rüstung. Auch Heidi, eine Ärztin, die mich schon bei vielen meiner Expeditionen zu fremden Völkern begleitet und sich dabei trotz oder vielleicht auch gerade wegen ihrer beeindruckenden Jugend als sehr nützlich erwiesen hat, kann ihre Aufregung nur schwer verbergen. Nervös streicht sie die spezialimprägnierten Feinstrumpfhosen glatt, mit denen sie ihre exzeptionell langen Beine vor Insektenstichen schützt.

Als wir das Kanu um die Flussbiegung steuern, indem wir nur auf einer Seite paddeln - ein alter Kanutentrick, den ich mir von einem Nabicki-Indianer abgeschaut habe und der sich im Laufe der Jahre gut bewährt hat; erst mit diesem Wissen um die Möglichkeit, mit dem Kanu auch Kurven zu fahren, war letztlich die Ausdehnung meiner Forschungsreisen möglich - wird die Vermutung zur Gewissheit: Wir sind am Ziel. Vor uns liegt das Gewässer, das wir gesucht haben: die Binnenalster, eingerahmt von den prächtigen Hütten des Volkes der Hamburger, dem unser Besuch gilt.

Nahezu geräuschlos legen wir an; die bis an den Wasserspiegel reichenden Zweige einiger Weidenbäume bieten uns hervorragenden Schutz vor einer frühzeitigen Entdeckung durch die Einheimischen. Während meine Männer - alles zähe Burschen vom Stamme der Kuhauri, einer ethnischen Minderheit, die sich durch übertriebene Furchtlosigkeit und grundloses Grimassieren auszeichnet - die Zelte aufbauen, beobachte ich durch meinen Feldstecher das gegenüberliegende Ufer - und erschrecke: Das "Alstervergnügen" ist bereits in vollem Gange.

"Alstervergnügen", so nennen die Einheimischen ihr viele Tage andauerndes Ritual. Zu diesem Zweck stellen sie kleine Buden auf, die der britische Ethnologe Frederick.T. Pipkendale in seinem Werk "Was fremden Völkern prima schmeckt" so trefflich als "putzige Futtertempelchen" beschreibt. Rund um die Büdchen hat sich bereits eine stattliche Menschenmenge versammelt. Eine genaue Rangordnung kann ich auf den ersten Blick nicht ausmachen, so konzentriere ich mich auf drei junge Männer, die eine gelbliche, weiß schäumende Flüssigkeit aus durchsichtigen Gefäßen zu sich nehmen. Immer wieder stoßen sie die Gefäße aneinander, lachen und geraten zunehmend in Verzückung. Und dann habe ich wirklich Glück: Nur wenige Meter weiter gerät eine Frau in eben den Zustand, dem Pipkendale in seinem Werk das Kapitel "Würstchentrance" gewidmet hat. Offensichtlich in einer völlig anderen Sphäre schwebend, schiebt die Frau innerhalb von zwei Minuten fünf Exemplare eines schlauchförmig gestalteten Nahrungsmittels in den aufgerissenen Mund.

Jemand berührt sanft eine der beiden Schultern, die ich auf all meinen Reisen trage und auf die ich einfach nicht mehr verzichten kann. Gerade beim Tragen schwerer Lasten haben sich die rundlichen Hilfsmittel als ungemein wertvoll entpuppt. Erschrocken zucke ich zusammen und wende den Blick, indem ich den Kopf etwas seitlich drehe. Es ist Heidi, die jetzt in eine Art Hocke geht und an den Knöpfen meines Hemdes nestelt. "Schau", sage ich und reiche ihr den Feldstecher, "wir sind am Ziel." "Mein Hasi war heute noch gar nicht lieb zu mir", entgegnet die Medizinerin und drückt mich geschult in das abendfeuchte Gras...

Zwei lange Minuten später gehen wir Hand in Hand zum Camp zurück, meine Männer haben bereits gegessen und spielen Pugana, ein dem Doppelkopf verwandtes Spiel, bei dem der gewinnt, der zuletzt aufhört. Ich sehe die Männer nicht gerne bei diesem Zeitvertreib, zu stark sind die bösen Erinnerungen an unsere letzte Expedition, als der alte Kinjhiri einfach nicht aufhören wollte. Wie gesagt, er war sehr alt, und so konnten wir unsere Reise nach 16 Tagen endlich fortsetzen. Heidi schläft jetzt; im schwachen Licht einer Kerosinlampe bringe ich meine ersten Beobachtungen zu Papier. In der Ferne mischt sich Lachen mit Musik, dann und wann unterbrochen vom dumpfen Krachen eines kollektiven Völlegefühls. Es ist eine fremde und seltsame Welt, in die wir eingedrungen sind. Morgen werden wir ihr die letzten großen Geheimnisse entreißen.

Unverkennbar hanseatisch

Die Frau neben mir ist eingenickt. Ob ich sie wecken soll? Die Sonne wird sie womöglich verbrennen, wie kann ihr Freund sie nur so schutzlos zurücklassen!? "Ich hole uns mal eben was zu trinken", hat er gesagt und sich in die Menschenschlange eingereiht, die sich vor dem Ausschank der "Strandperle" gemächlich windet. Die Frau hat ihn zum Abschied geküsst, scheinbar wissend, dass sie in den nächsten 45 Minuten keine Zärtlichkeiten wird austauschen können. Ihr Buch hat sie auf ihren Bauch gelegt, klar, Camus bei 34 Grad ist kein Zuckerschlecken.

Ein Kleinkind mit Keks jagt den Strand entlang, dichtauf ein Dobermann. Allgemeine Unruhe macht sich breit, Mütter greifen nach ihrem Nachwuchs. Das Kind mit Keks stolpert und fällt, der Dobermann läuft weiter. Wohl zu heiß für "Kind an Keks". Jetzt teilt ein gestikulierender Rastafari mittleren Alters barfüßig die leichten Wellen, die das Elbufer spülen. Eine Blondine stützt ihn. Der Student hinter mir atmet scharf ein, legt die Abhandlung über das Retikuloendotheliale System beiseite und kramt einen abgegriffenen Bukowski aus seinem Ranzen. Bei Hitze ist Bukowski die Lektüre der Wahl - körperliches Begehren, schnörkellos vorgetragen in einer klaren Sprache.

Auch mein Zwischenhirn registriert einen weiteren Temperaturanstieg und Defizite im Flüssigkeitshaushalt. Noch einmal anstellen? Warum nicht, der Tag so lang, die besten Jahre längst gezählt. Außerdem kehrt gerade der Freund der Camus-Leserin zurück, mineralisiertes Wasser und ein Bier beibringend. "Sie hat im Schlaf deinen Namen gerufen", lüge ich wohlwollend und mache mich auf den Weg.

Ich bin Nummer 53 auf der Liste der Durstenden, genügend Zeit also, die Lokalität unter geschäftlichem Aspekt zu studieren. So sieht sie also aus, die kleine Goldgrube, zu der es Hamburgs Jungvolk im Sommer hinzieht. Ein maritim angehauchter Ausschank, ein paar Tische, ein paar Stühle, etwas Sandstrand, eine Elbe und reichlich Sonne – schon ist die Banane geschält, der Apfel gegessen, die Kirsche gelutscht.

Seit zehn Minuten ist kein Meter gewonnen, der momentane Schlangenkopf sucht nach Kleingeld, das der Wirt nicht will. Frau: "Irgendwo muss ich noch 30 Pfennige haben." - Wirt: "Vergiss es einfach." Frau: "Ist mir total unangenehm." Chor der Wartenden: "Uns auch!" Ein handgemaltes Schild stimmt nachdenklich. "Durst gestillt und satt gegessen / Nur das Geschirr / ward vergessen." Ein Versmaß, das das Anstehen nicht gerade erleichtert. "Nur das Geschirr, es ward vergessen", ja, das ist besser, so stimmt's, so wird ein Schuh daraus. Endlich ist die Reihe an mir, die gewünschten Getränke zu ordern. Leichtzüngig passe ich mich dem Sprachduktus der Betreiber an. "Ich hätte gern zwei Gläser Bier / eins für mich und eins für mir!"

Meinen Lagerplatz hat inzwischen eine schöne Frau okkupiert. Soll ich sie hinweisen? Lieber nicht, sie rekonvalesziert ganz offensichtlich, Augenbraue, Nasenflügel und Bauchnabel werden von silbrigen Ringen zusammengehalten. Ich setze mich neben sie und schenke ihr ein Bier. "Sonntags finde ich es hier immer ätzend", sagt die geklammerte Frau. Ein Tropfen Kondenswasser fällt vom Becher auf ihren blanken Bauch. "Ich habe gestern meinen Rasen vertikutiert", entgegne ich höflich, "jetzt deprimiert mich der Anblick. Hier ist es viel schöner."

Drei Kajaks legen an, auf einem steht der Name "Butzi". "Kajakfahrer haben immer ganz weiße Beine", sagt die geklammerte Frau und legt sich ein Taschentuch auf den Kopf. Das Kondenswasser auf ihrem Bauch ist inzwischen verdampft. "Wenn du willst, leihe ich dir kurz meine Mütze", reagiere ich anbietend. "Du kannst durch den Mützenschirm gucken, dann ist die ganze Welt grün."

Ein Schnellboot jagt vorbei, gelenkt von einer Frau ohne schützendes und stützendes Oberteil. Junge, Junge. Nochmal: Junge, Junge! "Was hier gut ist, ist, dass es wie in Italien ist", sagt die geklammerte Frau, "ich meine, wenn man mal so die Augen zumacht. Mach auch mal." Ich schließe die Augen. Wellengeplätscher, leichter Wind, es riecht nach Sand. Eine Möwe mahnt ihr Junges, ein Schiffsbug verdrängt hörbar. Stimmengewirr allüberall. "Bei Ikea gibt es jetzt diese Stühle zum Hinsetzen, ich meine, wenn man mal nich' darauf sitzen will, kann man sie auch hinstellen..." - Hm. - "...und dann kommt da dieses Model 'rein, und ich denke, Roger, denke ich, warum hast du keine Kohle..." - "Krebs, ich meine, wenn der Krebs soweit fortgeschritten ist, dann sollte man doch besser..." - "Super, wie der die Dinger 'reinhaut, da kannst du aber sicher sein, dass das das kein Zufall ist!" - Wie mag das alles wohl in Italien klingen? "Super" ist klar, klaro. Dekliniere Ikea: Ikea, Ikeae...?

Als ich aufwache, ist die geklammerte Frau nicht mehr da. Meine Mütze auch nicht. Ein wahres Eldorado für Mützenbetrüger, denke ich und nehme den letzten kleinen Schluck Warmbier. "Unverkennbar hanseatisch" steht auf dem Becher.

Die Zeit der Erleuchtung

Gerade war ich mal wieder sehr ärgerlich, weil mir ein sehr schöner Witz durch die Lappen gegangen ist. Würde nämlich der Platz, auf dem der Dom stattfindet, "Domplatz" heißen, hätte ich die tolle Gelegenheit gehabt, gleich zu Beginn ein lustiges Wortspiel einzubringen. "Der Domplatz", hätte ich begonnen, "von unseren italienischen Mitbürgern liebevoll "Placido Domingo" genannt..." Da wäre doch ein dicker Lacher garantiert gewesen, und alle hätten sich auf die Schenkel geklopft und ihren Nachbarn in die Seite geknufft und gesagt: "Wie kommt der Kerl bloß immer auf so abgedrehte Ideen?" Schade, muss es eben ohne gehen.

Dreimal jährlich verwandelt sich das ansonsten recht triste Heiligengeistfeld, im Herzen Hamburgs nahe der Ost-West-Aorta gelegen (die Assoziation "Herz - Aorta" habe ich zugegebenermaßen meinem literarischen Notköfferchen entnommen), in eine Stätte bunten Treibens. "Oh, ist schon wieder Dom?", fragen dann die Einheimischen rein rhetorisch, wenn sie das Riesenrad am Horizont erblicken, und eilen, ohne eine Antwort abzuwarten, in Richtung zwanglosen Vergnügens.

"Na, versuch's doch mal, Püppi!", ermuntern Männer ihre Gattinnen zu einem Gang durch das Spiegel-Labyrinth, wohl wissend, dass dadurch Zeit für manch munteres Bierchen in geselliger Herrenrunde gewonnen ist. "Mutter, ist mir schlecht", raunen jene, die den Armen des Polypen lebend entrinnen konnten - um alsbald das Vakuum, das ihnen die Zentrifugalkraft ins Gedärm riss, im nahen Bayernzelt mit einer Schweinshaxe zu stopfen.

Notorische Verkehrssünder erfahren eine Linderung ihrer Führerscheinentzugserscheinungen im Autoskooter, "Ihnen steht ein Verlust bevor", mahnt nur wenige Meter querab die Wahrsagerin. Und tatsächlich: Beim Verlassen ihres Wagens ist deutlich weniger Geld in der Börse. Spuk? Teufelswerk? Nein, keine Bange! Dass weniger Geld in der Börse ist, liegt an dem Honorar, das wir üblicherweise für solche Dienstleistungen entrichten! Aber mal ganz ehrlich: Einen ganz kleinen Schrecken kann man da schon bekommen, oder?

Weiter geht's. Das Brauchtum, der Liebsten eine Rose zu schießen, gerät leider immer mehr in Vergessenheit. Falsch verstandener Pazifismus mag hier die Ursache sein; dabei sagt diese Geste nicht mehr und nicht weniger als: "Ich bin ein geschickter Bursche und tue dich von Herzen ganz doll lieben!" Frauen, denen man eine Rose schießt, geben sich erfahrungsgemäß noch in selbiger Nacht geradezu sklavisch hin, das habe ich selbst einmal erleben dürfen. Aber das ist so eine von diesen Geschichten, an denen ich mich lieber ganz allein erfreue, so wie an diesem Placido-Domingo-Wortspiel. (Jetzt muss ich schon wieder darüber lachen, ist aber auch wirklich zu komisch ...)

Ein Gefühl der Andacht

Vor etwa zwei Wochen fuhr ich nach Südoldenburg, eigentlich nur aus dem Gefühl heraus, mein Bruder könne ja Geburtstag haben. Ich hatte bereits ein gutes Stück des Weges zurückgelegt, als ich einen leichten Anstieg der Harnsäurewerte im Blut registrierte, und so steuerte ich mit meinem schwedischen Großraumfahrzeug die nächste Rastgelegenheit an, um unter relativ akzeptablen äußeren Bedingungen mein Wasser abzuschlagen.

In unmittelbarer Nachbarschaft der von mir gewählten Parknische stand eine mobile Behausung, die meine sofortige Aufmerksamkeit erregte: ein großer Wohnwagen mit einem offenen Vorzelt, unter dem sich trotz nasskalter Witterung fünf in Campinggestühl eingefasste Männer um ein vom öffentlichen Stromnetz unabhängiges TV-Gerät versammelt hatten. Aus dem Seitenfenster des Wohnwagens heraus hing eine Flagge in unseren Landesfarben, darauf war zu lesen: "Schumi - Weltmeister 94 und 95". Leider war für das in mir bei derartigen Bildern unweigerlich aufwallende Gefühl tiefer Andacht jetzt kaum Zeit - mein Körper schrie laut und nachdrücklich nach seinem angestammten Recht.

"...und Schumacher zieht an Alesi vorbei!" tönte es aus dem TV-Gerät, als ich erleichtert aus dem an den Parkplatz angrenzenden Mischwald heraustrat. Rasch täuschte ich einige gymnastische Übungen vor, um an dem schönen Bild noch etwas arbeiten zu können, ohne das Missfallen derer zu erregen, die mir da so fein Modell saßen.

Was mochte diese Menschen hierher verschlagen haben? Waren sie vielleicht auf dem Weg zum Nürburgring gewesen? Hatte ein Motorschaden sie zu einem unfreiwilligen Halt gezwungen? Oder war der Boxenstop gar eingeplant, war es von vornherein Absicht gewesen, hier an der A1 Zeuge eines deutschen Triumphes zu werden, eingehüllt in türkise, violette und bordeaux-rote Kunstfaser sich lachend zuprostend, während im Inneren der rollenden Heimstatt zwei Frauen über flammendem Propangas ein Süppchen temperierten und dabei minütlich kleine Schnäpse tranken!?

"Schumacher gewinnt!" rief mir einer der Männer zu, sein Fläschchen hebend und wild mit den Äuglein zwinkernd. "Klasse!" brüllte ich zurück und entschloss mich nach kurzer Überlegung zu vollkommener Hingabe, indem ich ein optimistisches "Dann ist er ja so gut wie Weltmeister!" anfügte, dreimal jovial aufs Wagendach klopfte und mein Fahrzeug zügig bestieg.

Auf der Weiterfahrt versuchte ich dann, nur nach Drehzahlmesser zu fahren und anhand der Zahlenwerte die entsprechende Geschwindigkeit zu erraten, und nach einiger Zeit klappte das ganz gut. Wer weiß, wäre zu Zeiten der Kindheit eine Kart-Bahn in der Nähe des Elternhauses gestanden (tss, tss, "wäre gestanden" - meine Leidenschaft für süddeutsche Grammatik und Satzbau geht neuerdings in zunehmendem Maße mit mir durch), könnte mein Leben heute ein anderes sein...

Susan, verzweifelt gesucht...
Mein Freund Harald kommuniziert mit Menschen auf der ganzen Welt. "Im Internet surfen" nennt er das. Seit etwa drei Wochen pflegt er per Computer regen Kon-

takt mit einer jungen Frau aus Alabama, die heißt Susan und sieht - behauptet sie jedenfalls - einfach "gorgeous" aus, was mir nach längerem Nachdenken mit "rattenscharf" ziemlich anschaulich übersetzt zu sein scheint.

Wenn Harald sich mit Susan unterhält - sorry: "Daten austauscht" - erkenne ich ihn kaum wieder. "Warum sagst du, dass du 1,84 groß bist?" habe ich ihn neulich gefragt. Harald ist nämlich nur 1,69 groß. "Weil sie 1,78 misst", hat Harald geantwortet und mich aus seinen grau-grünen Augen angesehen, die allerdings im Internet "stahlblau" leuchten und ihm einen "hellen und wachen Blick auf das Zeitgeschehen" erlauben. Am Wochenende, hat Harald seiner Susan erzählt, fährt er gerne auf seinem "motorbike" durch die Natur und versucht, etwas von dem Stress abzubauen, den ihm seine Arbeit als "freelancing engineer" bereitet. Das ist eine ziemlich starke Aussage für einen Typen, der allenfalls mal mit seinem Holländer-Rad zur nächsten Kneipe fährt und ansonsten seine Tage damit verbringt, Automodelle von "Revell" zusammenzukleben und zu bemalen.

Susan aus Alabama, die übrigens gerne auf ihrem Pinto-Wallach ausreitet und dabei eine Unmenge "fun" hat, hat neben ihrer Körpergröße auch noch andere Maße angegeben, die Harald nicht nur auf der Festplatte seines Computers gespeichert, sondern ganz offensichtlich auch der körpereigenen Software anvertraut hat. "94 - 63 - 96" hörte ich ihn in der letzten Zeit häufiger murmeln, und das ist ganz gewiss keine Losnummer der Nordwestdeutschen Klassenlotterie.

"Was machst du eigentlich, wenn diese Susan dich mal besuchen will?" musste ich Harald erst gestern fragen, als er mit hochrotem Kopf die Nachricht in die Tasten hämmerte, dass sein treuer Hund Burschi Krebs und nur durch eine Spenderleber Aussicht auf ein längeres Leben habe. Harald hat nämlich keinen Hund; er besitzt lediglich einen uralten Goldfisch, der seit Monaten versucht, durch gezielte Kopfstöße gegen die Aquariumswand seinem Dasein ein vorzeitiges Ende zu bereiten. "Wieso sollte sie mich besuchen?" entgegnete Harald und fügte gleichzeitig seiner Notiz hinzu, er habe Burschi vor 15 Jahren einer Amerikanerin abgekauft, einer Frau, die ihn "unheimlich" an Susan erinnere. "Naja, um dich kennen zu lernen. Ich meine, das klingt doch alles hochinteressant, was du da schreibst, und vielleicht hat sie ja Lust..." Harald unterbrach mich sehr unwirsch. "Glaubst du denn wirklich, dass diese Frau mir die volle Wahrheit sagt? 94 - 63 - 96? Pinto-Wallach? Sag mal, in welcher Welt lebst du eigentlich?"

Nachdenklich legte ich ein Stück Käse auf das Mousepad. Gierig schnappte das Tier danach...

Wir lagen vor Madagaskar
Neulich wurde ich in meinem Garten beim Harken herbstlichen Laubes von plötzlich einbrechender Dunkelheit überrascht und konnte nicht ins Haus zurückfinden. Aufsteigender Nebel, das finstere Murmeln des nahen Bächleins und die Schreie eines wohl von der Liebe enttäuschten Käuzchens erfüllten mein Herz mit einem Gefühl, das sich rasch als blanke Angst entpuppte. Ein Konglomerat aus Fährnissen vergangener Jahre schien Kranzgefäße zu blockieren, Stationen eines kurzen Lebens zogen rasend schnell an mir vorbei.

Solche Zustände sind mir nicht gänzlich unbekannt, normalerweise packe ich so was locker weg. Aber diesmal waren es unübersehbar Haltestellen meines Lebens, was ich daran erkannte, dass sie völlig langweilig waren. Panik ergriff mich, unter einer Blautanne kauernd suchte ich in der Tasche meiner Lagerfeld-Gärtnerschürze nach dem Löffel, den es ganz offensichtlich in Kürze abzugeben galt. Ich fand aber nur eine Würgeschlinge (ein prächtiges Werkzeug zum lautlosen Töten von Maulwürfen; im letzten Jahr hat mir einer dieser renitenten Brüder ganz Sasel zusammengebrüllt, als ich ihn mit einem kleinen Bagger durch seinen Bau gejagt habe) und meine Erstausgabe der "Mundorgel", ein abgegriffenes Liederbüchlein, von dem ich bei der Gartenarbeit gerne Gebrauch mache, denn bisweilen fällt mir beim Singen im Garten doch die ein oder andere Zeile einfach nicht ein, und Textunsicherheit bei einem berühmten Autor, na, Sie können sich ganz bestimmt vorstellen, wie schnell sich das in der Nachbarschaft herumspricht.

Kaum berührte meine zitternde Hand das vom vielen Gebrauch recht marode Papier, da formten auch schon die Lippen die ersten Worte, ohne sie lesen zu können. "Wir lagen vor Madagaskar" scholl es zittrig aus meinem Munde, doch kaum, dass in den Kesseln das Wasser faulte und der lange Hein davon getrunken hatte, klang die Stimme fest und stark. Ein brachiales "Ahoi, Kameraden!" verdrängte kalte Abendluft und Mond- und Mutlosigkeit, "Schwer mit den Schätzen des Orients beladen" durchschritt ich tapfer das Tal der Furcht, nein, wahrhaftig "Kein schöner' Land in dieser Zeit, als hier das uns're weit und breit" konnte mich jetzt noch schrecken...

Gegen Mitternacht - die Stimme war heiser, die Angst längst besiegt - bemerkte ich Fackelschein. Aufmerksame Mitbürger nahten, fanden und brachten mich zur Haustüre. Vergeblich versuchte ich, sie zu einem kurzen Chorsingen zu überreden. Dabei ist Singen im Verein doch wirklich am schönsten, ich meine, wenn so ein einzelner Sänger schon die Angst besiegen kann, zu was muss dann erst die Gruppe in der Lage sein?

Da geht's lang
Hamburg, auch "Venedig des Nordens" und "Perle des Okzidents" genannt, zählt mit gehörigem Abstand zu den schönsten Städten der Welt. Alljährlich durchstreifen Millionen Touristen die Metropole; viele gehen verloren, weil sie auf eigene Faust das Netz aus engen

Gassen und bunten Basaren zu ergründen versuchen, anstatt sich einer kundigen Führung anzuvertrauen. Doch Vorsicht: Nicht alle angebotenen Führungen halten, was sie uns versprechen. Immer häufiger versuchen gewinnsüchtige Zeitgenossen, aus Ortsunkenntnis und Neugierde der Besucher Kapital zu schlagen. Sie bieten scheinbar kostengünstige Führungen an, die sich bei näherem Hinsehen und Zuhören als Beutelschneiderei in reinster Form entpuppen.

"Für drei Mark zeige ich Ihnen Hamburg bei Nacht", fing mich unlängst ein Mann auf dem Rathausmarkt ab, wo ich zwei hübschen jungen Mädchen beim Älterwerden zusah. Meinen Hinweis, es sei aber erst 11 Uhr am Vormittag, wischte der Kerl mit einem lapidaren "Na und, tagsüber sieht man doch viel besser!" beiseite. Zugegeben, es war nicht nur diese Antwort, die mir hätte zu denken geben müssen, auch seine Kleidung war dazu angetan, gewisse Verdachtsmomente der Unglaubwürdigkeit frühzeitig zu erhärten; andererseits gehöre ich nicht zu den Menschen, die Trägern von ledernen Kniebundhosen, Trachtenjacken und kleinen Hütchen mit Gamsbart vorab Misstrauen entgegenbringen. Außerdem hatte ich bis zum Abend eine schriftliche Arbeit über "Hege, Pflege und Aufzucht des Jagdhundes" abzugeben und nahm so die Offerte einer preiswerten Zerstreuung und der damit erfahrungsgemäß verbundenen Inspiration dankbar an.

"Voilà, unser Reisegefährte", sagte launig mein Führer und deutete auf eine farbenprächtige Rikscha, die er querab der Hummelbahn geparkt hatte. Sekunden später radelte ich in Richtung Hafen; der Fahrzeughalter, der mir inzwischen als "Billy Vanderberg" vorstellig geworden war, saß auf der bequemen Sitzbank und löffelte kaltes Nasi Goreng aus einer Dose. "Das Hamburger Nationalgericht", mümmelte er genüsslich vor sich hin. "Wir essen davon täglich mindestens vier Pfund, deswegen sind die Hamburger Männer so schön und die Frauen so stark und schlau."

Schnaufend lenkte ich die Rikscha in die Brandstwiete und bog Bei den Mühren rechts ab. "Links die Speichelstadt", erklärte Bill und stopfte bedächtig eine lange Tonpfeife, "ist schon sehr alt. Sie heißt Speichelstadt, weil die Lagerarbeiter immer in die Hände spucken, bevor sie die Kartoffeln, die aus aller Herren Länder hier eintreffen, in handliche Portionen abpacken und stapeln." Von Zweifeln an der Richtigkeit dieser Erläuterung geplagt, stellte ich, in Richtung St. Michaelis deutend, eine Testfrage. "Die Kirche dahinten, wie heißt die?" Bill setzte sein Pfeifchen in Brand und dachte sichtlich angestrengt nach. "Jürgen?"

Bill war ein Betrüger, da gab es jetzt kein Vertun mehr. Erbost stellte ich ihn zur Rede. In diesem Moment sprangen vier Männer in farbenprächtigen Gewändern aus einem Koffer und warfen mich ins Wasser. An der Elbmündung zogen hilfsbereite Fischer meinen Körper aus dem Fluss und flößten mir warmen Labskaus ein. Als ich ihnen meine Geschichte erzählte, weinten sie.

Wie im Fluge vergeht die Zeit

Als ich unlängst mein Kraftfahrzeug an einer Ampel in Ruhestellung brachte, wurde ich Zeuge einer Szene, die mich für den Rest des Tages sehr nachdenklich stimmte: Ein Mann mittleren Alters, bekleidet mit einem Kunstfaserensemble undefinierbarer Farbgebung, stand am Rande des Fahrrädern vorbehaltenen Weges, gestützt von einem Polizeibeamten, der gekonnt das Gleichgewicht seines Schützlings sicherstellte. Ganz offensichtlich war hier die Wirkung alkoholhaltiger Essenzen im Spiel; in den Augen des Mannes sah ich Verzweiflung, Ausweglosigkeit und Resignation, die bekannten Stallgefährten geistiger Getränke. Der Grund für den Seelenschmerz des Mannes war ganz offensichtlich, beziehungsweise wurde von einem weiteren Vertreter der Exekutive verwahrt. Es war ein Herrenfahrrad der Bauart "Holländer", an dessen stabilisierender Mittelstrebe eine Dachlatte mittels zweier Hanfschnüre befestigt war.

Eine rechte Vorzeigedachlatte war das, sehr schön glatt gehobelt und weit über die Abmessungen des Transportmittels hinausragend. Als der Farbwechsel der Ampelanzeige mich zum Weiterfahren zwang, konnte ich noch soeben beobachten, wie der Fahrrad- und Dachlatteneigner dem Beamten aus den Händen glitt.

Wie schrecklich, dachte ich, behutsam den dritten Gang einlegend. Da will ein Mann seine Dachlatte heimbringen, ist vermutlich außer sich vor Freude über den feinen Kauf und kehrt im Überschwang der Gefühle in ein Gasthaus ein. Falsche Freunde tauchen auf, Sätze wie "Was für eine prima Dachlatte!", "Glückwunsch, Alter!" und "Darauf nehmen wir noch einen!" fallen, die Zeit vergeht wie im Fluge, alte Dachlattengeschichten werden aufgewärmt, bald sind alle betrunken. Keiner kommt auf die Idee, dem Dachlattentransportuntüchtigen das Holz abzunehmen, kein Wirt, der da väterlich "Sei vernünftig, lass' die Latte hier!" sagt und das gehobelte Prachtstück im Dachlattenschrank hinter der Theke verwahrt. So nimmt das Drama seinen Lauf, der Staat greift ein, was folgt sind Strafprozess, Vorstrafe und sozialer Abstieg. Folgen, die hätten verhindert werden können. Was stört dich das Brett vor deinem Kopf, siehst du doch die Dachlatte am Fahrrad deines Nächsten nicht!?

Der gute Konjunktiv

Neulich in der U-Bahn saß in meiner unmittelbaren Sicht- und Hörweite ein Mann, der meine Aufmerksamkeit erregte. Ein schmächtiger Kerl, etwa 30 Jahre alt und völlig vertieft in eine dicke Lektüre mit dem Titel "Niederwild blickt dich an". Ich kenne dieses Buch; blickendes Niederwild wird darin sehr schön und sehr ausführlich beschrieben. Der Mann hatte neben sich zwei wohl gefüllte Einkaufstüten gestellt, und ich weiß noch, wie ich so dachte: "Na, wenn sich da noch einer hinsetzen will, wird das aber verdammt eng." Solche Gedanken mache ich mir oft in der U-Bahn. Tatsächlich stieg an der nächsten Haltestelle ein männlicher Fahrgast zu, der den schmalen Platz direkt neben den Tüten einnahm. Der Kerl - das sah ich sofort - hatte eine üble Laune. Wahrscheinlich war es für ihn einer jener Tage, an denen man von der Arbeit heimkommt und nur noch den Wunsch hat, ein Kleintier zu demütigen oder der Ehefrau Löcher in die Kleidung zu schneiden. Während ich noch darüber nachdachte, was einem Mann den Tag versauen kann - und es gibt wahnsinnig viele Dinge, die einem Mann den Tag versauen können, da können Sie sicher sein - hatte das Objekt meiner Denkübungen bereits sein potentielles Opfer ausgemacht. Der mies gelaunte Zeitgenosse sah den Besitzer der raumangebotseinschränkenden Plastiktüten wütend an und sagte gut vernehmbar: "Ja, was wäre denn wohl, wenn ich hier jetzt auch noch ein paar Tüten hinstellen würde?" Das roch nach Ärger, aber Holla! Ein territorialer Anspruch, allerdings innerhalb der Fragestellung durch die Wahl des 2. Konjunktivs mit wenig Selbstbewusstsein geltend gemacht! Im Ruhrgebiet wird man dafür kommentarlos aus der Bahn geschmissen. Aber wir sind hier ja schließlich in Hamburg, und die Antwort, die der Einkaufstütenbesitzer gab, war so sauber und blitzgescheit, dass mir ein echter Freudenschauer über den Gesamtkörper lief, so einer, wo sich die kleinen Haare an den Unterarmen aufrichten und wo es zwischen dem 4. und 5. Halswirbel gnurpst und prickelt, na, Sie kennen das bestimmt. Also, das bedrohte Kerlchen blickte nur kurz - und wenn ich darüber genauer nachdenke, recht niederwildmäßig - von seinem Buch auf und sagte dann, ebenfalls die Möglichkeitsform als Ausdruck der Nichtwirklichkeit wählend: "Dann gäb's jetzt was in die

Schnauze." Die weitere Fahrt verlief ohne nennenswerte Zwischenfälle. Wieder einmal hatte der gute Konjunktiv Schlimmes verhindert.

Der Hamburger Hafen

"Was der Stadt fehlt, ist eine Attraktion!" Die Worte des Bürgermeisters noch im Ohr, geht Stadtschreiber Völkerding bedrückt heim. Hamburg schreibt das Jahr 1189; das Taxi ist noch nicht erfunden, doch an allen Ecken wird schon danach gerufen.

Eine Attraktion muss her, Völkerding weiß es schon lange. Daheim angekommen, macht er sich an seiner alten Reisetruhe zu schaffen und entnimmt dem Geheimfach (das nur er, sein Eheweib, die dänische Zugehfrau, sein Sohn Albrecht, dessen Verlobte Friedrun und sein bester Freund Hannes Hellboom kennen) ein zusammengerolltes Dokument. Im geradezu unglaublich flackernden Schein einer Talgfunzel rollt Völkerding das Papier auf dem Küchentisch aus und fixiert die Ecken mit Labskaus. Murmelnd fügt der Stadtschreiber der Zeichnung neue Linien zu, misst, plant, verwirft, rauft sich das schüttere Haar und jault minütlich auf. Dann bemerkt er eine Frau, die in 1a Nachtwäsche querab neben ihm steht. Es ist Elisabeth, sein Weib. "Wie lange kennen wir uns jetzt?" fragt Völkerding ablenkend und bestreicht seine Zeichnung mit Senf. "Lange genug, um keine Geheimnisse voreinander zu haben", entgegnet die kluge Frau und wischt den Mostrich vom Papier. Kleinlaut sackt Völkerding in sich zusammen, Sabber läuft ihm aus dem Mundwinkel. Mit einem Einwegtüchlein tupft Elisabeth das Sekret ab. "Warum zeigst du dem Bürgermeister nicht einfach deinen Plan, hm? Ich meine, die Idee ist grundlegend nicht schlecht: Ein großes und tiefes Loch, gefüllt mit Wasser, darauf ein paar Schiffe und das ganze durch einen Kanal mit dem offenen Meer verbunden, ich meine, das könnte doch durchaus Zukunft haben!

Denk' doch mal gründlich nach: Internationale Wirtschaftsbeziehungen, Seeleute und Touristen aus aller Welt, jede Menge Sorten Tee, Musicals..."

Als Völkerding am nächsten Mittag zum Rathaus schlendert, ist er voller Optimismus. "Wir werden dich Hamburger Hafen nennen", murmelt er und drückt sanft die Papierrolle in seiner rechten Hand. "Wir werden dich ewig in Ehren halten, all deine Geburtstage gehörig feiern, und wie Ebbe und Flut funktionieren, wird uns die Zeit lehren..."

Keine drei Stunden später setzt Völkerding hinter dem Rathaus den ersten Spatenstich; keine fünf Stunden danach heben alle männlichen Bürger der Stadt Seite an Seite den tiefen Graben aus, den Völkerding voller Begeisterung "Fleet" nennt. Neugierde bemächtigt sich der Menge, plötzlich will jeder seinen Beitrag leisten. Das Wort "Alster" fällt, "Binnenalster" verbessert der Nachbar, Jugendliche murmeln verstohlen "Reeperbahn" und erröten tief unter den Blicken der Frauen, die jetzt in großen Bottichen Wasser heranschleppen...

Alles für die Katz'

Vor ungefähr 15 Jahren liebte ich eine Frau, die einen Kater liebte. Der Kater war ein durch und durch depressives Tier, wohl dadurch bedingt, dass er im Alter von 18 Monaten durch einen operativen Eingriff seiner Manneskraft und der damit verbundenen positiven Grundeinstellung zum Leben beraubt worden war. Klar, dass das Auftauchen eines begehrenswerten jungen Mannes von dem Tier mit Missfallen zur Kenntnis genommen wurde; meinen ersten Versuch, Nähe zum Mitbewohner meiner neuen Liebe herzustellen, quittierte der Bastard mit einem gezielten Tatzenhieb. "Er mag keine Männer", informierte mich die Katzenhalterin, während sie meinen zerfleischten Unterarm mit einem Wundverband versorgte. "Ach, er wird sich schon an mich gewöhnen", simulierte ich Fröhlichkeit und erntete dafür Küsse, Tee und Mürbegebäck.

Die weitere Beziehung zur Katzenhalterin entwikkelte sich im Laufe der folgenden vier Wochen weit über ein platonisches Maß hinaus, und eines Abends kamen wir überein, der einwandfrei vorhandenen Zuneigung auch körperlichen Ausdruck zu verleihen. Unsere erste gemeinsame Liebesnacht war zugleich die letzte. Die Schuld lag beim Kater. Während der vergangenen Tage hatte ich mich bemüht, sein Vertrauen mit kleinen Aufmerksamkeiten - darunter ein 400 Jahre altes Bonsai-Kratzbäumchen - zu gewinnen. Vergebens. Das Tier ignorierte mich auch weiterhin und verließ den Raum, sobald ich eintrat. Ich wertete sein Verhalten als Demut und war froh, mich nicht näher mit ihm befassen zu müssen; in meiner Haustier-Hitliste rangieren Katzen weit abgeschlagen hinter Goldfischen, Tanzmäusen und geschlechtsreifen Leguanen.

Als ich in besagter Nacht zusammen mit meinen Kleidern auch jegliche Vorsicht ablegte, schlug der schwarze Teufel gnadenlos zu. Kaum hatte ich mich an die Katzenhalterin gekuschelt und ihr die ersten zärtlichen Worte ins Ohr geraunt, sprang der Kater aufs Bett und stimmte ein Mordsgeheul an. Irritiert griff ich den Plärrer am Samtkragen und beförderte ihn auf den Boden. Die daraufhin eintretende Stille währte nur kurz und wurde vom erbärmlichen Jaulen meinerseits erneut zerrissen. Der Kater hatte seine Fangzähne in meinen rechten Fuß geschlagen und gleichzeitig meine linke Wade mit seinen Krallen gezeichnet. Mit tränenden Augen entzifferte ich die Botschaft. "Verschwinde, sie gehört mir!", stand dort in blutigen Lettern. "Ich glaube, er kann dich wirklich nicht leiden", sagte die Katzenhalterin nachdenklich und zündete sich eine Zigarette an. "Eigentlich kann ich mich immer auf ihn verlassen, ich meine, Menschenkenntnis und so. Katzen sind da total sensibel..."

Tags darauf erwürgte ich ein Rheumafell...

Der Mai ist gekommen

1. Mai 1994, 11 Uhr. In einer beschaulichen, geschickt in 1 1/2 Zimmer unterteilten Wohnung in Norderstedt weckt Angelika K., eine ebenso brünette wie 24ährige Frau, zärtlich ihren Freund Ottmar P., einen Angestellten des Verwaltung im durchaus interessanten Alter von 38 Jahren. Die Beziehung ist noch frisch; Angelika und Ottmar haben sich erst am Abend zuvor kennen gelernt - beim traditionellen "Tanz in den Mai" in der Zwiebelscheune des Bauern Rüdiger F. Für die unbesonnene Angelika ist Ottmar die erste große Liebe; sein rhythmisches Geschick, das sich am Vorabend bei Foxtrott, Quick Step und Kuller-Polka bereits andeutete, wusste der hoch gewachsene Brillenträger im Laufe der dem Tanzvergnügen folgenden Liebesnacht zu bestätigen. "Du Unermüdlicher, du", säuselt Angelika in hormoneller Verwirrung, als Ottmar auf ihr zauderndes Zupfen an seinem Ohrläppchen mit einer trotz Restalkohols ausgefeilten Ganzkörperattacke reagiert. Erst gegen 14 Uhr nehmen die Liebenden ein ordentliches Frühstück ein.

Als Angelika mit einem fröhlichen "Lass uns einen Maigang tun!" ihrem neuen Freund ein Wams aus grobem Strick zuwirft, ahnt niemand in mittel- und unmittelbarer Umgebung die Katastrophe, die sich damit für das junge Glück anbahnt. Nicht einmal die für ihre Vorahnungen stadtbekannte 64jährige Jutta G., Angelikas direkte Nachbarin, hat zu diesem Zeitpunkt ein ungutes Gefühl, als sich das Paar in Richtung Stadtpark aufmacht.

Milde Luft und eine echt supertolle Maiwärme von 16 Grad (Wärmegefühl wie 40 Grad, wohl wegen der Strickjacken) bestimmen die Atmosphäre, in der Angelika und Ottmar in kuscheliger Verhaktheit gemächlichen Schrittes den Stadtpark durchmessen. Der Gesang von Rotzdrossel und Donneramsel schwillt zum Crescendo an, als Ottmar in einem ruhigen Winkel des Parks zum finalen Rettungskuss ansetzt. Da passiert es:

Mit mörderischer Wucht reißt ihn der wirklich unglaublich dicke Ast einer Wanderbirke von den Beinen. Die entsetzt aufschreiende Angelika wird ebenfalls von dem Baum vier Kilometer durch die Luft geschleudert und bleibt besinnungslos liegen. Statt sich ebenso klug zu verhalten, kommt Ottmar wieder auf die Füße - ein dummer Fehler. Wie von allen guten Reisern verlassen, schlägt die entfesselte Wanderbirke auf ihn ein; immer und immer wieder. Schließlich gibt Ottmar auf und flüchtet - an Angelika denkt er nicht mehr.

"Der Mai ist gekommen, die Bäume schlagen aus..." Wenn Angelika K. heute dieses Lied hört, geht es ihr natürlich nicht besonders gut. Aber andererseits, nun, sie ist eine junge Frau, und so ein Tanz in den Mai ist eine feine Sache - Ottmar hin, Ottmar her...

Gedanken zum Muttertag

Als ich unlängst aufgrund einer depressiven Verstimmung mein Bücherregal nach schmerzlindernder Literatur durchstöberte, fand ich doch zwischen "Winnetou II" und "Geldgeschenke phantasievoll gestaltet" ein Foto. Das Motiv - eine gut aussehende Frau, bei Kunstlicht in eine Näharbeit vertieft - verbesserte meine Stimmung augenblicklich. "Mutter!" schrie ich voller Freude auf, sank nach kurzem Krampf in einen Sessel und starrte fasziniert auf die Abbildung. Ein Blick auf die Rückseite sorgte für einen weiteren Adrenalinstoß. In einer gestochen scharfen Schrift, die ich sofort als die meine identifizierte (Helvetica Condensed, 12 Punkt, Kursiv) war dort zu lesen: "Für meine Mama, von Bernhard. 12. August 1966". Ich sprang auf und rammte voller Übermut meinen Kopf mehrmals gegen die Wand, um die meine Kindheit betreffende Gedankenflut zu kanalisieren.

Ich kann hier aus Platzgründen nur drei Ereignisse erwähnen, wegen derer ich meine Mutter noch heute für die beste Frau der Welt halte. Da ist zunächst einmal der Matrosenanzug, den sie mir anlässlich meines 7. Geburtstages anfertigte - aus leichtem Leinenstoff, mit kunstvollen Applikationen im Hüftbereich und einer für damalige Verhältnisse provokanten Schnittführung, die meine Schultern unglaublich breit wirken ließ und im Schenkelbereich nicht unnötig auftrug.

Mein zweites Gedenken an meine Mutter fußt auf einem weniger erfreulichen Zwischenfall. Ich hatte - die Ursache war kindlicher Übermut, gekoppelt mit Allmachtphantasien, wie man sie heute beispielsweise dem Hunnenkönig Attila zuschreibt - unseren Hühnerstall abgefackelt. Drei Hennen kamen seinerzeit in den Flammen um, darunter auch Flora, das Lieblingsgeflügel meines Vaters, ein Huhn, das nicht nur den Eiweißbedarf der vielköpfigen Familie deckte, sondern zudem durch Zutraulichkeit und humorvolles Auftreten angenehm auffiel. Als meine Mutter ein Briefchen Zündhölzer in meiner Hosentasche fand, weckte sie mich um sechs Uhr in der Früh und hieß mich zur Sühne einen Gottesdienst besuchen; Vater hat nie erfahren, wer sein Federvieh meuchelte.

Vor drei Monaten rief ich Mama an, um ihr von meiner Liebe zu der Damenoberbekleidungsvorführerin Claudia Schiffer zu erzählen, sofort fiel sie mir ins Wort. "Weißt du denn nicht, dass die mit dem Zauberer Copperfield geht?", fragte sie ernst. Nach dem Telefonat kaufte ich mir eine Zeitung. Mutter hatte nicht gelogen - und sich den Blumenstrauß wieder einmal redlich verdient.

Kleine Motorradkunde

Bewunderer nennen sie bewundernd "Ritter der Landstraße", Neider reden neidisch von "potentiellen Selbstmördern", wenn das Gespräch auf Motorradfahrer kommt. Keine Frage, kaum eine Minderheit - sehen wir einmal von Hockey-Spielern ab - provoziert derartig viele kontroverse Ansichten. Einerseits erinnern das Tragen eines Kopfschutzes und das durch Schenkeldruck unterstützte Lenken des Fortbewegungsmittels natürlich an mittelalterliche Szenen. Andererseits ist nicht von der Hand zu weisen, dass Motorradfahrer - so sie nicht lediglich an Wochenenden ihr verchromtes und vom Schalldämpfer befreites Ego amerikanischer Baureihe zur Schau stellen - nicht ganz ungefährlich leben. Wie oder was aber sind Motorradfahrer wirklich?

Bemühen wir die klassische Literatur, stoßen wir erstaunlicherweise auch hier auf das Phänomen unterschiedlicher Sichtweisen. So reflektiert mein Freund Eduard Pelz in seinem Krad-Kompendium "Wenn der Helm drückt" (Kartoffeldruck auf reinem Bütten, mit vielen anschaulichen Kupferstichen technischer Details und Linolschnitten packender Wettrennen; ein dufter Schmöker, für den sich aber immer noch kein Verleger gefunden hat) wie folgt: "Die Landstraße – ein enger Schlauch", schreibt Eduard Pelz im einleitenden Kapitel, "Die Bäume schemenhaftes Chlorophyll. Weich gezeichnet mopst das Vorfahrtsschild im Abendrot. Wir fühlen uns frei - seltsam frei." Hier lässt sich ansatzweise erkennen, worin der Reiz des Motorradfahrens liegt: Frischluft, Sehstörungen und ein Hauch von Anarchie.

Ganz anders nähert sich die Schriftstellerin Anais Nin, seinerzeit Gespielin des schwer überschätzten Henry Miller, der Thematik des motorisierten Zweirades. In ihrem Buch "Delta der Venus" lesen wir unter anderem: "Vielleicht war es Eingebung gewesen, als sie sich das spitzenbesetzte Höschen und die korallenroten Strumpfbänder gekauft hatte, die ihren schlanken Ballerinabeinen so gut standen." Anhand dieser Zeilen lässt sich so gut wie gar kein Sozio- oder gar Psychogramm des Motorradfahrers erstellen. Überhaupt kommt in diesem schon aufgrund seiner Umschlaggestaltung recht fragwürdigen Buch kein einziges Kraftrad vor; vielleicht der Grund, weshalb "Delta der Venus" doch nicht das ultimative fach- und sachbezogene Nachschlagewerk ist; andererseits habe ich eben diese Schrift neulich im Bücherregal eines befreundeten Kradfahrers entdeckt, inmitten seiner Motorrad-Literatur, und irgendwas muss also dran sein. Aber was bloß?

Willkommen im Club

Seit Jahren kennt man sie in Hamburg, die "Nacht der Clubs". Das bedeutet, einmal jährlich vom frühen Abend bis zum folgenden späten Morgen durch die Stadt zu streifen und in diversen Etablissements der Musik fröhlicher Kapellen, Combos und anders gearteter Formationen zu lauschen. Wie entsteht so eine Idee eigentlich, fragen sich da die, die da interessiert sind, wie solche Ideen entstehen. Nun, die erste Überlegung zu einer "Nacht der Clubs" ist schon sehr, sehr alt. Dass sie damals noch nicht verwirklicht wurde und wir über ein Jahrhundert darauf warten mussten, liegt an der Unentschlossenheit dreier Männer, die, wie es jungen Männern oft passiert, die Zeichen der Zeit nicht zu deuten wussten.

Schauen wir gemeinsam zurück in den von schweren Regenwolken verhangenen nächtlichen Himmel des 15. Oktobers im Jahre 1867, und senken wir unseren vom Anblick des von schweren Regenwolken verhangenen nächtlichen Himmels gelangweilten Blick etwas. Da sehen wir dann das Gasthaus "Zum blöden Anker"; hier hocken der 24jährige Obmann Klaas Olberding, der 20jährige Wart Jan Fedderbusch und der 30jährige Vorsteher Kai Harksen an der Theke, die mit der 18jährigen holländischen Klöppel-Volontärin Inga van Heuren fachlich zwar sehr unzureichend, dafür aber recht ansehnlich besetzt ist. Auf der kleinen Bühne des Schankhauses spult der untersetzte französische Bänkelsänger Jean-Pierre Lafitteforfun routiniert sein Programm ab; seine Lieder handeln - typisch französisch - entweder von der Qual des Alleinseins oder aber von der Freude darüber, dass keiner da ist. "Die Musik nervt", bemerkt Kai Harksen, der ohnehin schon den ganzen Abend über genervt ist. "Wir können ja nachher noch in den "Kleckerstiefel" gehen" schlägt Klaas Olberding vor, "da spielen die "Bönningstedter Bürzeljäger" - "Ach ja, und wie kommen wir da hin?" wendet Kai Harksen ein, auf dessen Mühle jetzt Jan Fedderbusch quasi auch noch Wasser gießt, indem er laut "Ich zahl' nich' nochmal Eintritt!" brüllt.

Die Stille, die daraufhin entsteht, also so eine Stille, die lässt sich kaum beschreiben, so still ist die. Inga van Heuren spürt trotz ihrer schon beinahe erschrecken-den Jugend, dass es in den berauschten Köpfen der drei Gäste mächtig arbeitet. "Nacht der Clubs", murmelt sie leise, mit scheuen Seitenblicken die erotisierende Wirkung ihres holländischen Akzents prüfend; "La nuits des Clubs" säuselt Jean-Pierre und zupft einen verminderten Moll-Akkord auf der Laute. Franzmann und Meisje sehen einander verstehend an und blicken dann lächelnd zu den drei dummen Männern hinüber, die gerade beschließen, noch etwas "Armdrücken ohne erkennbares Limit" zu spielen...

Do you feel allright?

Ich gehöre - und bei der Niederschrift meines wö-chentlichen Aufsatzes wird es mir schmerzhaft be-wusst, wie lange das her ist, wie viel Zeit mittlerweile vergangen ist, wie licht mein Haupthaar heute - zu je-ner beneidenswerten Generation, die Jimi Hendrix noch quasiquasi live erlebt hat. Jung waren wir, querab und voller Pläne, minderjährig zwar, was soll's, den-noch sank unsre Fahne nicht. Fehmarn war der Name des Eilands, für das ein Gastspiel unseres Idols ange-kündigt war. Nur wenig später erstickte die Legende (oder war es doch Mord?) am Erbrochenen, seinem ei-genen. Was nutzt es, dieser wild bewegten Zeit nachzu-trauern, in Erinnerungen zu schwelgen an den Moment, als Hendrix nach elender Warterei vor uns trat, den Finger seiner Wahl ausstreckte und "F... you" ins Mikrophon absorbierte? Gilt es doch hier und heute, eine neue Generation mit den Finessen, Geheimnissen und Mysterien eines Open Air Festivals vertraut zu machen.

Also: Ein gutes Open Air Festival erkennt ihr daran, dass es in Strömen regnet. Der Boden ist aufgeweicht, eure Kleider sind völlig durchnässt. Aber ihr seid "gut drauf", weiß der Geier, warum. "Do you feel allright?", fragt euch euer Idol, und ihr antwortet "Yeah!", denn was soll man schon antworten, wenn die Klamotten kleben, der Magen knurrt, die Freundin in der Menschenmenge verloren gegangen ist? Euer Idol weiß, dass ihr lügt, deshalb fragt es, das Idol, gleich nochmal: "Do you feel allright?" Und ihr denkt: "Merkt der Sack denn nicht, dass es regnet"? Trotzdem antwortet ihr wieder "Yeah!!!" Euer Idol ist jetzt fast zufrieden und erzählt euch, dass das Wetter zwar außerhalb des Bühnenbereiches mächtig beschissen ist, dass aber der gute alte Rock'n'roll das beste Antibiotikum der Welt ist und jede Grippe im Keim erstickt. Ihr bekräftigt diese absurde These, die jeglicher medizinischen Grundlage entbehrt, wiederum mit einem kräftigen "Yeah!"; dann greift euer Idol auch schon den ersten Akkord, ihr erkennt das Stück auf Anhieb, weil ihr es ja täglich mindestens fünfmal im Radio gehört habt, und plötzlich merkt ihr, wie eure Kleider trocknen, wie euer Kopf ruckt, die klammen Beinchen zappeln, und in diesem Moment steht eure Freundin neben euch und quiekt "Da bist du ja!" und dann geht sie ab, die Post! Euer Idol spielt sein aktuelles Album runter, und wenn ein Stück nicht vom aktuellen Album ist, sagt es, das Idol, euch, von welchem Album das Stück ist. Dabei ist es euch völlig egal, von welchem Album das Stück ist, denn ihr seid pladdernass, habt nichts gegessen und eure Freundin ist bei euch. Neben Schwermut ist das wohl eines der letzten großen Gefühle.

Dein Freund, der Farn

Du hast dein Leben im Griff. du bist reich, die Welt kennt dich, der Bäcker packt dir jeden Morgen zwei handsignierte Schrippen in die Tüte und sieht lachend weg, wenn du seine Frau kneifst und "Bis später!" sagst. Doch auch du kannst in die Situation kommen. In welche, fragst du jetzt, und deine Frage ist berechtigt. In die Situation, dass niemand dir zuhört. Dann ist sie für dich da - deine Pflanze.

Ein Tag im März. Regnerisch, nicht gerade dazu angetan, die Rösslein einzuspannen und die zügige Instandsetzung von Feld und Wiese voranzutreiben. Einsamkeit hatte am Vorabend mein Haus betreten und sich im Gästezimmer einquartiert. Noch ruhte sie, aber bald würde sie mir zusetzen, das wusste ich "Da bist du also wieder, du blöde Einsamkeit", dachte ich denkend und wusch die Körperteile, die ich am Vorabend nicht gewaschen hatte. Wozu auch, wenn niemand da ist, der solche frisch gewaschenen Körperteile zu schätzen weiß?

In meinem seit einiger Zeit von Freunden großzügig geschnittenen Wohnzimmer inspizierte ich die Pflanze, die mir ein vor Jahren an Wuselfieber verstorbener Onkel hinterlassen hat; es ist eine *Kentia* mit einer auf ein Plastikkärtchen gedruckten und in den Mutterboden gerammten holländischen Betriebsanleitung: *Verzorging: Halfschaduw, géén direkt zonlicht - regelmatig gieten, houdt van besproeien - af en toe bijmesten.*

Während ich also die im Halbschatten platzierte und dem direkten Sonnenlicht nicht zugängliche Pflanze wässerte, lieb sprengte und die baldige Düngung erwog, hörte ich urplötzlich eine Stimme, die mir bekannt und gleichzeitig fremd klang. "Na, Kentia, alte Schwedin, fein geschlafen? Prima geträumt und so?" Es dauerte einige Sekunden, bis ich begriff: Ich hatte eine Pflanze angesprochen. Nicht einmal mit gebührendem Abstand, nein, für einen ersten sprachlichen Kontakt erstaunlich intim. "Die Welt hat mich verlassen", fuhr ich fort, jede Kontrolle ablegend. "Na, kitzelt das schön?" Ich sprühte einen fetten Strahl mineralisierten Wassers unter Kentias Achselhöhle. Die Palme erschauderte und schlug verhalten neckisch nach mir aus. "Holla, du gehst aber ganz schön ran. Weißt du, was kleinen Schlampen wie dir passiert?" So trieb ich eine Weile meine derben Scherze mit dem Grünzeug, doch je mehr ich mich in diese einseitige Konversation hineinsteigerte, desto klarer wurde mir, dass mich meine Gesprächspartnerin durchschaute. Diese aufgesetzte Fröhlichkeit, die pures Unglück in einen löchrigen Umhang hüllte; dieses stark übertriebene Macho-Gehabe gegenüber einer sichtbar gereiften Mittvierzigern, die mit allen Wurzeln fest in gutem Mutterboden stand. Beschämt wandte ich mich ab und ging in die Küche.

Vermutlich reden sie jetzt über mich, dachte ich und hatte augenblicklich die ganze Brut lästernder Topfpflanzen vor Augen. Gewisper drang an meine Ohren: "Er ist unglücklich", tuschelte Kentia. "Er hat's nicht besser verdient", raunte die feige Birkenfeige, die ich schon längst hätte eliminieren sollen. Wozu warten, bis die letzten Blätter fallen?

Pflanzen sprechen nicht, versuchte ich mein zerknittertes Nervenkostüm zu glätten. Pflanzen verstehen kein Wort. Was sind das überhaupt für Menschen, die mit Gewächsen kommunizieren? Ich rief Harald an. Harald ist der einsamste Mensch, den ich kenne. Harald redet ständig mit Pflanzen. Wie gesagt, Harald ist sehr einsam. Er gehört zu der Sorte Mensch, die nur aufgrund eines gut gemeinten "Na, wie geht's?" ihren Gebetsteppich ausrollen und alsbald Sure um Sure ihres Privat-Korans abspulen. Ich hatte Harald anlässlich meines Vortrags "Wohnen in Sasel - Utopie oder eine ziemlich abgefahrene Idee, über die man mal in Ruhe nachdenken sollte" kennen gelernt. Er hatte einen Farn dabei, den er unaufhörlich beschmuste und mit unverständlichen Koseworten vollraunte. Der Diskussion war das nur wenig zuträglich gewesen.

"Können Pflanzen wirklich hören, Harald? Und was noch wichtiger ist: Können sie sprechen?" - "Nicht nur das. Ich habe einen Freund, der seit Jahren einer Yucca-Palme hörig ist. Sie zwingt ihn, nur mit einem Küchenschürzchen bekleidet vor ihr umher zu schreiten und Liedgut aus dem Bereich der Zwölftonmusik zu intonieren. Während er das tut, spielt sie provozierend an sich herum. Ein Cousin mütterlicherseits hat im letzten Jahr versucht, eine Gruppe Blautannen zur Teilnahme an einem Selbsterfahrungskurs in einem friesischen Ashram zu überreden. Die Tannen gingen zum Schein auf das Spiel ein; als mein Cousin während einer Treibjagd Deckung hinter den vermeintlichen Freunden suchte, stob die Bande auf ein geheimes Zeichen hin auseinander. Mein Cousin wurde von einem angetrunkenen Waidmann erschossen. Ich weiß außerdem von einer Prostituierten im Fränkischen, die ihre Arbeitsunlust einem zur Stammkundschaft zählenden Rhododendron anvertraute und zwei Tage später von ihrem Zuhälter die fristlose Kündigung erhielt. Wie sich herausstellte, war der Rhododendron Chef einer Bande thailändischer Mädchenhändler und in Wirklichkeit ein Bambus, der mit falschen Papieren..."

Ich legte den Hörer zur Seite. Wie gesagt, Harald ist sehr, sehr einsam...

Helau, Alaaf, Hummel und so...

Hamburg - und das weiß kaum jemand - ist die heimliche Hochburg des Faschings. Nicht in Köln, nicht in Düsseldorf und nicht in München, nein, in Hamburg wurde der Grundstein für dieses putzmuntere Brauchtum gelegt. Doch - bevor Verwirrung Raum greift - der Reihe nach:

Wir schreiben das Jahr 1872 (indem wir nacheinander die Ziffern 1, 8, 7 und 2 auflisten), als im Hamburger Hafen der Lotse Frerk Bunnekötter (der übrigens in 40 Jahren Ehe seine Frau nicht ein einziges Mal betrogen hat!) übermütig einen Hering mehrmals in die Luft wirft und dazu steppt. (Gut, einmal ist er fremdgegangen, aber wollen wir ihm daraus einen Strick drehen, nach all den Jahren? Wohl kaum.) Bunnekötters Vorgesetzter, Klaus "Doppelbuttje" Stöver, sieht dem verrückten Treiben seines Lieblingsarbeiters eine Weile zu. (Stöver hat übrigens nie erfahren, dass es seine Frau war, mit der Bunnekötter... aber lassen wir alte Geschichten ruhen.) "Frerk, nun mach mal halblang!" ruft der untersetzte Mittdreißiger besorgt, doch Bunnekötter ist nicht zu bremsen. Ganz im Gegenteil: Ohne jeden erkennbaren Grund stülpt sich der ansonsten besonnene Lotse (sieht man mal von dem kleinen außerehelichen Fehltritt ab) einen alten Jutesack über den Kopf, warnt die Kollegen alsbald singend vor Löchern, die seiner Meinung nach binnen kürzester Frist aus einem fiktiven Käse fliegen sollen, und fordert seine Kollegen eindringlich dazu auf, sich jetzt an den Schultern zu fassen und via Blankenese in Richtung Wuppertal aufzubrechen. Die Arbeit im Hafen droht zu erliegen, Stöver weiß sich keinen Rat mehr und schlägt Bunnekötter nieder.

Am Abend sitzen die Lotsen - Bunnekötter ausgenommen - in ihrer Lieblingsschankstube "Zum labilen Lotsen"; ein Gasthaus, in dem nur labile Lotsen verkehren und das vom Wirt somit nicht ganz ohne Grund mit "Zum labilen Lotsen" benannt wurde. Stöver trinkt bereits sein fünftes Bier und denkt über die Ereignisse des Nachmittags nach; seine Crew ist in ein Gespräch vertieft, es geht um Langzeitschäden durch Labskaus. Die Fensterläden sind schon geschlossen und die Zeit verrinnt wie verrückt, als jemand zaghaft anklopft. Der Wirt sieht nach, wer da denn wohl klopft, und siehe da, es ist Frerk Bunnekötter!

"Draußen steht der Frerk, wolle `mer `n `reinlasse`?" fragt der Wirt, ein gebürtiger Rheinländer, vorsichtig an; er hat von dem Zwischenfall am Hafen gehört und will Stöver nicht kompromittieren bzw. eins in die Schnauze kriegen. Aber Stöver nickt nur schwach, Bunnekötter kommt schüchtern herein und setzt sich neben ihn. "Das war ja nich' so schön, ich meine, heute das da", sagt Stöver nahe der Vereisungsgrenze langen Schweigens. "Ich weiß auch nich' so", gibt Bunnekötter scheu Replik, "mir war einfach demnach." Stöver nimmt sinnsuchend weiteres Bier, brüllt dann auf: "Na, einmal im Jahr was albern sein, warum denn wohl nich' ?"

Und da bricht sie los, die Raserei, befreites Auflachen sprengt der Spelunke Wände, schnörkelloses Trinken scheint nunmehr Pflicht, breite Brustkörbe saugen sorglos Luft, kehliger Kumpanengesang hebt hopsend an, der Hafen bebt!

Frerk Bunnekötter kam drei Jahre später vom Einkaufen nicht zurück. An den (von Haus aus eigentlich stillen) Erfinder des Faschings erinnert heute nur ein Lied: "Da steht ein Frerk auf dem Flur..."

Nein, sagen Sie jetzt nichts!
Seinen Geburtstag im Museum zu feiern, was für eine feine Idee. In welches Museum würde ich wohl meine Freunde zum Wiegenfest laden? Das Museum für Völkerkunde drängt sich da dem Kosmopoliten, der ich nun mal und gerne bin, geradezu auf. Andererseits verdiene ich mein Brot mit dem Verfassen kunstvoller Geschichten, da läge es doch nahe, im Museum für Kunst und Gewerbe das Glas zu erheben. Was ist mit dem Museum für Hamburgische Geschichte? Verdanke ich der Stadt nicht eine ganze Menge an Inspiration, zehre ich nicht seit Jahren von ihrem historischen Background? Wahrlich, eine schwere Entscheidung. Was Hamburg übrigens fehlt, wo wir schon mal beim Thema sind, ist ein Labskaus-Museum. Fast alle großen Städte würdigen ihr Nationalgericht mit einem entspre-

chenden Kunsttempel; für Millionen Touristen sind Kulturstätten wie die Münchner Weißwursthalle, das Nockerlmuseum in Salzburg, Schloss Bratwürstl in Nürnberg, der Palast der Sieben Kostbarkeiten in Peking oder die Burger Hall Of Fame in New York - um nur einige zu nennen - beliebte Anlaufpunkte. Warum will Hamburg da zurückstehen, gibt es doch zahllose historische Überlieferungen, massenhaft Anekdoten und interessanten Dokumentationsobjekte, mit denen sich ein Labskaus-Museum füllen ließe.

Zum Beispiel: Im Februar 1823 vermengt der Hamburger Mörtelgutachter und Hobbykoch Wilhelm Nörsenkel anlässlich eines Innungstreffens der Hamburger Mörtelgutachter erstmals Kartoffelbrei mit Pökelfleisch und versteckt in dieser formlosen Masse kleine Gurkenscheiben und einen Hummer, den er am Tage zuvor streunend aufgegriffen hat. Die Mörtelgutachter essen schweigend das merkwürdige Gericht; schließlich traut sich einer der Männer zu fragen, was er da eigentlich esse. "Lob's und kau's", entgegnet Nörsenkel. Um ihn nicht zu kränken, loben die Männer das Essen über den grünen Klee und kauen übertrieben eifrig, einige fragen sogar nach dem Rezept.

Schon drei Wochen später ist Nörsenkels Gericht - das zunächst "Lobskaus" heißt - von keinem Ernährungsplan mehr wegzudenken. In den Küchen der ärmeren Bürger nimmt ein Rollmops den Platz des Hummers ein; das Hinzufügen lappiger Spiegeleier - eine Idee der Marketenderin Tina Herrchen - gibt der Speise den endgültigen Namen: Labskaus. (Anm. d. Autors: Das Phänomen, aufgrund materieller Armut bestimmte Rezepte einfach zu ändern, kennen wir auch aus anderen Kulturkreisen; so war das, was uns heute als italienische Pizza bekannt ist, bis Mitte des 16. Jahrhunderts ein pikantes und zartes Brathähnchen mit Gemüse der Saison.)

Jetzt frage ich Sie: Wussten Sie das? Möchten Sie nicht noch mehr über Labskaus wissen? Nein, sagen Sie jetzt nichts!

Siehst du diese Marke?

Ich kannte Monika schon vier Monate, als wir eines Abends beschlossen, stattdessen mal ins Kino zu gehen und einen Thriller zu gucken: "Sea of Love" mit Al Pacino. Al rangierte zu dieser Zeit in der kleinen Liste meiner Lieblingsschauspieler gleich hinter Chow Yun-Fat.

Pünktlich nach der Werbung nahmen wir unsere Plätze ein. Als Monika ihren Mantel abgelegt, die Chipstüte geöffnet und ihre Handtasche unter dem Sitz verstaut hatte, liefen auf der Leinwand die polizeilichen Ermittlungen bereits auf Hochtouren. "Woran ist der Mann da im Bett gestorben?" erkundigte sich Monika teilnahmsvoll. "Ich glaube, an einem Mittwoch" hätte Stan Laurel wohl in diesem Fall geantwortet; ich beließ es bei einem knappen "Kopfschuss, Schatzi."

Al trieb seine Recherchen voran, kühl bis in die Zehenspitzen, routiniert, taff – was auch auf Monika seine Wirkung nicht verfehlte. "Wie heißt der, der den Polizisten spielt?" wollte sie wissen. "Al Pacino", stieß ich zwischen zusammengepressten Kieferknochen hervor, "das ist Al Pacino." "Ich glaube, ich hole mir noch eine Cola." Ein Liebestest, ganz klar. Eine von diesen Multiple-Choice-Fragen, mit denen Frauenzeitschriften ihre Auflage steigern, so was wie: Sie und Ihr Freund sehen einen spannenden Film im Kino. Sie bitten ihn, Ihnen eine Cola zu holen. Er reagiert, indem er A) sofort aufspringt und losrennt, B) sagt: Lass mich bitte noch eben diese Szene zu Ende sehen ja? c) die Cola nicht holt, Sie aber nach dem Film zu einer Flasche Champagner einlädt. (Es soll Männer geben, die sich für eine dieser Lösungen entscheiden würden. Ich hoffe, dass ich nie einem begegne.)

Was würde Al Pacino in dieser Situation tun, dachte ich. Vermutlich (was heißt vermutlich: ganz sicher!) würde er Monika mit festem Griff am Oberarm pakken, aus dem Kino zerren, in eine Besenkammer stoßen und die Tür mit dem Schuhabsatz zuknallen. Dann kommt der Moment, wo Pacino klar wird, was er da gerade getan hat. Er lässt Monika los, geht einen Schritt zurück, holt tief Luft, senkt den Kopf, legt Zeige- und Mittelfinger beider Hände an die Schläfen und wippt mit dem Oberkörper leicht autistisch vor und zurück. Dabei murmelt er "Wie soll ich es dir bloß erklären, wie bloß..." Dann rauft er sich mit allen Fingern die Haare, wendet sich kurz ab, dreht sich jetzt aber ruckartig Monika zu und hält in der linken Hand – seine Dienstmarke. "Siehst du diese Marke" brüllt er los, "siehst du sie?" Monikas Lippen beben, jeden Moment geht das Geheule los. "Ja, ich sehe deine Marke, aber ich verstehe nicht..." Al Pacino unterbricht sie, sein Ton wird beschwörend: "Diese Marke habe ich von meinem Vater. Und mein Vater hat sie von seinem Vater. Und der Vater meines Vaters, der hat sie von seinem Vater. Was ich dir damit sagen will, ist..., ich will sagen, dass ich jeden Tag, wenn ich da draußen..., ich meine, es ist doch nicht zuviel verlangt, wenn ich..." Plötzlich winkt er ab, die ganze Sinnlosigkeit seines Redens erkennend, und sagt - Monika durchs Haar streichend - mit sanftem Blick: "Vergiss es einfach, okay? Lass uns nach Hause gehen." Beide verlassen das Kino, wir hören Monikas Stimme, die vom Großstadtlärm verschluckt wird: "Aber du hattest dich doch so gefreut..."
Ende, Abspann.

Pack deine Schmerzen in den Koffer, Anna Maria...

Sicherlich haben Sie beim Radiohören schon oft gedacht: "Mensch, so ein Lied könnte ich doch auch schreiben." Aber Vorsicht: So einfach ist das nicht! Bereits nach den ersten Zeilen werden Sie feststellen, dass es nur dann möglich ist, einen bewegenden, griffigen und damit auch erfolgreichen Song zu schreiben, wenn Sie die angeborene Scheu davor ablegen, Ihren tiefsten Gefühlen textlichen Ausdruck zu verleihen. Erst kürzlich habe ich ein Lied gehört, dessen Refrain lautete: "Klaus, Klaus, Klaus / hol' den Schnuller 'raus." Hut ab, kann ich da nur sagen.

Zunächst einmal braucht das Kind, das wir besingen wollen, einen Namen. Was bewegt uns, was ist Thema unseres Liedes? Das Waldsterben? Zwölfzylinder-Motoren? Leichte Böen aus Ost-Südost? Vergessen Sie's einfach, da gehen nicht mal Kunze und Westernhagen ran. Wir besingen natürlich eine Frau und die Liebe. In der Vergangenheit haben sich hier die Namen "Eloise", "Monika" und "Gabi" besonders bewährt; wir entscheiden uns jetzt mal spontan für "Anna-Maria", einen ohnehin zur Zeit sehr populären Namen, der gleichermaßen für reife Fraulichkeit wie auch für unternehmerisches Risiko steht. Jetzt geht es darum, den Ort eines Treffens mit besagter Anna-Maria festzulegen. Mediterrane Strände, von denen die Flut die Spuren im Sand mitnimmt, drängen sich da geradezu auf, aber um unsere Zielgruppe möglichst groß zu halten, wählen wir lieber eine ganz alltägliche Location: einen Supermarkt. Wenn wir jetzt noch an unserer Anna Maria einen besonderen Wesenszug entdecken, ist die erste Strophe quasi schon gestrickt: "Ich sah sie letzte Woche im Supermarkt / dort kaufte sie Pökelfleisch ein / Ich wusste sofort: Sie hat keinen Freund / denn die Portion, die sie kaufte, war klein."

Na, wie klingt das? Das knistert doch jetzt schon wie Hölle, oder? Da legen wir in der 2. Strophe gleich noch mal ein paar Eierkohlen nach und treiben konzentriert die Spannung voran: "Ihre Haut war wie H-Milch, ihr Lachen so rein / Ich spürte: Sie wartet auf dich / Am Käsestand stellte ich ihr ein Bein / es schepperte ganz fürchterlich."

War die Texterei bis dahin nur Hausaufgabe, so stehen wir jetzt unweigerlich vor der Königsdisziplin, nämlich vor dem Verfassen des Refrains. Der Refrain entscheidet über Hit oder Niete; jeder sollte ihn gleich verstehen, klasse finden und sofort mitsingen können. Ein guter Refrain ist beispielsweise "Warum sagst du nicht einfach Bubu zu mir / und gibst mir einen dikken Kuss? / Sag doch bitte einfach Bubu zu mir / weil ich sonst so weinen muss." Aber dieser Refrain kommt natürlich nicht in Frage, weil wir uns ja anfangs entschieden haben, eine Anna-Maria zu besingen und weil eben diese Anna-Maria gerade ganz fürchterlich hingeknallt ist, da können wir unmöglich einfach drüber hinwegsehen, so was nehmen unsere Hörer gewiss übel. Also: "Pack' deine Schmerzen in den Koffer, Anna-Maria / und schick' sie in die weite Welt / das Porto zahlen wir gemeinsam / weil für uns nur Liebe zählt." Alles klar?

Was Sie schon immer über Aerobic wissen wollten...
Anfang der 80er Jahre war, wenn ich das richtig erinnere, Aerobic der Renner schlechthin und verwies bis dahin führende Sportarten wie Preiskegeln und Turnierskat auf die Plätze. Allüberall schossen Studios und Center aus dem Boden, schwangen sich körperbewusste Frauen allabendlich auf den Deoroller und brausten durch die Stadt, um alsdann in farbenfrohe Trikots zu schlüpfen und unter mehr oder weniger fachkundiger Anleitung der drohenden Hämostase entschlossen entgegenzuwirken. Männer, die sich bis dahin am Befühlen von molligem Unterhautfettgewebe erfreuen konnten, spürten unter den fordernden Fingerspitzen plötzlich puren Stahl, gehärtet in Salaten und Mineralwasser.

Heute, gute 20 Jahre später, ist Aerobic ein Muss für jede moderne Frau, und wer keine Zeit findet, für einen Kurs das Haus zu verlassen, orientiert sich einfach an einem der zahlreichen Lern-Videos, auf denen monetär maßlose Models zur rhythmischen Rumpfbeuge einladen. Für all die, die bisher noch nichts über Aerobic wissen, will ich die wichtigsten Begriffe kurz und informativ erörtern.

Unter *Aerobic* verstehen wir, so wir umgangssprachlich mit dem Duden konform gehen, ein Fitnesstraining, bei dem "durch tänzerische und gymnastische Übungen der Umsatz von Sauerstoff im Körper verstärkt wird". (Analog dazu wird übrigens auch der Umsatz von Sportartikelherstellern verstärkt, aber das soll heute nicht unser Thema sein.) Ziel der Aerobic ist das Erreichen einer gewissen *aerodynamischen* Ausstrahlung. Menschen, die nicht Aerobic betreiben, nennen wir *Anaerobier*, der Entschluss, ab sofort mit Aerobic zu beginnen, wird gemeinhin als *Aeroplan* bezeichnet.

Am Anfang des Trainings sollten immer zwei Fragen stehen: "Muss das wirklich sein?" und "Wo sind meine Problemzonen?" Unter Problemzonen verstehen wir Körperbereiche, die Probleme machen, die wir aber mit etwas Einsatz in den Griff kriegen können. Wenn mehr als 400 Körperbereiche Probleme machen, haben wir einen Problemkörper und verhalten uns besser ganz still. Meine Problemzonen liegen - nur so als Beispiel - in den Kniekehlen; wenn ich längere Strecken laufend zurücklege, spüre ich dort ein leichtes Würgen.

Aerobic erfordert ebenso zweckmäßige wie modische Kleidung. Schweiß kommt zwar am besten auf grauem Material zur Geltung, das soll aber kein Grund sein, nicht mit kräftigen Farben zu experimentieren. Sehr beliebt ist momentan - "Jetzt ist die Zeit für Krönung light" - das türkise Leibchen nebst türkisen Legwarmern und gleichfarbenem Stirnband. Gutsortierte Sportboutiquen bieten dazu türkisen Schweiß in der Spraydose an (ohne Treibgas) und sogenannte *Sweatshirts* (Schwitzehemdchen), die vorgenässt sind (gegen Aufpreis).

Aerobic macht wenig Sinn, wenn nicht die Aernäh-
rung entsprechend gesund und vielseitig ausgerichtet
ist. In erster Linie bieten sich da natürlich Aerbsen,
Aerdbaeren und Aerdnüsse an. Und jetzt wird's irgendwie albern, oder?

Spuren im Schnee

Funkelndes Weiß in süffisant strahlender Sonne, la-
chende Gesichter, von tanzenden Flocken flüchtig ge-
streift, Daunenkleidung so farbenfroh, hohoho! Jung
war ich - und ach, wie unbedarft, geradezu elastisch die
Kreuzbänder sich dehnten! Sölden 1978, hoch auf dem
Gletscher, zwei Spuren im Schnee, noch heute ist mir,
als wäre eine davon meine...

Mir voran schreitet Katharine, 120 Pfund bayrisches
Urgestein, ein Frau, wie der Mann sie sich wünscht,
wenn alle Wünsche erfüllt sind. Fernab der staatlich
genehmigten Piste stapft sie munter voran, gut sitzt das
Steigfell am Brett, leicht ist der Schritt, der ihr folgt. Im
Ranzen die Semmeln noch muckelig warm, der Käs'
darauf ganz leise schmelzend. Das Flascherl mit dem
Jägertee drückt sacht den Wirbel und erinnert an den
Abend, der vorausging.

Im Wirtshaus war's, beim Pfleiderer Josef, da lernte
ich sie kennen, wusste gleich: Sie ist's! Zwei Zöpfe,
wohl von der Mutter in rascher Aktion geflochten, das
Lippenpaar so rot, die Kuckucksuhr am Handgelenk
ach so lässig. "Ich bin wohl der Bernd!" "I' bin die Kathi!" - wozu noch Worte, wenn Schnaps und Höhenluft
die Arbeit tun?! "Aus Hamburg bin ich allemal, die
Mutter strickte mir den Schal!" Zwei Jahre Werbetext
reichen wohl, um in 3800 Metern Höhe zu bestehen.
Wie schallend und frisch das Lachen, das aus strammen
Waden emporzusteigen scheint. "Zur Hütt'n will i'
morgen auf, magst mitkommen?" Bemühtes Hoch-
deutsch, wie auch immer, ich bin dabei, Katherine Al-
pin!

Die Luft wird knapp, wie hoch mögen wir wohl sein? Zehntausend Kilometer? "Ist's noch weit, Kathi, sag einmal?" "Kann'st nimmer?" schallt's hell zurück, der Berg nimmt's dankend: "Nimmer...immer... mer... r!" Wie das Echo, so mein Herz: "Sie ist's, sie ist's, sie ist's..."

Kaum, dass das Echo ist verhallt, liegt sie vor uns, die besagte Hütt'n. "Ei, Kathi!" schallt's zum Fenster 'naus, "wen bringst', frisch, sag' an?!" "Das Berndl, ei, aus Hamburg!"

In der Folge wurden mir - um jetzt mal aus der eisigen Märchenwelt zu flüchten - die Eltern und der Verlobte vorstellig. Bei Wurstbrot und Enzian begriff ich, dass es mit der geplanten kompletten Unterwerfung wohl nichts mehr werden würde. Der Verlobte entpuppte sich als ganzer Kerl, riss mir beim Fingerhakeln den Mittelfinger aus dem Grundgelenk und trat zusammen mit der Kathi gegen 16 Uhr die Heimfahrt an. Ich folgte ihnen in einigem Abstand, mich ganz auf die Tücken des Tiefschnees konzentrierend. Hätte ich die Steigfelle von den Skiern genommen, wäre es sicherlich eine recht flotte Abfahrt geworden...

Völlig von der Rolle
Rollenspiele haben mich schon immer begeistert. Gleich nach meiner Geburt schlüpfte ich in die Rolle des hilflosen Säuglings und spielte drei Monate lang in dem Stück "Schrei in der Stille" meine Mutter Nacht für Nacht an die Wand. Nach einer Phase der Orientierung, die bis zum dritten Lebensjahr andauerte, trat ich überwiegend als adretter Junge auf; es folgte ein Engagement als Volksschüler an der kleinen Bühne der Herz-Jesu-Schule in Kroge Ehrendorf. Ob als religiöser Fanatiker, als introvertierter Mathematiker oder als besessener Romancier – in allen Fächern überzeugte ich durch reduziertes Minenspiel und perfekte Körpersprache, sodass der Ruf eines größeren Schauspiel-

hauses nicht sehr lange auf sich warten ließ. Am Gymnasium Damme perfektionierte ich meine Auftritte; bis heute unvergessen ist mein Spiel als pubertierender Rebell, der aus Zorn über die ausbleibende Versetzung die Anstalt verlässt.

Mit diversen Rollen als Krankenpfleger konnte ich mich zwar einige Jahre gut über Wasser halten, aber mit der Zeit begann der Charakter des selbstlosen, hilfsbereiten und ständig übermüdeten jungen Mannes vor allem das weibliche Publikum zu langweilen. So warf ich die Sicherheit, die mir die Krankenhausserien boten, mutig über Bord und nahm in der Folgezeit wahllos Rollen als Kneipier, Musiker, Hafenarbeiter und Hausmeister an - bis ich irgendwann merkte, dass es viel einfacher ist, im Zuschauerraum zu sitzen, das Geschehen auf der großen Bühne des Lebens zu beobachten und die daraus resultierenden Eindrücke niederzuschreiben und zu verkaufen.

Heute kann ich mir meine Rollen aussuchen und sie beliebig umschreiben. So spielte ich kürzlich in dem Stück "Der Tag, an dem der Eisregen kam" ursprünglich einen Mann, der einer attraktiven Südoldenburgerin einen Weihnachtsbaum bringen muss und zusammen mit seinem Freund Marco und einer drei Meter hohen Blautanne zwei Stunden lang durch das vereiste Hamburg schlittert. Total genervt, definierten wir unsere Figuren ganz neu: als schwedische Brüder, die schon seit vielen Jahrzehnten in Deutschland Blautannen ausliefern und mit ihrem Ersparten irgendwann eine Lachs-Boutique eröffnen wollen. Und schon machte die Sache Spaß.

Gleich wartet übrigens schon wieder eine Rolle auf mich: Ich gehe mit meinem Sohn ins Hallenbad, obwohl ich Hallenbäder nicht ausstehen kann. Was soll's, spiele ich eben eine Stunde David Hasselhof in "Baywatch". Mit etwas Glück hat Pamela Anderson auch gerade Dienst...

Same Procedure

Mit der Nacht vom 31. Dezember. auf den 1. Januar. ist seit jeher ein echter Wust an Brauchtum eng verknüpft, Brauchtum, das in unseren Breitengraden überwiegend auf Pyromanie und Alkoholgenuß fußt. Sinn und Zweck beider Aktivitäten liegen gleichermaßen im Vertreiben böser Geister, anders gesagt: im Auslöschen des vergangenen Jahres und all der unangenehmen Erinnerungen, die damit verknüpft sind. Dass es auch anders geht, zeigen uns fremde Kulturen schon seit Jahren, doch sind deren Traditionen bei uns kaum bekannt. Schuld daran ist unsere Marktwirtschaft, die natürlich auch weiterhin Böller und Schnaps verkaufen will. Lassen Sie mich deshalb an dieser Stelle nur einige der schönsten Silvester-Bräuche aufführen.

Die Masumi-Indianer, ein bisher wenig beachteter Volksstamm in Äquatornähe, schnappen sich an Silvester das dümmste Kind im Dorf, bemalen es mit Komplementärfarben und rollen es einen Abhang hinunter. Dem Glauben dieser Indianer nach wird so verhindert, dass man als dummes Kind wiedergeboren wird.

Die Quaraia-Eskimos im Herzen von Kaltenkirchen gehen da wesentlich stringenter zur Sache. Bereits im Februar wird eine junge Robbe in der Mitte des Dorfplatzes ausgesetzt. Diese Robbe muß dann bis Silvester Zahlen addieren, die ihr täglich zugerufen werden. Am 31.12. wird um Mitternacht die Summe abgefragt; wenn das Ergebnis 2416 lautet, wir das Tier auf Schultern aus dem Dorf getragen und fortan von allen mit "Na, du unheimlich schlaue Robbe!" angesprochen. Wenn die Robbe eine andere Zahl errechnet hat, ist natürlich Schluss mit Lustig. "Wie kann man nur so dämlich sein!" tönt es da über den Dorfplatz, oder auch schon mal "Dümmer als Greenpeace erlaubt!" Johlend machen die Eskimos ihrem verständlichen Ärger Luft und demütigen das Tier, ohne ihm jedoch körperlichen Schaden zuzufügen. Ganz im Gegenteil: Wenn sie merken, dass die Robbe echt fertig ist und ihre Lektion gelernt hat, wird sie gestreichelt und mit Parfum von Calvin Klein begossen, bis sie nicht mehr weiß, ob sie Männchen oder Weibchen ist.

So hart uns ein solcher Brauch erscheinen mag, ist das doch alles nichts gegen unsere Silvesterparties, während derer "Dinner For One" geguckt wird. Sie kennen das bestimmt: Plötzlich fühlt sich jeder zum Schauspieler berufen, sabbelt die Dialoge mit, stolpert über eine imaginäre Raubkatzenhülle, knallt die Hacken zusammen, trinkt aus einer Blumenvase und rückt im Morgengrauen der Gastgeberin mit einem - hähä - jovialen "I'll do my very best" auf den Leib. Ist das etwa in Ordnung?

Schenken mit Verstand

"Ihr Singlelein kommet, oh kommet doch all'..." Ja, schon im überlieferten weihnachtlichen Liedgut wird derer gedacht, die an Heiligabend ganz allein sind. "Single bells, single bells...", "Sing, Glöckchen, Singlelingleling..." - fast jedes dieser Lieder wendet sich, hört man nur genau hin, an Menschen, die ohne Sozialpartner oder Lebensabschnittsgefährten den Abend des 24. Dezembers verbringen. Da gibt es solche, die haben wirklich niemanden; da gibt es aber auch andere, die es ungemein chic finden, sich freiwillig zu isolieren, die Gelegenheit zu politischer Rede zu nutzen und einem mit provokanter Miesmacherei die weihnachtliche Freude zu verderben. "Geschenkezwang" schallt es da aus aufgeregten Mündern, und "Heuchelei".

Natürlich haben diese Leute in gewisser Weise nicht ganz Unrecht. Natürlich fällt es nicht leicht, Strohhalme zu spalten, in Wasser einzulegen, zu trocknen, zu bügeln und mit Alleskleber und Seidenfaden einen schönen Weihnachtsstern daraus zu basteln. Natürlich macht es Mühe, einen feinen Stollenteig zu kneten, Rosinen und anderes Beiwerk mit der Luftbüchse hineinzuschießen und das ganze Zeug in den Backofen zu schieben. Natürlich ist es nicht jedermanns Sache, einen prima Jahreskalender zu basteln, zum Beispiel mit Bildern von Claudia Schiffer (April), Linda Evangelista (Mai) und Anke Huber (Juni bis März). Und natürlich bereitet es große Anstrengung, die entsprechenden Sinnsprüche für einen solchen Kalender zu texten. ("Wenn im April die Leute brechen / muss Claudia nicht mehr weiter sprechen.")

Nein, es muss wahrhaftig nicht unbedingt ein aufwendiges und zeitraubendes Geschenk sein. Etwas Phantasie und guter Wille - das ist das Geheimnis des Schenkens. Ist es nicht schön, in das Gesicht eines Mannes zu blicken, der zu Weihnachten in seiner Garage einen Porsche findet? Schlägt nicht das Herz einer jeden gescheiten Frau halbwegs Kobolz, wenn sie unter dem Tannenbaum ein Collier findet (es kann auch ruhig mal ein schlichter Collie sein!), elegant versteckt unter einem Nerzmantel mit dem Aufdruck "Kunstfaser, aber Hallo"? Und wer möchte den tiefen Blick in die feuchten Augen eines guten Freundes missen, der eine Jahreskarte für die Spiele des FC Schalke 04 im Parkstadion, ein handgeschriebenes Autogramm von Ingo Anderbrügge und eine Wohnung in Gelsenkirchen-Buhr bekommt? Denken Sie doch ruhig einmal darüber nach, oder unruhig, ganz wie sie möchten.

Das Model und der Schnüffler

Mein Freund Harald ist das Paradebeispiel eines Modellbauers. Momentan ist er damit beschäftigt, Claudia Schiffer aus Streichhölzern nachzubilden. Abgesehen davon, dass Claudia aufgrund ihrer hölzernen Art geradezu danach schreit, derartig nachempfunden zu werden, mache ich mir um meinen Freund mittlerweile doch ernsthafte Sorgen.

Als Kinder haben Harald und ich immer zusammen gebastelt. Flugzeuge, Autos, Schiffe, Gebäude – nichts, was wir nicht binnen kürzester Zeit zusammenklebten.

Für mich war das alles nicht mehr als eine Möglichkeit, die Zeit bis zum Ende der Pubertät zu überbrücken, und so war ich dankbar, als mein Vater eines Nachmittags in unseren Hobbykeller kam und sagte: "Bernhard, du bist jetzt ein Mann." Sofort sprang ich auf, zumal ich schon zwei Tage früher mit diesem Bescheid gerechnet hatte, nahm etwas Mundspray und ging voller Tatendrang auf Mädchensuche.

Solch elterliche Fürsorge war Harald nicht beschieden; während ich in den folgenden Wochen zwecks Kompensation ersten Liebeskummers meine Bastelarbeiten mit Feuerwerkskörpern nach und nach in die Luft jagte, fuhr Harald unbeirrt in seinem Schaffen fort. Anfangs besuchte ich ihn noch sporadisch und nötigte mir anerkennende Worte ab, als er mir seinen Eiffelturm aus Zündholzschachteln (14 Meter hoch) zeigte. Irgendwie haben wir uns dann aus den Augen verloren.

Ich traf Harald zufällig wieder, als ich in einem Spielzeugladen nach einem Freizeitartikel für meinen Sohn suchte. Meine Testfahrt auf einem landwirtschaftlichen Nutzfahrzeug der Marke "Big John" führte mich in Richtung der Bastelabteilung, wo mir ein Mann meines Alters die Vorfahrt streitig machte. Fluchend kroch ich aus einem Stapel Barbie-Puppen (alle unverletzt; nur ein "Rasier-mich-Ken" jammerte über Rippenschmerzen) und wollte den Kerl zur Rede stellen, als ich schlagartig erkannte, wer mich vom Testkurs abgedrängt hatte.

Beim betreten von Haralds Wohnung wurden Jugenderinnerungen wach; an der Jagdbomberstaffel, die im Wohnungsflur den Tiefflug probte, hatte ich noch selbst mitgearbeitet. Im Wohnzimmer brachte das Anheben einer Spanplatte mit dem aufgeklebten maßstabsgetreuen Angriff auf Pearl Harbour eine recht flotte Sitzgruppe zu Tage; unbemerkt ließ ich den Renault nebst Michael Schumacher, auf den ich mich versehentlich gesetzt hatte, unter dem Sofa verschwinden.

Harald kam aus der Küche zurück. "Du hast dich überhaupt nicht verändert", sagte er und legte den Schalter eines Trafos um. "Du dich auch nicht", entgegnete ich und starrte fassungslos auf die Teekanne, die von einer Märklin-Lok ins Wohnzimmer gezogen wurde, "überhaupt nicht."

It's Partytime

Fällt das Wort "Party", habe ich automatisch ein ganz bestimmtes Bild vor Augen: ein kleiner Keller, ausgekleidet mit Paneel zweiter Wahl und im Ausschankbereich verhalten illuminiert mit einer Lichterkette südfruchtiger Anmutung. In einer Ecke steht ein Schallplattenabspielgerät der Produktlinie "Mr. Hit" vom Hersteller "Telefunken", wenn ich mich recht erinnere. Leise Musik dringt jetzt, wo ich das Anti-Vietnam-Poster "Why" reflektiere, an mein Ohr: "Nights In White Satin" - Nächte in Rutschelaken. Claudia Müller, eine halbwaise Juwelierstochter aus dem Raum Damme, fordert mich mit somnolenter Gestik zum Engtanz (was damals schlicht "Schwoofen" hieß) auf. Ich habe mich auf diesen Ernstfall perfekt vorbereitet; in den Achselhöhlen duftet berücksichtigend das Exsudat eines Deo-Rollers, geradezu perfekt fällt das Hosenbein der lindgrünen Schlaghose über den leichten Wildlederschuh mit Kroko-Applikation im Mittelfuß- und Außenknöchelbereich. Ja, Claudia Müller hat Geschmack, keine Frage. Als wolle ich das Beinkleid richten, streife ich die feuchten Handinnenflächen gesäßig ab. Jetzt gilt es! Durch mehrmonatige Bravo-Lektüre hormonell perfekt eingestellt, greife ich zu. Ja, Herr Dr. Sommer hat nicht gelogen: Frauen fühlen sich wirklich gut an.

„... letters are written..." jaulen die Moody Blues; ich frankiere die emotionsgeladene Postwurfsendung mit minzfrischem Tic-Tac-Atem, den ich kontrolliert in Claudia Müllers linkes Ohr leite. Hinter mir steht Herr

Dr. Sommer, auch er wiegt sich sanft zur Musik. "Du machst alles richtig, Bernhard", höre ich ihn raunen, bevor er sich Jochen Föhring zuwendet und ihm ein scharfes "Doch nicht jetzt, du Idiot!" zuzischt. Verschreckt drückt Jochen die Zigarette an seiner Schuhsohle aus und legt seine Hand wieder auf die Schulter von Andrea Pille. Herr Dr. Sommer verdreht die Augen und verschwindet in Richtung Ausschank. "Asbach-Cola!" notiere ich sein Bellen. Ein Arzt am Scheideweg, fernab jeglicher Praxisnähe.

Dicht an die Müller'sche Wange gepresst, registriere ich das Signal der Moody-Blues-Streicher − noch 40 Sekunden. Jetzt oder nie! Sie ist Juwelierstochter! schießt es mir durchs Hirn, und: Bernie, du hast ausgesorgt! "Ich liebe dich wohl!" knallt es via Trommelfell, Hammer, Amboss und Steigbügel ins Cortische Organ meiner Tanzpartnerin. Und dann tritt ein, was den Grundstein für die kommenden 4 Jahre legen soll: "Ich dich wohl auch!" kommt es murmelnd zurück.

Aus den Augenwinkeln beobachte ich, wie Herr Dr. Sommer aus dem Partykeller getragen wird. "Man müsste noch mal 14 sein..." lallt der einst so selbstsichere Arzt selbstvergessen....

Wir haben gesiegt
"Los doch, du oberfaule Socke" Provozierend lasse ich den Motor meines Rollers aufheulen und schalte in den 3. Gang. Pummel blickt gequält; seit sechs Kilometern hängt ihm die Zunge aus dem Mund. Um nicht darüber zu stolpern, trägt er sie um den Hals geschlungen, auf den ersten Blick sah das sogar recht lässig aus, wie ein mit Appenzeller belegter roter Schal. "Du bist 10 Minuten langsamer als letzte Woche, du lahmer Gaul!" Motivation ist eine meiner Stärken, und das ist auch der Grund, warum ich Pummel trainieren darf.
Wenn Pummel (der eigentlich Manni heißt und überhaupt nicht pummelig ist, von seiner Mutter aber eben

diesen Kosenamen erhalten und über 37 Jahre hinweggerettet hat) nicht gerade trainiert, sitzt er auf seiner Couch, liest Bücher über Sportmedizin und traktiert mich mit neuen Erkenntnissen. "Wusstest du", hat er mich neulich gefragt, "dass Marathonläufer ab einem gewissen Leistungsgrad Hormone produzieren, die ein Glücksgefühl auslösen und dafür sorgen, dass man weiterlaufen kann?" Ich weiß nun wirklich nicht, was daran so neu sein soll. Jeden Morgen, wenn ich es geschafft habe, den rechten Fuß vor mein Bett zu setzen, knallt eine ganze Armada dieser Hormone durch meinen Leib und treibt mich zum Bäcker.

Ich schalte zwei Gänge runter und reiche Pummel die Flasche mit der Elektrolytlösung. "Hier, Schlaffi, Zeit für die Suppe!" Ohne das Tempo erkennbar zu drosseln, nimmt Pummel ein paar kräftige Schlucke und kippt sich dann den Rest über den Kopf. Das macht ihn noch attraktiver.

Früher haben wir immer gemeinsam Bier getrunken (was übrigens ab einer bestimmten Menge auch zu Glücksgefühlen führt), aber seit fünf Jahren hat Pummel sein Leben dem Marathon verschrieben. Auslöser für den Sinneswandel war die Trennung von seiner Freundin, die ihn verlassen und in einem Abschiedsbrief der Ziellosigkeit bezichtigt hat. (Ich würde übrigens zu gerne wissen, wie viele Männer auf diese Art und Weise zum Leistungssport gekommen sind.) Seitdem trainiert Pummel wie besessen; in diesem Jahr wird er erstmals mit Walkman und Kopfhörern starten. Die Endlos-Kassette habe ich persönlich mit dem Original 490-vor-Christus-Marathon-Text besprochen: "Wir haben gesiegt!"

Übrigens: Beim letzten Hanse-Marathon hat mein Schützling immerhin satte 41 Kilometer geschafft. Auslöser für den Zusammenbruch war seine Ex-Braut, die mit ihrem neuen Lover bei Kilometer 40 an einer dieser Bierbuden stand und laut und vernehmlich "Guck mal, da läuft Pummel, das schafft der nie!" gebrüllt hat.

Guck mal, Schatz

"Was hältst du eigentlich von Tätowierungen?" Die Frage, die Lutz zwischen Spargelcremesuppe und Fischstäbchen mit Erbsen und Möhren aus dem Glas an mich richtete, kam ziemlich überraschend. Ich hatte ihn zu "Kochen mit Bernie" eingeladen. Dabei tue ich immer so, als wenn ich Alfred Biolek wäre; mein Gast darf er selbst sein oder in die Rolle seines Lieblingsprominenten schlüpfen, während wir gemeinsam meine Lieblingsmahlzeit zubereiten.

Bevor Lutz besagte Frage stellte, war es ein sehr amüsanter Abend gewesen. ("Sagen Sie, Frau de Mol, mögen es holländische Frauen eigentlich auch... Vorsicht mit dem Dosenöffner, der klemmt etwas, ja, schütten Sie's einfach in den Topf... also, die holländischen Frauen, mögen die es auch... warten Sie, hier ist ein Handtuch... so, das lassen wir jetzt etwas köcheln und bereiten in der Zwischenzeit schon mal die Fischstäbchen vor, also, zurück zu meiner Frage: Mögen es holländische Frauen eigentlich auch, wenn man... nun schauen Sie sich die sich diese Fischstäbchen an!")

"Bevor man sich tätowieren lässt, sollte darüber Klarheit bestehen, ob Motivwahl, inhaltliche Aussage und vor allen Dingen der für die Plazierung der Schmuckzeichnung vorgesehene Körperbereich..." Lutz unterbrach. "Es ist nämlich so: Ich habe da so eine Tätowierung auf dem Bauch, die..." "Auf dem Bauch? Lass mich raten: Ein Segelschiff, das auf einem Grabhügel ankert und von einem Dolch durchbohrt wird, darunter steht LOVE & HATE und BORN TO BE FREE." Lutz hob abwehrend die Hand. "Nein, nein, es ist viel schlimmer, es ist..." "Sag es nicht, ich will weiter raten: Eine blutrote Sonne, die am Horizont untergeht, davor ein sich im Passgang bewegendes Einhorn und darüber kursiv in einer... warte, welche Schrift könnte da passen... jawoll, in einer 30-Punkt-Garamond-Condensed-Bold:

KARINS SOLARIUM
EINFÜHRUNGSWOCHE:
1 x BRAUN FÜR FÜNF MARK NUR."
Lutz stöhnte leise. "Fast getroffen." Verlegen zog er das
Hemd aus dem Hosenbund. Links oberhalb des Nabels
war ein Herz zu sehen, darunter der fette Schriftzug
(übrigens Garamond!): I LOVE KARIN.

Ich formte 40 Jahre Menschenkenntnis zu einem
harten Ball und pfefferte ihn ohne Vorwarnung an
Lutzens Schädel. "Und mit Karin ist jetzt Schluss,
stimmt's?" "Stimmt", rieb sich Lutz die Birne, "aber
schon lange. Das Problem ist, dass ich letzte Woche
Britta kennengelernt habe. Wenn die das sieht..."

Sie erwarten jetzt sicherlich einen guten Ausgang
der Geschichte, so einen, wo ich Lutz einen Rat gebe
und er dann glücklich wird. Nein. was Lutz da gemacht
hat, war sehr, sehr unüberlegt, um nicht zu sagen: voll
blöde. Lutz muss endlich lernen, etwas weiter zu denken. Ich zum Beispiel habe eine Tätowierung mit dem
Text: I LOVE YOU. Da kann ich immer sagen: "Guck
mal Schatz, habe ich gestern für dich machen lassen!"

Häschen im Morgendunst

Besonders alt ist er ja nicht geworden, der Egon Schiele. Achtundzwanzig, tss, dass die Malerei so schlaucht...
Mein Freund Edgar ist auch Maler, aber der ist Mitte 30
und körperlich voll auf der Höhe. Liegt vielleicht daran, dass Edgar überwiegend fröhliche stimmende Bilder malt. Blumen, Tiere und Fußballspieler. Damit
verdient er zwar kein Geld, aber das macht ihm überhaupt nichts aus. Tagsüber jobbt er in einer Wäscherei,
kauft sich abends drei Dosen Bier, zieht sich einen alten Kittel über und fängt an zu pinseln. Dann guckt er
Harald Schmidt und geht zu Bett. Die fertigen Bilder
schenkt er Freunden; ich selbst besitze ein unglaublich
gelungenes Porträt des Schalkers Ingo Anderbrügge,
der dreinblickt, als hätten die Knappen soeben Borus-

sia Dortmund mit 7:2 besiegt, und mit etwas Phantasie kann man sogar erkennen, dass es in einem Auswärtsspiel passiert sein muss. Ein hocherotisches Bild, dagegen ist Schiele ein echter Waisenknabe. "Edgar", sage ich deshalb immer, "Edgar, du musst dich endlich richtig vermarkten."

Einige Male haben wir das schon gemeinsam versucht und ein paar Bilder ausgestellt. Auf der Vernissage waren sogar ein paar zahlungskräftige Leute, aber die sind wieder gegangen, weil es nichts zu futtern gab. Außerdem kann Edgar kein halbwegs gescheites Wort zu seiner Kunst sagen. Wenn sich beispielsweise jemand nach der Bedeutung eines Motivs oder nach der Maltechnik erkundigt, antwortet Edgar immer Sachen wie "Das ist eine Blume" oder "Das ist ein Hase" oder "Das ist ein Fußballspieler, den ich mit einem dicken Pinsel gemalt habe." Ich tue dann immer so, als wenn ich ihn nicht kenne.

Dabei könnte alles so einfach sein. "Ich habe mich schon früh den unästhetisch-primitiven Konventionen der Postmoderne zugewandt", könnte Edgar beispielsweise sagen, "ohne dabei den Destruktivismus meiner grenzgängerischen Selbsterfahrungen innerhalb der plakativen Farbgebung zu leugnen. Nehmen Sie beispielsweise dieses Bild hier: *Entsetztes Häschen im Morgendunst, den Jägersmann erwartend.* . Nervöse Morbidität und eine unbekümmerte Rhythmik innerhalb einer summarisch raffenden Farbgebung - vor Jahren wäre mir das nicht möglich gewesen. Der nahe Tod des Häschens als Synonym für unmittelbare Mittelbarkeit, der Dunst als durchaus frei interpretierbare Realität kühler Metaphorik. Mehr steckt eigentlich nicht dahinter, auch bei diesem Bild hier nicht: *Enttäuschter Schlindwein im März.* , ein ganz aktuelles Bild, mit dem ich den drohenden Abstieg durch die Wahl einer Maulwurf-Perspektive thematisiere. Sie mögen doch St.Pauli?"

Leider kann sich Edgar solche und ähnliche Sätze nicht merken.

Flohmarkt der Eitelkeiten

Den Entschluss, mich Susanne als Begleiter für "einen kleinen Bummel über den Flohmarkt" zur freien Verfügung zu stellen, bereute ich etwa gegen 13 Uhr. Zu diesem Zeitpunkt war ich ihr bereits zwei Stunden hinterher gelatscht und mit einem Bügelbrett (ohne Ablage für das Eisen), einer Schiffsglocke aus Messing (ohne Klöppel), einem Transistorradio "Philips Taifun" (ohne Antenne) und einem marokkanischen Beistelltischchen (ohne Marokkaner) beladen worden. Jetzt zeigte meine Armbanduhr 15 Uhr 30 - ganz im Gegensatz zu der Küchenuhr aus Keramik, die sich Susanne trotz des fehlenden Stundenzeigers vor einer Minute "unter den Nagel gerissen" und unter meinen rechten Oberarm geklemmt hatte.

Susanne - dies zum besseren Verständnis der Person - studiert Betriebswirtschaft, ist mit einem angehenden Gentechniker inoffiziell verlobt und hat sich unlängst in einer dieser unsäglichen Privat-TV-Talkshows quasi öffentlich zu gewissen Praktiken bei der Fußbodenreinigung bekannt - am lichten Nachmittag, für dreihundert Mark Honorar. Dazu muss ich sagen, dass Susanne noch nie in ihrem Leben - sieht man mal von ihrem Verlobten ab - einen Feudel angefasst hat. Überhaupt ist sie eine ziemlich verlogene Person; vor acht Jahren, als ich mit ihr eine von vornherein zeitlich begrenzte Partnerschaft eingegangen war, hat sie mal heimlich mein Auto benutzt und die Tat auf meine Anfrage hin heftig geleugnet. Ich hatte aber Gott sei Dank wie immer den Standort des Fahrzeugs mit zwei Kreidestrichen markiert und so Susanne relativ schlüssig der Lüge überführen können, zumal der Tesa-Streifen über Fahrertür und Holm einwandfrei zerrissen war. Von dem Talkumpuder, dass ich immer auf den Sitz streue und das eindeutig an Susannes beiger, recht gut sitzender Tweed-Hose mit den zwei kleinen Bundfalten haftete, will ich jetzt lieber nicht reden; ich bin über diesen Vorfall, der sich am 15. April 1988 um 22 Uhr 36 ereignete und der um 22 Uhr 38 zur Trennung führte, längst und locker hinweg. Außerdem ist das ja auch nicht das Thema, das ich jetzt schnell wieder aufgreife, indem ich von dem kleinen Jungen berichte, der auf dem eingangs erwähnten Flohmarkt neben allerlei Spielzeug eine zweifelsfrei benutzte Zahnbürste anbot. Das Fabrikat war mir hinlänglich aus der Werbung bekannt; es handelte sich um die Sorte Bürste, die ein Herr mit Schnauzbart gegen eine Tomate drückt, und damit, ob Sie's jetzt glauben oder nicht, komme ich heute genau in die Fuge zwischen Wannenrand und Duschkabine, wo mein Sohn die Wurst für seinen Löwen aufbewahrt. Aber das ist auch so eine Geschichte...

Kleine Schiffskunde
Wieder einmal jährt sich das Geburtsdatum unseres Hafens. War es 1995 mein tiefes Wissen um die historischen Hintergründe dieses Ereignisses, mit dem ich Leserinnen und Lesern zu verblüffen wusste, will ich heute das maritime Wiegenfest zum Anlass nehmen, über die Seefahrt zu schreiben, quasi mit einer kleinen Schiffskunde den zweifellos seitens der Leserschaft vorhandenen Bildungshunger zu stillen und die Sucht nach fachlichem Know-how zu stillen.

Da wäre zunächst die Bark, jenes drei- bis fünfmastige Segelschiff mit gaffelbesegelten Besanmast. An Bord so eines Schiffes kommt die Mannschaft nie zur Ruhe; ständig wird Jagd auf den großen Feind der Bark gemacht, und sicherlich wissen Sie schon, um wen es da geht, richtig, gemeint ist der Barkenkäfer. Manchmal schafft es der Schädling, alle Masten abzunagen; so wird aus der Bark eine Barke. Gelingt es der Besatzung vorher, den Barkenkäfer zu stellen, ertönt an Bord alsbald ein fröhlicher Gesang: die Barkarole, jenes Schifferlied im wiegenden 6/8- oder 12/8-Takt, dessen Ursprung auf den Gesang venezianischer Gondolieri zurückgeht.

Von Containerschiffen längst aus den Weltmeeren, nicht aber aus unserer guten Erinnerung gedrängt, ist die Kogge, ein hochbordiges, bauchiges Segelschiff, das zwischen dem 13. und 16. Jahrhundert speziell von der Hanse in den Nordmeeren zu Handels- und Kriegszwecken Verwendung fand. Hier nun unterscheidet der Kundige, also ich, zwischen Gono- und Streptokogge, und es bedarf schon eines geschulten Auges, diese beiden Schiffstypen zu unterscheiden, vor allem dann, wenn urplötzlich dichter Nebel aufzieht und der Koggnak gut war.

Steht man zu später Stunde am Meeresstrand und hält das Ohr in die Nacht, lässt sich bisweilen ein zages Klagen vernehmen, wie das eines Kindes, dessen Gummibärchen alle sind. Das ist der Windjammer, ein Schiff, das bei der kleinsten Flaute die Kontrolle verliert und emotional völlig überreagiert. Da hilft dann nur ein kräftiger Sturm.

Ein ganz besonderer Segler ist der sogenannte Schoner, ein Schiff, das nur selten Nutzung erfährt: es wird, wie der Name verrät, geschont. Ja wirklich, den Großteil des Jahres liegt der Schoner im Hafen und schont sich (Schonzeit); erst neulich gab es in der Fachzeitschrift "Schoner Wohnen" Fotos aus dem Innenraum eines Schoners zu sehen, die komplette Einrichtung hatte Schonbezüge. War schon merkwürdig, muss ich schon sagen.

Und damit ist der kleine Exkurs zum Thema "Schiffstypen und ihre besonderen Eigenarten" fast beendet. Eigentlich ist es üblich, an dieser Stelle einen Quellennachweis zu erbringen; in diesem Fall habe ich manchmal in mein Lexikon geguckt, vieles weiß ich aber noch aus der Schule und einige Sachen fallen mir einfach so beim Baden ein, da kann ich nix gegen machen.

Warum tun die das?

"Nun schaut Euch das doch mal an! Das ist doch nicht mehr schön!" Was Frau Bünsel an diesem Dienstagmorgen so in Aufregung versetzt, ist die fotografische Aufnahme einer Diskuswerferin. Das Gesicht der Athletin, das ich und drei weitere Mitnutzer des Großraumbüros jetzt pflichtschuldig bestaunen, kann man kurz und knapp als "schmerzverzerrt" bezeichnen. "Ja, so ist das, wenn man sich von etwas trennen muss, das man lieb gewonnen hat", sagt Herr Schmölkers, deutet auf den Diskus und schlägt Frau Bünsel lachend auf die Schulter. "Gedopt, alle", brummelt Herr Blinz gewohnt mürrisch und geht an seinen Arbeitsplatz zurück. "Nein, schön ist das nicht", äußere ich zustimmend und bekräftige mit "wirklich, nicht schön, das da." "Warum quälen sich diese Menschen so?" hakt Frau Bünsel umgehend nach, sichtlich unzufrieden mit der Antwort, und schiebt mir einen Keks zu. "Falscher Ehrgeiz, Kompensation mangelnden Selbstbewusstseins, fehlende Mutterliebe, Masochismus, politische Fehlleitung, suizidäres Langzeitprogramm", rattert Herr Schmölkers los, seine 20jährige Erfahrung als Werbetexter genüsslich ausspielend. "Da ist sicherlich was dran, Rudi", stimme ich vorsichtig zu, "ich selbst habe da aber neulich eine ganz andere Theorie gehört. Es ist nämlich so, dass ich vor einiger Zeit Gast auf einer Presseveranstaltung mit sportlichem Hintergrund weilen und daselbst eine äußerst attraktive Marathonläuferin näher kennen lernen durfte. Was ihr das eigentlich bringe, habe ich sie nach einem Slow-Fox und einer meinerseits missratenen Samba gefragt, mehr als 42 Kilometer ohne technische Hilfsmittel im Eiltempo zurückzulegen. "Das ist", hat die Dame geantwortet und dabei hastig ihren Flüssigkeitshaushalt mit einem Banane-Kiwi-Gemisch reguliert, "jedesmal wie ein Orgasmus, verstehen Sie?" Ich bin dann nicht näher auf dieses Thema eingegangen, sondern habe stattdessen lieber mit einem ausgemusterten Speerwerfer aus Leipzig einige Bierchen gezischt."

"Nette Geschichte, Möhlmann, nette Geschichte", säuselt Herr Schmölkers jovial und tupft sich die Stirn mit seinem Einstecktüchlein, "ich selbst war auch mal mit einer Schwimmerin verbandelt, wissen Sie..." Frau Bünsel unterbricht unwirsch. "Ich glaube nicht, dass unser Herr Möhlmann darauf hinauswollte. Also, verstehen kann ich das schon, das mit der Leistung. Besser als andere sein, das ist ja auch in Ordnung. Aber um welchen Preis? Schauen Sie sich die Frau doch mal an! Die sucht doch ihren Erfolg auf Kosten ihrer Schönheit und Weiblichkeit!"

Ich studiere noch einmal sorgfältig das Gesicht der Diskuswerferin und werfe dann einen Blick auf die Bildunterschrift. "Für diesen Moment hat Katharina alles aufgegeben", steht da, "ihren Mann, ihre Kinder und das kleine Haus am Stadtrand." Frau Bünsel war in der Wahl ihrer Literatur noch nie besonders anspruchsvoll.

"Was heißt hier Weiblichkeit?" greift Herr Schmölkers ein und setzt ein Zigarettchen in Brand. "Auch viele Männer greifen zu Mitteln, die ihre Leistungsfähigkeit nicht unbedingt auf allen Gebieten fördern. Ich habe erst neulich einen Artikel gelesen, in dem..." "Alle gedopt, sowieso", kommt es grummelnd aus der Ecke von Herrn Blinz. "Aber Doping ist doch hier nicht das Thema", wehre ich ab, "was Frau Bünsel wissen will, ist doch nur, warum Menschen sich so quälen!" Herr Schmölkers interveniert sanft. "Wissen Sie eigentlich, dass 1988 in Seoul eine Welt für mich zusammengebrochen ist?" "Sie waren in Seoul?" fragt Frau Bünsel zwischen und atmet aufgeregt. Dazu muss man wissen, dass Frau Bünsel Deutschland noch nie verlassen hat und schon den Besuch eines Asia-Schnellimbiss als ungemein exotisch empfindet. "Natürlich nicht", gibt Herr Schmölkers ungeduldig zurück. "Ich habe die Spiele am TV-Gerät verfolgt. Als herauskam, dass Ben Johnson die 100 Meter nach Einnahme von Anabolika gewonnen hat, habe ich geweint." Und dazu muss man wissen, dass Herr Schmölkers auch weint, wenn er in der Zeitung einen aus seiner Feder stammenden Anzeigentext liest. Mit dem alten Witz "Hat diese Anna Bolika danach eigentlich ihre Trainings-Lizenz verloren?" versuche ich, den Seelenschmerz des Vorgesetzten etwas zu lindern.

Mal ganz unter uns: Ich fand es damals überhaupt nicht verwunderlich, dass Ben Johnson Aufputschmittel genommen hat. Mein Vater, der sein Karma lebenslanger körperlicher und somit harter Arbeit nie beklagt hat, pflegte immer gen Mittag vier dicke Butterbrote mit Dauerwurst zu essen, um die geforderte Leistung bringen zu können. Einmal hat meine Mutter ihm die Brote mit herzhaftem Räucherschinken aufgepeppt. "Arbeite ich noch nicht genug?" ist Papa am Abend ausgerastet. "Weißt du nicht, Frau, was passiert, wenn sich der Körper an Räucherschinken gewöhnt?" Im Gegensatz zu Ben Johnson, der über seine Grenzen hinauswollte, ist mein Vater (der in Ben Johnsons Alter für 100 Meter rund 16 Sekunden benötigte) also eisern geblieben und hat ganz bewusst auf das Sonderlob seines Chefs verzichtet.

"Die Sponsoren lassen den Atlethen doch überhaupt keine Wahl", stört Herr Schmölkers meinen Gedankengang, "da locken hohe Startgelder, Werbeverträge, Show-Auftritte, Popularität. Und wenn es nicht der schnöde Mammon ist, dann sind es politische Ideologien, die die Sportler zur Höchstleistung antreiben. Wer aus der Masse hervorstechen will, muss sich schinden. Mir wird doch auch nichts geschenkt!" Der Tonfall verrät, dass die Diskussion in persönliche Bereiche abgleitet - höchste Zeit, die Schönheit des olympischen Wettkampfes ins Spiel zu bringen. "Ich sehe mir am liebsten die Leichtathleten an", lockere ich die Stimmung, "und da wiederum die afroamerikanischen Läuferinnen. Ich mag diese langen Fingernägel, die bunten Stirnbänder und die modischen

Trikotagen. Kann man körperlichen Schmerz schöner verpacken? Hm, Frau Bünsel?" Bevor Frau Bünsel reagieren kann, meldet sich Herr Schmölkers wieder zu Wort. "Ich sehe mir die Spiele an, weil ich es gern sehe, wenn Menschen an ihre Grenzen gehen, den inneren Schweinehund überwinden und nachfolgenden Generationen neue Ziele setzen. Dieser Superweitsprung von diesem Bob..., Bob ich-weiß-nicht-wer, wie hieß er denn noch gleich, Sie wissen schon, 8 Meter 90 oder so um den Dreh! Das hat doch ewig gedauert, bis diese Weite überboten wurde!" Frau Bünsel muss jetzt lachen, ich weiß auch, warum. Schließlich, denkt sie sicherlich, könnte Herr Schmölkers ja jetzt an sein Bücherregal gehen und im Olympia-Lexikon nachschlagen, wie dieser Bob mit Nachnamen heißt.

"Blinz, holen Sie mir doch mal mein Olympia-Lexikon aus dem Regal!" Mit barschem Zuruf bestätigt Herr Schmölkers unsere Mutmaßungen um seinen Willen zu extremer Leistung. Als ich in das Gesicht des aufspringenden Herrn Blinz sehe, entdecke ich exakt den gleichen Schmerz, der das Foto-Gesicht der Diskuswerferin zeichnet. Übrigens: Herr Blinz ist die linke Hand von Herrn Schmölkers und möchte es noch in diesem Jahr zur rechten bringen, möglichst ungedopt...

Noch am Abend beschäftigt mich die Frage: Was ist es, das Menschen zu Höchstleistungen zwingt? Ein Exempel muss her, keine Frage. Im Garten trete ich nachdenklich gegen die schweren Wackersteine, mit denen ich einige Blumenbeete abgrenzen will. "Hank, komm' doch mal zu Papa." Mein Sohn unterbricht unwillig seine Sägearbeiten am Gartenhäuschen und trollt herbei. "Hank, heb' doch mal diesen Stein hier hoch." Der Stein, den ich ausgesucht habe, muss so etwa drei Kilo wiegen, von meinem Sohn hingegen weiß ich mit absoluter Bestimmtheit, dass er drei Jahre alt ist. "Kann ich nich'." Ohne den Hauch eines Versuches lehnt die Frucht meiner Lenden den Auftrag ab. Sehr gut, die richtigen Voraussetzungen für den Feldversuch sind gegeben; ich beginne mit einem Motivations-Strickmuster amerikanischer Prägung. "Oh, Hank, I know, you can do it! Be a man, be strong, be the best! Daddy will love you" Keine Reaktion, das Kind popelt gelangweilt. Also, vielleicht hilft sanftes politisches Argumentieren: "Heinrich, unser Land darbt und seine Wirtschaft stagniert. Zeige im sportlichen Wettbewerb, aus welchem Holz der Deutsche geschnitzt ist!" Nichts, außer einem nörgeligen "Will jetz' ein bisschen weitersägen, Pabba." Ein letzter Versuch: "Hanky, wenn du den Stein hochhebst, kriegst du ein Eis!" Sofort zieht der Sohn den Leibriemen fester, geht in Hocke und wuchtet den Stein mit mächtigem Schwung in die Höhe.

Für mich sind damit alle Fragen des Nachmittages beantwortet. Körperliche Höchstleistungen, der Wille zur Selbstquälerei und zum Erdulden körperlicher Schmerzen entspringt nur einer menschlichen Ur-Sehnsucht: Schokoladeneis.

Von Oregon nach Origami

Da kann man mal sehen, wohin Unkonzentriertheit führt! Gerade habe ich in der Redaktion meinen aufschlussreichen Aufsatz zum Thema *Oregano* abgegeben und muss doch erfahren, dass es überhaupt nicht um den amerikanischen Bundesstaat geht, sondern um *Origami*! Gut, dass ich mich damit auskenne!

Origami, die Kunst des Papierfaltens, scheint auf den ersten Blick eine recht vertrackte Angelegenheit zu sein. Ich möchte Ihnen deshalb mit einer kleinen Übung die eventuell vorhandene Scheu vor dem Einstieg in das Erlernen dieser zweifellos sinnvollen Fertigkeit nehmen und Ihnen damit zeigen, dass Ihre Furcht völlig unbegründet ist.

Nehmen Sie ein DIN A 4 Blatt und falten Sie es exakt in der Mitte. Ob vertikal oder horizontal, spielt keine Rolle. Jetzt falten Sie es noch einmal, und dann noch einmal. Sehen Sie, schon haben Sie einen zierlichen Vogel in der Hand. Und wie stolz er auf sein Federkleid ist! Natürlich, so ganz perfekt sieht der kleine Trällermaxe noch nicht aus, aber es wäre ja auch recht vermessen, gleich beim ersten Mal ein Wunderwerk zu erwarten, oder?

Überhaupt erfordern alle japanischen Künste eine Menge Geduld. Nehmen Sie nur einmal das *Ikebanana*. Wer einmal versucht hat, 200 Bananen zu einer hübschen Staude zusammenzustecken, weiß, wovon ich rede. Oder das *Bonbonsai*, bei dem es darum geht, ein Kräuterbonbon völlig weg zu lutschen und der Versuchung zu widerstehen, es kurz vor der völligen Auflösung zu zerbeißen.

Nicht nur in Fragen der Geschicklichkeit sind die Japaner uns Mitteleuropäern weit überlegen. Auch in Dingen des Alltags zeigen sie uns, dass mit einer gewissen innere Ruhe alle Banalitäten an Gehalt gewinnen. Ein schönes Beispiel ist hier die legendäre Teezeremonie. Während wir einen dösigen Teebeutel in einen plumpen Becher hängen und ihm schwerste Verbrühungen zufügen, benutzt der Japaner zur Aufbereitung des belebenden Suds den so genannten *Samurai*. Das ist eine Art Metallkessel, in dem der Tee mit Holzkohle warm gehalten und mittels eines kleinen Zapfhahns portioniert werden kann.

Sieht man von den sich geradezu aufdrängenden Wortspielen einmal ab, stehe ich der japanischen Kultur mit größtem Respekt gegenüber. Ich schlafe auf einem *Futon* und futtere einmal pro Woche *Sushi* bis zum Eiweißschock. Erst letzte Woche habe ich einen Teil meiner Grünanlagen in einen Steingarten umgewandelt. Nun gut, mein japanischer Steingarten ist mir letztendlich etwas zu urdeutsch geraten; im Baumarkt gab es ein Sonderangebot an Waschbetonplatten, da mochte ich nun wirklich nicht ablehnen. Andererseits, wie sie da so liegen, mit ihren 30 X 30 Zentimetern,

Platte an Platte, da kann ich stundenlang davor sitzen und meditieren, ohne Flachs!

Drum singe, wem Gesang gegeben

Auf ins Karaoke-Stübchen! Was für eine geniale Idee, was für Aussichten, zukünftig Freunden, Verwandten und Geliebten ein eigenes musikalisches Produkt zu kredenzen, seine tiefen Gefühle mit glockenklarer Stimme vorzutragen und diese für die Ewigkeit konserviert zu wissen.

Natürlich, es gehört schon eine Menge Mut dazu, so eine CD zu besingen. Nur wenige Menschen besitzen das nötige Selbstvertrauen, zweifeln an der Qualität ihrer Stimmbänder und summen allenfalls leise vor sich hin, so Glücksgefühle sie beschleichen. Und wenn sie wirklich einmal laut singen, dann in der Badewanne oder im Auto. Damit ist - Schriftsteller arbeiten bisweilen mit üblen Tricks - der Bogen zu meiner eigentlichen Geschichte gespannt.

Als ich heute in der Frühe mein Kraftfahrzeug in Richtung Innenstadt lenke, zeigte sich das Verkehrsaufkommen wieder einmal von seiner dichtesten Seite. Dadurch ergibt sich für mich zwangsläufig die Gelegenheit, einige meiner Mitmenschen aus allernächster Nähe zu studieren. Zunächst erregt der Fahrer einer schweren Limousine meine Aufmerksamkeit; es ist einer jener gepflegten Mittfünfziger, denen der lebenserfahrene Beobachter, welcher ich nun mal bin, sofort ansieht, dass sie in irgendeiner Weise unserer aller Geschicke lenken. Ich tippe zunächst auf Staatsanwalt, revidiere aber an der nächsten roten Ampel meine Einschätzung: Vorstandsmitglied einer Bank, kein Zweifel (Staatsanwälte studieren grundsätzlich Akten während der Fahrt und schauen nur sporadisch auf den Straßenverkehr).

Tja, und während ich also das Vorstandsmitglied und dessen graumelierte Schläfen wohlwollend beobachte, stelle ich doch fest, dass der Mann singt. Und nicht nur das: Neben leichten Lippenbewegungen kann ich bei genauem Hinsehen sogar ein leichtes Headbangen ausmachen, sehr kontrolliert zwar, aber immerhin, hier sitzt ein Mensch in seinem Kraftfahrzeug und gibt sich einer stringenten Rhythmik hin.

Vorstandsmitglieder von Banken - jedenfalls entsprach das bisher meinem Weltbild - hören auf dem Weg zur Arbeit Sachen wie die "Vier Jahreszeiten" oder auf dem Heimweg "Die Moldau", wenn ein Deal besonders gut gelaufen ist. Dann steigen sie aus, trinken einen Weinbrand und loben ihre Kinder.

Dieser Herr aber ist aus anderem Holz geschnitzt. Ich muss wissen, was er da hört und mitsingt, unbedingt. Ich wechsle also geschickt die Spur und stehe beim nächsten Halt neben dem leicht geöffneten Seitenfenster meines Studienobjektes in geradezu idealer Hörweite. Und was schallt da heraus? Was schallt da heraus, frage ich Sie in aller Schärfe!? "Purple Haze" von Jimi Hendrix. Unglaublich. Und während mein Herz jubiliert, wirft mir das singende Vorstandsmitglied einen kurzen Blick zu und lacht verschmitzt.

Jetzt ist es früher Nachmittag. Das kleine Erlebnis wirkt immer noch nach, die Haare auf den Unterarmen sind immer noch aufgerichtet, das Bild des Mannes noch immer in frischer Erinnerung. Der Tag wird gut.

Picknick-Tipps für Anfänger

Das Picknick, also die Aufnahme fester Nahrung in möglichst freier Natur, ist für Mann und Frau wohl eine der schönsten Gelegenheiten, einander näher kennen zu lernen und ein junges Liebesglück dauerhaft zu festigen. Denen, die keinerlei Picknickerfahrung besitzen, soll dieser Aufsatz eine kleine Hilfe sein. Denn es ist gewiss nicht damit getan, wahllos Lebensmittel in eine Tüte zu packen, sich auf der nächstbesten Wiese unkontrolliert den Bauch voll zu schlagen und dann ein halbes Stündchen zu ratzen. Ganz im Gegenteil.

Das Picknick lässt sich in mehrere Stufen gliedern, deren wichtigste die gewissenhafte Vorbereitung ist. Wenn das Geld für einen perfekt ausgestatteten Picknickkorb nicht reicht, tut es auch ein mit Landschafts- oder Fußballermotiven (Ingo Anderbrügge, Olaf Thon, Jens Lehmann etc.) dekorativ beklebter Schuhkarton, in den wir zunächst die Grundutensilien packen: Teller, Trinkgefäße und Besteck. Die Auswahl der Speisen sollte nach Absprache erfolgen; blutige Steaks wirken auf Vegetarier oft sehr befremdlich und verhindern eine positive Grundstimmung. Ist ein gedanklicher Austausch vorher nicht möglich, sind *Fruchtzwerge* (Banane, Pfirsich) die sicherste Lösung.

Zur Unterlage: Natürlich ist ein Futon mit Latexkern eine prima Sache. Aber mal ehrlich: Etwas übertrieben scheint mir das schon. Mit etwas Moos und einer verspielt drapierten Wolldecke erzielen wir hier wesentlich müheloser den gewünschten Effekt angenehmer Bequemlichkeit.

Findet das Picknick in absoluter Wildnis statt, gehört eine Saulanze unbedingt zur Grundausstattung. Wer einmal miterlebt hat, was die Aussicht auf frischen Kartoffelsalat in einer Bache und ihren Frischlingen auslöst, wird mir zustimmen. Mit der Saulanze lassen sich die Schwarzkittel leicht auf Distanz halten, es wird dann abwechselnd gegessen. Speziell entwickelte Picknick-Klapp-Saulanzen bietet der gut sortierte Fachhandel an (2 - 6 Meter Länge, verchromt, ab DM 236,-, empfohlener Richtpreis).

Mag unser Picknick auch noch so gut vorbereitet worden sein, irgendwann stoßen wir erfahrungsgemäß an Grenzen. Dann ist Improvisationstalent gefragt. Häufigste Ursache für aufkommende Disharmonie ist das Fehlen von Servietten. Hier ist der Herr, der der Dame sein Hemd anbietet, nicht umgekehrt.

Nach dem Picknick hinterlassen wir die Natur auf keinen Fall so, wie wir sie vorgefunden haben. Das heißt: Rostige Blechdosen, Plastiktüten, Autowracks und Fässer mit Altöl packen wir zu unserem eigenen Müll und bringen alles zur nächsten Sonderdeponie.

Manege frei

Neunzehnhundertneunundsiebzig ist es passiert, dass ich spätabends in ein Wirtshaus in Schleswig-Holstein und daselbst in ein anregendes Gespräch mit einer jungen Frau geriet.

Die Dame war recht klein und drahtig und wusste ebensolche Geschichten zu erzählen, und irgendwie kam es dazu, dass wir "Was bin ich?" spielten. Dabei stellte sich heraus, dass meine Gesprächspartnerin nicht etwa mit der Herstellung oder Verteilung einer Ware beschäftigt, sondern von Haus aus Artistin war. Großes Erstaunen griff daraufhin allen verfügbaren Raum; der Wirt, ein gewiefter Lauscher, bot stehenden Fußes Doppelkorn zum freien Verzehr an und geizte auch nicht mit Knabbereien, die er aus einem doppelt verschlossenen Wandschränkchen hervorzauberte und vor uns auf die Theke knallte, um sich alsdann bei meiner neuen Bekannten nach der Art der erlernten Artistik zu erkundigen. Und jetzt kommt's: Corinna, so hieß sie, war Jongleurin. Ich habe mich immer wieder gefragt, wie der Abend wohl ausgegangen wäre, wenn Corinna "Trapezkünstlerin" geantwortet hätte.

Ob sie denn wohl ein paar Kunststückchen vorführen könne, wollte der Wirt wissen, wurde dann aber von einem Mann abgelenkt, der harsch nach Fünfmarkstücken verlangte – "Gleich kommt die Serie, ich spür' das!" – und dann sein Glücksspiel an einem Automaten fortsetzte. Ob sie wirklich solle, wollte Corinna von mir wissen, und ich nickte eifrig, klar, wenn sie wirklich wolle, dann solle sie doch, null Problemo. Null

Problemo zu sagen, war damals eine fürchterliche Angewohnheit von mir.

Nun: Corinna lässt sich daraufhin – um aus dramaturgischen Gründen in der Gegenwartsform fort zu fahren – vom Wirt zwei Zitronen reichen, stellt sich auf einen Stuhl und tatsächlich: Sie kann jonglieren. Die Südfrüchte fliegen nur so durch die Luft, die ganze Kneipe steht Kopf, mein Ehrenwort, und der Wirt lässt die Flasche mit dem Doppelkorn herumgehen und schwört beim Augenlicht seiner Mutter, so was noch nie erlebt zu haben, das sei ja wohl echte Zirkusatmosphäre!

Und wie die Stimmung auf dem Höhepunkt ist, fordert Corinna mich auf, ihr noch eine Zitrone zuzuwerfen, und ich lasse mir also vom Wirt eine dritte Zitrone geben. Ja, und wie ich sie ihr gerade zuwerfe, da brüllt der Mann am Spielautomaten doch wie von Sinnen "Serie!" - und Corinna fällt vor Schreck vom Stuhl und bricht sich den Unterarm.

Ich habe dann später erfahren, dass Corinna in Wirklichkeit keine Artistin war, sondern eine junge Frau auf der Suche nach Aufmerksamkeit und liebevoller Zuwendung. Das hatte ich mir auch irgendwie schon gedacht.

Spazierengehen und Bälle versenken
War das Golfspiel früher ein Sport der Reichen, so finden heute auch immer mehr ganz reiche Menschen Zugang zu dieser Form der sportlichen Freizeitgestaltung, bei der es – dem ersten Eindruck nach - darum geht, im Verlauf eines ausgedehnten Spaziergangs kleine Bälle in Rasenlöchern unterzubringen. Doch wie jeder erste Eindruck fast immer trügt, stellt sich auch dieser rasch als oberflächlich heraus. Der philosophische Hintergrund des Golfens fußt auf der Sehnsucht des Menschen, Maulwürfe zu unterjochen.

Am 14. Juni 1693 entdeckt der schottische Hautarzt Heinz McDermott in der Mitte seines gepflegten Rasens eine hügelige Erhebung. Und wie sich Heinz der hügeligen Erhebung nähert, sieht er noch soeben, wie ein schwarzpelziges Kleintier kurz herauslugt und sich dann kichernd zurückzieht.

Dass es sich bei dem Kleintier um einen Maulwurf handelt, weiß Heinz nicht. Denn zu dieser Zeit ist das allgemeine Interesse an Natur und Umwelt noch nicht geweckt, kalte Füße und Würfelhusten sind die Themen, die die Menschen im Hochland bewegen. Für Heinz ist der Maulwurf nur ein schwarzer Kobold, den es zu vertreiben gilt. So legt sich der Schotte am nächsten Tag auf die Lauer, bewaffnet mit einer kleinen und harten Wurfkugel, die das Tier am Maul treffen soll (daher später: Maulwurf; Anm. d. Autors). Doch je länger McDermott ausharrt, desto ärger werden seine Zweifel an der Richtigkeit seines Tuns. Widerspricht es nicht jedem Sportsgeist, den Ball aus kurzer Entfernung zu schleudern? Wäre es nicht fairer, den Abstand zu vergrößern? Und wäre es nicht noch ehrenvoller, den Ball mit einer Art Schlagholz in Richtung Ziel zu treiben? Und zwischen Abschlagplatz und Hügel einige Hindernisse anzulegen, kleine Teiche, Wäldchen und Sandbunker? Und sich dann Schlag um Schlag heranzuarbeiten.

Begeistert von seiner tollen Idee, mach sich McDermott an die Arbeit. Zwei Wochen später steht in seinem Bastelkeller eine komplette Ausrüstung zur Maulwurfsjagd, mit Bällen, verschiedenen Schlaghölzern und -eisen, einer Flagge zum Markieren des weit entfernten Ziels und einem Wägelchen, um den Kram zu transportieren.

Ein neuer Sport ist geboren, verbreitet sich rasch und wird verfeinert. 1780 erlässt der schottischer Golfverband das zunächst umstrittene Maulwurfsverbot, aber schon wenige Jahre später kann sich kein Mensch mehr an den eigentlichen Auslöser für das heute so populäre Spazierengehen und Versenken von Bällen erinnern. Nur ich.

Komm' auch Du!

Wenn mein Sohn nicht bei mir ist, führe ich ein Dasein als Single (wobei ich privat den Ausdruck "Junggeselle" vorziehe, das klingt fröhlicher und macht Hoffnung). Mein ehemaliger und langjähriger Chef, der Herr Professor Soehendra, hat einst während einer Gallensteinzertrümmerung den weisen Satz gesagt: "Das Alleinsein ist eigentlich nicht so schlimm. Es geht nur darum, die Zeit zwischen den Ereignissen zu überbrücken. Mehr Kontrastmittel, Möhli." Ein vielfach interpretierbarer und somit weiser Ausspruch.

Im Frühjahr bin ich mal auf eine Single-Party in Volksdorf gegangen; angeregt hatte mich dazu eine gewisse hormonelle Unausgeglichenheit und eine viel versprechende Annonce in einem Wochenblatt, platziert neben einem günstigen Angebot für einen Aufsitzmäher mit defektem Gaszug und einer zwei entflogene Nymphensittiche betreffenden Suchmeldung. "Single-Treff", stand zu lesen, "jeden Mittwoch gute Laune und aufregende Bekanntschaften. Komm auch Du!" Ich also nichts wie hin, und tatsächlich ist es mir gelungen, eine der drei Frauen anzusprechen, die zwischen den etwa 50 Kerlen herumtollten. Sie hieß Irene und hatte, wie sie mir schon bald freimütig gestand, den Nachmittag im Garten verbracht. Das ist doch schon mal eine Basis, dachte ich, blieb aber zurückhaltend, weil ich ja noch nichts über ihre Einstellung zu exakt geschnittenen Rasenkanten wusste. Ich meine, so gemeinsame Interessen finden sich ja häufig, aber bei Rasenkanten gehen dann die Meinungen bisweilen doch mächtig auseinander, das ist so mein Erfahrungswert aus den vergangenen Jahren, natürlich muss es nicht so sein, aber es kann, meine ich.

Meine Bedenken waren aber in diesem Fall völlig unbegründet; Irene hatte nämlich die Kanten ihres Rasens, geschnitten, und zwar mit einem ausrangierten Küchenmesser. Mit dem Geheimtipp, es doch mal mit einem angeschliffenen Tapeziermesser zu versuchen, habe ich dann Irene behutsam ein gewisses Urvertrauen meinerseits signalisiert und dabei vertraulich meine rechte Hand auf ihren linken Unterarm gelegt. Irene hat daraufhin gekichert – nicht mal unsympathisch – und gefragt, ob wir zu ihr oder zu mir gehen wollen. Da war ich doch sehr baff, weil es war ja schon dunkel draußen und überhaupt nicht das Wetter zum Rasenkantenschneiden. Glücklicherweise hat sich dann aber die zweite der drei Frauen zu uns gesellt und Irene zugeraunt, sie habe da gerade "zwei unheimlich süße und knuffige Burschen, du weißt schon" kennen gelernt und man solle doch jetzt gemeinsam auf "die irre Party beim Rüdiger" gehen. Irene ist sofort aufgesprungen und hat "Wo, wo?" gekreischt, und schwupps, waren sie weg, die Mädels.

Ich habe noch einen Kirschsaft zu mir genommen und bin dann mit meiner Helix heimgebrummt. Im Garten hinter dem Haus lagen wieder die beiden Rehe und haben geschmust. Das ist ein Anblick, der einen unheimlich beruhigt. Manchmal jedenfalls.

Schau mal wieder rein!

Waren es in unserem Kulturkreis bislang überwiegend die Ohren, die zum Zwecke der Anbringung von Schmuck durchbohrt wurden, und war es überwiegend unsachgemäßes Hantieren mit Heißem, das zur Vernarbung der Oberhaut führte, so gibt es heute kaum eine menschliche Körperregion, die nicht aus modischen Gründen durchspießt oder angekokelt wird. Was treibt Menschen dazu, ihre Hülle zu malträtieren? Mutmaßungen sind hier fehl am Platze, nur eine Umfrage vor Ort kann Aufschluss darüber geben.

Als ich das Studio "Zum Öfchen" betreten will, schlägt mir gleich beim Öffnen der Tür ein vertrauter Geruch entgegen. Ich sehe vor mir Mutter, wie sie mit einem Fidibus - gedreht aus dem Sportteil der Südoldenburgischen Volkszeitung - ein frisch gerupftes Huhn abfackelt, ich höre meinen Bruder, der beschwörend "Brennen sollst Du, brennen..." murmelt und sich alsbald wieder in den "Glöckner von Notre Dame" vertieft.

Aber es ist nicht meine Mutter, die hier Geflügel für die Suppe präpariert. Es ist vielmehr ein über und über tätowierter Zeitgenosse, der in diesem Moment ein Brandeisen auf die entblößte Rückenpartie einer bis zu diesem Zeitpunkt sicherlich attraktiven jungen Frau setzt und mit bäriger Stimme "Und ab geht der Fisch!" ausruft, was seitens der Klientin ein leises Quieken nach sich zieht. Als der Folterknecht das Eisen absetzt, erkenne ich das eingebrannte Motiv. Es ist ein Portrait von Klaus Thomforde.

Zwei Stunden später. Ich habe mich inzwischen mit Mike - so heißt der Besitzer des Studios - etwas angefreundet. "Weißt du", sagt er, während er mit wuchtigen Schlägen einen 12zölligen Nagel durch den Mittelfuß eines verhärmten Soziologiestudenten treibt, "früher war das mal ein angenehmer Job. Heute werden die Wünsche der Kunden immer kryptischer." Was Mike mit "kryptisch" meint, wird mir am frühen Nachmittag klar, als Judith das "Öfchen" betritt. Sie will sich zwei verchromte Handtuchhalter im Lendenwirbelbereich installieren lassen. "Tjoa, Mädel, das sind ja wohl die falschen Dübel", enttäuscht sie Mike und gibt ihr einen neuen Termin für den kommenden Mittwoch. Leider hat Judith ihren Terminkalender nicht dabei, aber Mike erweist sich blitzfix als ausgefuchster Geschäftsmann. Kostenlos schmort er ihr das Datum und die Uhrzeit in den Unterarm.

Als ich Mike am späten Abend verlasse, habe ich viel gelernt. Sein herzliches "Schau mal wieder rein!"

kommt mir zwar irgendwie oberflächlich vor. Aber das kann ich wohl erst genau sagen, wenn ich übermorgen den Verband abnehme...

Der Aal ist bunt

"Elf Kreative sollt ihr sein. Dass der Ball rund ist, macht zwar die Spielgestaltung nicht einfacher, aber 90 Minuten sind nicht gerade wenig." Unvergessen ist es, dieses Zitat von Sepp Herberger. 1954 war's, da raunte er in der Halbzeit des Endspiels um die Fußballweltmeisterschaft seinen Spielern diese Weisheit zu. Ein Satz, der die Mannschaft motivierte und dazu antrieb, das Unmögliche möglich zu machen: Ungarn zu besiegen.

Viele von uns werden sich daran erinnern, dass es zu Beginn der legendären WM in Bern überhaupt nicht gut für unser Team aussah. Der 1. FC Kaiserslautern, damals das Gerippe der Nationalelf, war wenige Wochen vor dem Turnier in der Schweiz im Endspiel um die Deutsche Meisterschaft gegen Hannover mit 1:5 untergegangen. geradezu böse waren wir auf den Bundessepp, weil er stur an "seinem" Fritz Walter und weiteren pfälzischen Versagern festhielt. So wunderte sich auch niemand, als unsere Nationalelf im 2. Gruppenspiel den Ungarn nach 90 Minuten 3:8 unterlag. (Zum Vergleich: Unsere Theken-Mannschaft braucht für ein solches Ergebnis im Schnitt 60 Minuten; Anm. d. Autors)

Als die deutsche Mannschaft schließlich dennoch im Endspiel stand, staunte nicht nur Heinz, der berühmte Berner Sennhund, der 1952 beim großen Lawinenunglück im Kanton Uri ein zwölfteiliges Silberbesteck aus den Schneemassen grub und dieses stillschweigend im 60 Kilometer entfernt gelegenen Ort Pfützli ablegte. (600 Menschen kamen damals ums Leben, darunter auch viele Frauen; Anm. d. Autors)

73

Zurück zum Endspiel: Zunächst kam es, wie es kommen musste. Schon nach wenigen Minuten lag Deutschland durch Tore von Puskas und Czibor nahezu hoffnungslos im Rückstand. Zwar gelang Morlock der schnelle Anschlusstreffer, aber kein sachverständiger Fußballfan hätte auch nur einen Groschen für unser Team gegeben. Doch als Rahn nach Ecke von Walter zum 2:2 versenkte, griff Ekstase Raum.

Dann kam die Pause - und der große Moment des Sepp Herberger. Zur Erinnerung: Motivation schrieb man zu dieser Zeit noch mit Doppel-O; ein Arschtritt vom Trainer oder zwei in die Fresse vom Masseur waren die üblichen Mittel, um aus den Spielern größere Leistungen herauszukitzeln. Und dann kommt dieser Herberger daher und sagt ganz ruhig: "Elf Kreative sollt ihr sein. Dass der Ball rund ist, macht zwar die Spielgestaltung nicht einfacher, aber 90 Minuten sind nicht gerade wenig." Ein Ausspruch, der in der Folgezeit überwiegend falsch zitiert wurde. "Elf Träumer sollt ihr sein", war oft zu lesen, oder "Der Aal ist bunt", sogar "Nach Kiel sind es 90 Minuten" war in einigen Sportgazetten zu lesen.

1962 besuchte ich Sepp Herberger unter dem Vorwand, einige Briefmarken tauschen zu wollen. Wir saßen in seinem gemütlichen Wohnzimmer und aßen die legendäre Stachelbeer-Cremetorte, die Herberger allen Gästen aufzudrängen pflegte und von der Ottmar Walter einmal gesagt hat: "Sieht gut aus, schmeckt wie Scheiße." Natürlich kam unser Gespräch auf Fußball und auf das Endspiel in Bern. "Wissen Sie", sagte Herberger und zwinkerte mir zu, indem er ein Auge in schneller Folge schloss und öffnete, "meine Jungs waren damals völlig fertig. Aber ein guter Trainer zeichnet sich eben auch durch einen guten Wortschatz aus." Wie er das meine, wollte ich wissen, indem ich ihn fragte, wie er das meine. "Na wie wohl?" entgegnete Herberger und legte Torte nach. Und dann sprudelt es aus ihm heraus. "Ein Bänderriss dauert bis zu sechs

Wochen", "Keine Nacht mit Drogen", "Hau weg, das Ding" - eine Fußballweisheit reiht sich an die andere. Es wurde ein Abend, den ich nie vergessen sollte.

Kommt Zeit, kommt Rad

Zugegeben, ein recht tutiges Wortspiel, eine humoristisch eher bieder gehaltene Überschrift für einen Aufsatz über das Fahrrad. "Guter Rad ist teuer" kommt auch nicht viel frischer 'rüber, aber nun, nicht immer ist die Muse zu wildem Geknutsche aufgelegt, und heute, das spüre ich genau, artet mal wieder alles in Arbeit aus.

In einer Zeit, in der das Ozonloch sich mehr und mehr vergrößert, in der wir durch den gedankenlosen Einsatz von Verbrennungsmaschinen unsere Zukunft.... Hm, klingt wie die Einleitung zu einer wissenschaftlichen Studie, nein, das ist nicht die lockere Art, nicht die unbekümmerte Herangehensweise, die ich an mir schätze. (Unsere Zukunft, wo ich schon mal dabei bin, erscheint mir übrigens seit einigen Tagen wieder etwas rosiger. Konnte ich doch bei einem Kontrollgang durchs Studentenviertel erlauschen, wie ein etwa siebenjähriges Mädchen seine Mutter fragte: "Mama, soll ich dir mal die Stationen des Rosenkranzes aufzählen?" Ich musste mich daraufhin auf einem Treppenabsatz etwas ausruhen.)

Die Kreuzung Grindelhof/Bornstraße (und damit ist bewiesen, dass rücksichtsloses Assoziieren letztendlich zum Ziel führt: Der Zugang zum Thema ist gefunden!) eignet sich ganz hervorragend, um das Verhalten von Radfahrern zu studieren. Da ist zum Beispiel dieser Professor (den ich als Professor erkenne, weil er die Aktentasche auf dem Gepäckhalter zusätzlich mit einem roten Weckglas-Gummi gesichert hat), der gerade um die Ecke geradelt kommt und seinen zur Anzeige eines Richtungswechsels ausgestreckten rechten Arm jetzt wieder auf den Lenkergriff legt. Kurz blickt er sich um und prüft, ob die Fracht das rasante Manöver gut überstanden hat. Hat sie, guter Mann, hat sie! möchte ich ihm zurufen, doch eine junge Leistungssportlerin (die ich als Leistungssportlerin erkenne, weil sie Turnschuhe trägt) kommt jetzt katzengleich auf einem Leichtmetallgeschoß angeflitzt, nimmt einem Kfz-Fahrer die Vorfahrt und blickt sich prüfend um, ob der auch wirklich eine Vollbremsung unternommen hat. Hat er, hat er! möchte ich nun ihr zurufen, aber ein armer Student (den ich als solchen erkenne, weil das Brötchen in seiner rechten Hand und die Reifen seines Rades keinen Belag haben - legt sich soeben voll auf den Bart, denn ein Kleinkind hat Anspruch auf das Betreten des Bürgersteigs erhoben und das Verringern der Geschwindigkeit only mittels Vorderradbremse will nun mal gelernt sein. Ich sehe nach, ob sich der Gestürzte verletzt hat. Hat er nicht, hat er nicht!

Drei Typen von Radfahrern, liebe Leserinnen und Leser, haben Sie jetzt kennen gelernt: den vorsichtigen Professor, die rücksichtslose Leistungssportlerin und den hungrigen Bettelstudenten. Sicherlich, komplett ist diese Studie nicht, und Rückschlüsse lassen sich auf Anhieb nicht ziehen. Aber den Versuch war's wert, allemal.

Wie hat er das bloß gemacht?
Filmkritiker zu sein, das ist schon ein feiner Beruf. Sich früh am Vormittag - noch halb verpennt - bei Wurstbrot und einem Becherchen koffeinhaltiger Limonade mit den neuesten Machwerken Hollywoods auseinandersetzen zu dürfen, nun, davon träumen viele. Um diesen Traum zu verwirklichen, bedarf es natürlich gewisser Voraussetzungen Eine davon ist - neben der Eigenschaft, Filme wirklich ernst zu nehmen- die gute alte Phantasie. Wer etwa zu "Batman" schreiben will "Dieser Film ist total unglaubwürdig, weil Men-

schen nicht fliegen können", hat sein Berufsziel weit verfehlt.

Nein, als Filmkritiker müssen wir in der Lage sein, einfache Zusammenhänge möglichst wortgewaltig und unverständlich zu beschreiben. Eine gute Schulung dafür ist das sorgfältige Studium so genannter "Cineasten". Das sind Menschen, die in der realen Welt kein Auskommen finden und deshalb ihren festen Wohnsitz im Kino haben. Cineasten erkennen wir daran, dass sie sich während der Vorstellung Notizen zu einzelnen Kameraeinstellungen machen und nachher im Foyer und auf dem Weg zum Fahrrad bemängeln, dass der "anfänglich solide inszenierte Genrefilm, der mit sparsamer äußerlicher Aktion Spannung und Interesse erzeugt, leider gegen Ende in die üblichen Muster verfällt." Damit wird nicht mehr und nicht weniger gesagt, als dass am Anfang des Streifens einer leicht was in die Schnauze kriegt und am Schluss mit 40 Kilo Dynamit weggeblasen wird.

Wer lernen will, sich einer allgemein verständlichen Kritikersprache zu befleißigen, sucht zu mitternächtlicher Stunde die an der Reeperbahn gelegenen Lichtspielhäuser auf. Unbeleckt von Truffaut und Chabrol tummelt sich dort die Sorte Filmverständiger, die letztendlich über den finanziellen Erfolg oder Misserfolg eines Films entscheidet. Hier können wir soziale Gruppierungen beobachten, die locker eine Palette Exportbier wegzischen, während auf der Leinwand wahlweise Kommunisten oder Riesenameisen niedergemetzelt werden. Die lautstarken Kommentare kettenrauchender Filmexperten reichen dabei vom inhaltlich reflektierenden "Geil, Mann!" über fundierte Drehbuch-Kritik wie beispielsweise " Nu' mach ihn doch richtich fertich!" bis hin zum Bildschnitt hinterfragenden "Wie hat er das jetz' bloß gemacht?"

Ja, das war es mal wieder, das "Wort zur Woche": Ausdrucksstark durch den virtuosen Einsatz verbaler Mittel, vor allem aber durch das Spiel mit Licht und

Schatten, das den Aufsatz zu einem Klassiker des "exposé noir" macht.

Anzug

Am vergangenen verkaufsoffenen Donnerstag - es war, wenn ich mich recht erinnere, ein Donnerstag - lenkte ich meine Schritte in die Innenstadt, um mir für eine bevorstehende Party einen neuen Anzug zu kaufen. Beim Blick in die Auslage eines im Hamburger Hof gelegenen Oberbekleidungsgeschäftes wurde ich einer Kombination gewahr, deren Kleidsamkeit mir auf Anhieb außer Frage schien. Ich betrat also den Geschäftsraum und verbrachte in Anbetracht dortiger Menschenleere etwa zehn Minuten damit, das Tuch des von mir ins Auge gefassten Kleidungsstückes zu befühlen und leise Laute vollkommenen Wohlgefallens auszustoßen. Mein Gurren lockte alsbald eine junge Dame an, die sich mit der Frage "Soll ich mal was helfen?" als Angestellte des Bekleidungshauses auswies. "Allemal", gab ich froh gestimmt zurück und fügte fragend an, aus welchem Material denn dieser feine Anzug hier wohl gefertigt sein möchte. "Weiß nich'" war die spontane Antwort, der eine lange Pause folgte.

Die Nichte des Geschäftsinhabers, die ihrem Oheim einen personellen Engpass überwinden hilft? Eine Verkäuferin, die das Näschen gestrichen voll hat? Ein Folge von "Verstehen Sie Spaß?" Derartige Gedanken ordnend, überbrückte ich die Gesprächspause mit dem Hinweis, dass ja vielleicht im Inneren des Sakkos ein versteckter Hinweis angebracht sei, woraus nun das Wams geklöppelt sein möchte. "Nee, is' nich", entgegnete die Dame nach flüchtiger Inspektion und schob gekonnt die offensichtlich in ihrer Mundhöhle befindliche Lutschpastille mit der Zungenspitze in die linke Backentasche. Um sich alsbald von mir abzuwenden und sich hinter dem Verkaufstresen fragwürdigen buchhalterischen Tätigkeiten zuzuwenden.

1987 wurde ich auf einem Basar in Assuan vom Inhaber eines Kaftan-Shops mit den Worten "Welcome
to my Shop, Sir! This all is for you!" begrüßt. Ein Erlebnis, das mir seitdem ein Maß aller Beurteilung von
Dienstleistung ist, wenn ich auch nicht unbedingt er-
warte, dass mir in Hamburger Bekleidungshäusern Tee
und Zigaretten angeboten werden. Aber ein Mindest-
maß an Aufmerksamkeit und Entgegenkommen scheint
mir doch wohl angemessen.

"Schauen Sie", näherte ich mich also vorsichtig der
Ignorantin, "ich frage nicht aus Jux. Auch Dollerei liegt
mir fern. Ich muss ganz einfach wissen, woraus der
Anzug meiner Wahl gemacht ist. Eine Polyamid-
Allergie, Sie verstehen? Kunstfasern lösen bei mir nicht
nur Kurzatmigkeit aus, ich bekomme Pusteln, Krämpfe
und Depressionen. Ich verstehe ihr Desinteresse, ehrlich. Wer will schon verkaufen, Umsatz machen, beruflich weiterkommen, eventuell mal einen eigenen Laden
besitzen? Nein, sagen Sie jetzt nichts! Niemand will das.
Deshalb schlage ich vor, dass wir gemeinsam auf den
Geschäftsführer warten und ihn meine dringlichen
Fragen beantworten lassen. Wäre doch albern, wenn
wir beide uns deswegen entzweien würden, was?"

Monika weiß heute alles über das Verkaufen von
Bekleidung. Selbst schwierige Formulierungen wie
"Passt Ihnen ausgezeichnet!" oder "Auch im Schritt
einwandfrei!" gehen ihr leicht über die Lippen.

Es lebe die Kleinkunst

Wer Kleinkunst in Vollendung erleben möchte, muss
nur einmal wachen Auges durch die Innenstadt schlendern. Hier finden wir sie zuhauf: namenlose Künstler,
die ihre Talente und Fähigkeiten hinter provisorisch
errichteten Verkaufsständen zu unser aller Erbauung
ausleben, indem sie aufregende Haushaltsprodukte an
Frau und Mann bringen.

So steht im Erdgeschoss eines großen Kaufhauses an der Mönckebergstaße ein beleibter Herr, dessen Stirn mit der von ihm angepriesenen Staubsaugerdüse "Suck 2000" um die Wette glänzt. "Unser "Suck 2000", doziert der Mann und sieht dabei einer Zuschauerin fest in die Augen, "macht aus Ihrem Teppich wieder einen Teppich." Das Gesicht der Frau bleibt ausdruckslos; offensichtlich hofft sie immer noch, dass aus ihrem Bodenbelag irgendwann mal was Gescheites wird. Der Künstler bemerkt diese leichte Verstimmtheit natürlich sofort. "Will sagen", ergänzt er rasch, "dass ihr Teppich wie neu wird!" Das Gesicht der Frau entspannt sich und kündet von grundsätzlich vorhandener Bereitschaft, jetzt mehr über dieses Wunderwerk zeitgemäßer Technologie zu erfahren.

"Milliarden feinster Nylonborsten nehmen selbst widerspenstige Wattefasern auf", legt unser Showmaster los und unterstreicht seine Aussage, indem er eine Hand voll Baumwollfasern auf einer Teppichprobe verteilt und mit einigen zügigen Bewegungen der "Suck 2000"-Düse wieder absaugt. Selbst Schrauben und Nägel größeren Kalibers - die ja auf den Fußböden bundesdeutscher Wohnstuben zuhauf herumliegen, putzt die Wunderwaffe mühelos weg. Ich schaue mich prüfend um - die Menge ist begeistert und erwartet jetzt ungeduldig den Höhepunkt der Veranstaltung. Wird der Tausendsassa jetzt einen Zuschauer verschwinden lassen?

"Was kostet der Schrott?" brüllt in diesem Moment ein Kunstbanause in das Referat hinein; eine bodenlose Unverschämtheit, die aber unseren Entertainer keine Spur verunsichert. Ganz im Gegenteil: Mit einem jovialen "Geduld, mein Freund, nur Geduld!" leitet er das Finale ein. "Suck 2000" hat nämlich ein Kupplungsstück, das "von der NASA, verstehen Sie, von der NASA!" entwickelt wurde, und das bedeutet, dass uns Anwesenden hier "Spitzentechnik, von der man bisher nur geträumt hat!" zu einem "echten Spottpreis, quasi verschenkt!" offeriert wird. Beifall brandet auf, jetzt gibt es kein Halten mehr.

Auch ich kaufe zwei der Wunderdüsen, eine für mich, eine für meine Mutter. Nicht etwa, weil ich vom Nutzen des Gerätes überzeugt bin. Vielmehr deshalb, weil gute Unterhaltung grundsätzlich honoriert werden sollte. Es lebe die Kleinkunst!

Verbrauchen und verzeihen

Unlängst konnte ich nicht einschlafen, weil es draußen noch so hell war. Um mich zu ermüden, habe ich den Katalog eines schwedischen Möbelhauses in mein Kuschelbettchen geholt und wahllos eine Seite aufgeschlagen. *Nehmen Sie sich gelegentlich Arbeit mit nach Hause?* las ich, und: *Wie wär's mit einem ELO Schreibtisch und dem REBECKA Stuhl als Partner?* Zwei Seiten später erweckte die Behauptung *Ein Couchtisch kann ganz schön frech aussehen* meine berufliche Neugierde; bisweilen muss ich zum Broterwerb auch solche Dinge schreiben. *Sichtbare Äste verstärken den naturnahen Eindruck* fand ich irgendwie rassig ausgedrückt; mein Herz hüpfte und schon am nächsten Tag fuhr ich zum Möbelhaus, um ein lederbezogenes Freizeit-Lümmel-Element *auf Basis von Vogelfedern und polyätherischen Fasern* käuflich zu erwerben. "Drei Breiten, zwei Tiefen und dazu ein Oberschrank", sang ich beim Schlendern durch die Ausstellungsräume; es gibt in Katalogen Texte, die sind echte Ohrwürmer.

Der Großteil der Exponate war von mir besichtigt, als ich von einer merkwürdigen Stimmung erfasst wurde. Plötzlich stand ich nahezu mutterseelenallein in einem abgeschiedenen Bereich der Regal-Abteilung. Andere Kunden machten einen großen Bogen um mich, ein Kleinkind barg sein Gesichtchen in der Kniekehle der Mutter, eine alte Frau murmelte Stoßgebete und suchte Deckung hinter einer flexiblen Anbauserie namens RALF. Mich furchtsam umsehend, entdeckte ich alsbald den Grund für die Massenpanik: eine Gruppe jener Regale, die seinerzeit durch übertriebenen Formaldehydgenuss in die Schlagzeilen geraten waren. "BILLY", murmelte ich, "das ist BILLY."

Da stand sie vor mir, die neue Generation. Einsam, von den Menschen gemieden. "Hier büßen junge Bretter für die Fehler ihrer Vorfahren", schoss es mir durch den Kopf. Eine eiserne Faust umklammerte mein Herz, etwas in mir zerbrach - wie der KROKOKO-Blumentopf, den ein renitentes Krabbelkind in diesem Moment zu Boden stieß. Kein Zweifel, ich musste jetzt handeln und ein Zeichen setzen.

Seit diesem Tag lebt ein BILLY-Regal in meinem Haus. Dreimal täglich gebe ich ihm ein Buch, am Wochenende lasse ich BILLY in den Garten. Wenn ein Gast die alte Formaldehyd-Geschichte wieder aufwärmt, werde ich ungehalten und weise ihn zurecht. Als Verbraucher haben wir natürlich unsere Rechte, aber auch eine große Pflicht: die, zu verzeihen. Denken wir einmal darüber nach.

Was Ihr wollt

William Shakespeare - wer kennt ihn nicht, den rührigen Poeten, aus dessen Feder so tolle Werke wie "Die Drei von der Tankstelle", "Derrick" und die unvergessene Serie "Miami Vice" stammen. Oder zu stammen scheinen? Wie auch immer: Sich mit historischen Recherchen aufzuhalten, hat noch keinem Vertreter der modernen Unterhaltungsliteratur sonderlich genutzt, was also sollte es mir bringen? "Was ihr wollt" lautet das Thema in dieser Woche. Eine Frage, die mich - und damit unweigerlich auch Sie, liebe Leserinnen und Leser - wieder einmal in die Niederungen des Einzelhandels führt; eine Welt, deren Beschreibung aus Kundensicht mir in der letzten Woche viel positive Resonanz beschert hat. Lassen sie sich also mitreißen vom Sog einer packenden Erzählung, die – großes Indianer-Ehrenwort − auf tatsächlichen Ereignissen basiert, die − lügnerischer Apache, der ich nun einmal bin − von mir einer erzählwürdigen Form zugeführt wurden, respektive: jetzt wohl werden. Es ist eine Story, die ich in Liebe und Zuneigung meiner Bewegungstherapeutin widme.

Der Samstagvormittag gilt mir seit Jahren als wertvoller Zeitabschnitt; milchkaffeegestärkt schwinge ich mich immer so gegen 10 Uhr auf meinen windschlüpfrigen Roller und brumme in Richtung AEZ, das ich - St. Christopherus sei an dieser Stelle Dank bescheinigt - nach kurzem Halt im legendären KWP-Baumarkt, wo ich frische Schrauben und Dübel einkaufe, immer so gegen 10 Uhr 45 erreiche.

Am vergangenen Samstag galt mein Interesse neuem Schuhwerk, und da habe ich eine faszinierende Beobachtung gemacht: Es gibt tatsächlich noch Männer, die beim Kauf von Schuhwerk den Rat ihrer Lebenspartnerin einholen. Beziehungsweise dieser die komplette Entscheidungsgewalt überlassen. Original-Dialog bei WURTZ um 10 Uhr 57: "Probier mal die hier!" - "Aber die sind doch braun!" - "Du wolltest doch braune!" - "Schon, aber nicht sooo braun!" - "Mit dir kann man einfach nicht einkaufen, du weißt nie, was du willst. Zieh' mal an." Tatsächlich zieht sich der Mann die Schuhe an. "Geh' mal ein paar Schritte! Und?" - "Die drücken hinten..." - "Du hast auch immer was zu mekkern. Schuhe muss man einlaufen!" Zur Verkäuferin: "Die nimmt er." Zum Mann: "Lass' sie doch gleich an, dann laufen sie sich ein..." - "Aber die drücken!" - "Mein Gott, bist du ein Mann, oder was?!" - Zur Verkäuferin: "Männer wissen nie, was sie wollen. oder?" Verkäuferin: "Meiner auch nicht. Wenn ich dem morgens keine Sachen hinlege, geht er nackt zur Arbeit." Beide Frauen lachen herzlich, während der Mann leise weint... Erschüttert lasse ich mir die rosaroten Schnürstiefeletten einpacken, die ich ganz alleine ausgesucht habe. Ein Mann, der weiß, was er will - wohl einer der letzten...

Da noch etwas Platz ist, möchte ich schnell eine kleine Albernheit loswerden: Wussten Sie, dass für ein Schuhgeschäft die Laufkundschaft unheimlich wichtig ist?

Überleben ist alles

Ein gut bestücktes Video-Archiv ist schon eine feine Sache. Es hilft, einsame Stunden zu überbrücken ("...tja, und dann hab ich mir eben nochmal "Der Pate" I, II und III angeguckt, und dabei bin ich wohl irgendwie eingeschlafen"), es hilft, lästigen Unterhaltungen mit seinen Gästen aus dem Wege zu gehen ("Hallo, lange nicht gesehen. Apropos sehen, ich hab' mir gerade den neuen Action-Streifen mit Arnie geholt. Hast du Lust, mitzugucken?")

Während zumindest die Werke professioneller Filmemacher bisweilen für eine gewisse Kurzweil sorgen, ist beim gemeinsamen Betrachten von Magnetbändern mit persönlichen Erinnerungen das Maß des Erträglichen grundsätzlich schnell erreicht. Man sehnt sich geradezu den guten alten Dia-Abend wieder herbei, an dem allenfalls 24 Bilder pro Minute gezeigt werden konnten, untermalt mit Bild-Erläuterungen der kryptischen Art. ("Das ist Susi beim Frühstück. An diesem Tag hat es unglaublich geregnet, weißt du noch, Susi?" - "Stimmt, wir haben den ganzen Tag Mau-Mau gespielt und uns fürchterlich gestritten." - "Ach komm, haben wir nicht." - "Doch, haben wir. Du hattest doch das Kreuz-As auf das Pik-As gelegt und dabei übersehen..." - "Hab' ich nicht!" - "Doch hast Du....!")

Wer jetzt behauptet, das sei doch einfach unerträglich, der war wohl noch nie bei einem Urlaubs-Video-Abend dabei. Besonders beliebt ist bei frischgebackenen Videokamerabesitzern die - meist aus der Hüfte heraus gefilmte und entsprechend avantgardistisch anmutende - 75minütige Aufnahme von Minderjährigen beim Sandburgenbau. Dann folgt – üblicherweise für die Dauer von drei Tüten Salzstangen und zwei Dosen Erdnüssen - die ausführliche Dokumentation jenes Naturwunders, das einen Ausflug an die Ostsee so unvergesslich machen: Die Flut kommt und zerstört die Sandburg.

Wenn man Glück hat, wurde dabei seitens des Regisseurs auf eine Nachbearbeitung verzichtet. Wehe aber, es ist ein Video-Schnittplatz im Haus! Raffiniert eingeblendete Nahaufnahmen weinender Kinder, das mit willkürlicher Zoom-Technik geradezu aufrüttelnd gefilmte Absaufen einer Kühltasche und schließlich der unvermeidliche Mischlingsrüde, der 620 mal hintereinander ein in die Wellen geschleudertes Stöckchen zurückbringt (übrigens künstlerisch aufgewertet mit Untertiteln der Güteklasse "Besonders wertvoll", z.B. "Ein braver Hund!", "Fido, bring' das Stöckchen!" und "Aber, aber, wer ist denn hier wasserscheu?")

Wer einen derartigen Abend überlebt hat, ist zukünftig gegen alle Schmerzen gefeit. Mein Wort darauf.

Die Seele der Nofretete

Nofretete und Echnaton sprechen: Szenische Gänge durch die Antike erwarten die Besucher des Museums für Völkerkunde am 12 Dezember. Und dieses Thema erinnert mich unweigerlich an einen szenischen Gang durch Kairo, an dem ich - mehr oder weniger freiwillig - Ende der 80er Jahre teilnehmen durfte.

Zusammen mit meiner hoch gewachsenen Reisebegleiterin durchstreifte ich in den späten Abendstunden die ägyptische Metropole, um mal so zu kontrollieren, um welche Uhrzeit die Ägypter zu Bett gehen. Gegen 22 Uhr 30 hatten wir uns hoffnungslos verlaufen. Die Getreidekörner, mit denen ich in fremden Städten meinen Weg zu markieren pflege, waren wohl von streunenden Hühnern aufgepickt worden; auch der Sternenhimmel bot keinerlei Anhaltspunkte zur Bestimmung unseres momentanen Standortes. So blieb nur die Möglichkeit, sich bei einem Einheimischen nach dem Weg zu erkundigen.

"Do you know the way to the Palace Hotel?" fragte ich also in fließendem Altägyptisch einen in wallende Gewänder eingehüllten Mann, der unseren Weg kreuzte. "Oh yes, of course. Follow me!" war die prompte Antwort; schnellen Schrittes ging der hilfsbereite Herr voraus, willig folgten wir ihm, erleichtert darüber, der drohenden Übernachtung unter freiem Himmel doch noch zu entgehen.

Etwa zwei Stunden später hatte ich das unbestimmte Gefühl, missverstanden worden zu sein. Die Straßen, die wir durchschritten, waren menschenleer; meine Begleiterin, eine ansonsten von Haus aus abenteuerlustige Frau mit Mut zum Risiko, meldete vermehrt ihre Zweifel an der Ortskenntnis unseres Führers an, der aber alle diesbezüglichen Nachfragen stets mit einem charmanten "Only a few minutes!" quittierte und das Tempo verschärfte.

Weit nach Mitternacht – Ägypter, das weiß ich jetzt übrigens, gehen recht früh zu Bett – wickelte ich die ausgefransten Reste meines Geduldsfadens sorgfältig auf und formulierte bereits in Gedanken eine scharfe Zurechtweisung, als unser Führer scharf um die Ecke bog und wir alsbald auf einen hell erleuchteten Hof traten.

Nun, das war schon eine sehr gut sortierte Parfümerie, in der wir bis 2 Uhr hockten und aufregende Düfte schnupperten. Nachdem ich 15 Liter "The Soul of Nofretete" gekauft hatte, brachte uns der Ladenbesitzer - ein Schwager unseres Pfadfinders - in seinem Wagen zum Hotel. Die Fahrt dauerte etwa 40 Sekunden.

Nackte Menschen in überheizten Holzhäuschen

Begnadete Körper. Leiber, die balancieren, jonglieren, die durch die Lüfte sausen, sich verbiegen, der Schwerkraft trotzen. Ja, was André Heller uns zur Weihnachtszeit präsentiert, ist schon ein wahres Geschenk. André Heller selbst kann all diese Sachen natürlich nicht, aber das soll seine Verdienste nicht schmälern. Ich selbst kann's ja auch nicht.

Dafür kann ich andere Dinge tun. Ich kann mir zum Beispiel lebhaft vorstellen, wie es ist, so einen begnadeten Körper zu haben. Einen Körper, der einem aufs Wort gehorcht und zu extremsten Leistungen fähig ist. Diese Vorstellungskraft setzte ich neuerdings schon frühmorgens beim Aufstehen ein. Die meisten Leute steigen da einfach so aus ihrem Bettchen und machen sich keine weiteren Gedanken über diesen Vorgang. Ich schon. Denn die Gabe, das Lager zu verlassen, ist eine ganz besondere. Zumindest dann, wenn eine Bandscheibe nicht ganz korrekt an ihrem Platz sitzt.

Meine Bandscheibe ist vor etwa fünf Tagen auf Wanderschaft gegangen. Ich saß auf einem Stuhl und wollte just mein Schuhwerk richten, als ein heftiger Schmerz diesen simplen Vorgang jäh unterbrach. Seitdem leide ich.

Wissen Sie, ich habe mir über meinen Körper nie sonderlich viele Gedanken gemacht und ihn als reines Transportmittel für mein Gehirn betrachtet. Die Sachen, zu denen mein Körper in der Lage war, konnte er quasi von Haus aus: 5 Meter 60 weit springen, Rumba tanzen, im Mittelmeer hinter Tintenfischen hertauchen und sich schönen Frauen in den Weg stellen. Vier Fähigkeiten, die mir immer ausreichend erschienen: Ich war schnell aus Gefahrenzonen heraus, hatte soziale Kontakte, konnte auf die Jagd nach Nahrung gehen und mich schlussendlich fortpflanzen. Das nenne ich einen begnadeten Körper.

Und hier stoße ich – unter Einwirkung starker Medikamente - an den Knackpunkt meiner philosophischen Betrachtungen. Sind die Körper, die uns André Heller präsentiert, wirklich begnadet? Sind sie nicht vielmehr "gut trainiert" oder allenfalls "prima in Schuss"? Muss es nicht in Wirklichkeit heißen: "André Heller präsentiert: Ergebnisse fortwährender sportlicher Betätigung"? Zugegeben, das klingt nicht sonderlich einladend. Ist aber Fakt. Ebenso wie der Umstand, dass ich bei meiner Bewegungstherapeutin in Ungnade gefallen bin. Ich muss jetzt ins Schwimmbad gehen und Übungen machen, die bei meinem Sohn heftiges Gelächter hervorrufen. Wildfremde Menschen bedecken mich frühmorgens mit Schlamm und spritzen mich danach mit kaltem Wasser ab. Ich muss unbekleidet mit anderen nackten Menschen in engen und überheizten Holzhäuschen sitzen und Gesprächen über tückische Darmerkrankungen und durchschnittlichen Benzinverbrauch japanischer Mittelklassewagen zuhören. Und – als wäre das alles nicht Erniedrigung genug – über "begnadete Körper" schreiben...

Panik in der Innenstadt
Im Zentrum des launigen Aufsatzes, den ich in dieser Woche zu schreiben gezwungen bin, steht das großartige Thema "Bücher". Seitens der Redaktion wurden mir dafür wieder einmal alle schriftstellerischen Freiheiten eingeräumt, wofür ich mich an dieser Stelle bedanken möchte.

Das erste Buch, mit dem ich als Kind in Kontakt kam, war "Das Große Buch der Heiligenlegenden". Meine Tante Elfriede, bei der für eine Weile zu wohnen äußere Umstände mich zwangen, las mir allabendlich daraus vor; es waren Geschichten von Männern und Frauen, die ein beispielhaftes Leben im Sinne des Schöpfers führten. Die gekonnte Vortragsweise meiner Tante und meine intensive Vorstellungskraft führten dazu, dass ich im Alter von fünf Jahren als Berufsziel

"Märtyrer" angab. Mein großes Vorbild war der Hl. Sebastian.

Von der Dorfschullehrerin in die Kunst des Lesens eingeführt, traf ich dann selbst die Auswahl meiner Lektüre und war fortan - etwa bis zum 14. Lebensjahr - in keinster Weise von gesellschaftlichem Nutzen. Ich saß in einem Sessel und las, was das Zeug hergab; an mehr kann ich mich kaum erinnern. Den größten Einfluss auf meine geistige Entwicklung hatte ohne Zweifel die Buchreihe "Bomba, der Dschungelboy", Geschichten über einen Knaben, den ein zwölfbändiges Schicksal in den Urwald verschlagen hatte. Es folgte "Lederstrumpf", bevor Karl May mich für lange Zeit völlig mit Beschlag belegte. Während die Klassenkameraden erste Kontakte zu Mädchen knüpften, waren meine Gedanken bei Winnetous Schwester. Nach deren tragischem Ableben - oh, wie ich diesen Kerl namens Santer verfluchte - turtelte ich eine Weile mit dem Halbblut Apanatschi herum, aber ich merkte bald: Die echte Liebe ist das nicht.

Als ich alle Bücher von Karl May gelesen hatte, befiel mich eine große Leere, und so las ich alle Bände noch einmal. Und dann noch einmal. So lange, bis ich alt genug für Hemingway war. Als ich alle Bücher von Hemingway gelesen hatte, befiel mich wieder diese Leere. Diesmal setzte ich mich hin und begann, selbst ein Buch zu schreiben. Der Roman mit dem Titel "Der Sessel" handelte von einem vierjährigen Jungen, der immer im Sessel sitzt und eines Tages begreift, dass sein Vater gar nicht Cowboy ist, sondern Sachbearbeiter im Bezirksamt Hamburg Mitte. Der Junge wendet sich enttäuscht von seinem Vater ab und lebt viele Jahre sehr haltlos. Dann gerät eine Rinderherde (2000 prachtvolle und kerngesunde Longhorns) in Panik und trampelt durch die Innenstadt. Der Vater des Jungen schichtet vor dem Bezirksamt auf der Straße beherzt Aktenordner zu einer Barriere und lenkt so die Rinder stadtauswärts. Jetzt erkennt der Sohn, dass er einen Fehler gemacht hat, und versöhnt sich mit seinem Vater.

Der Roman wurde von acht Verlagen abgelehnt, immer mit der Begründung, das Thema sei zu brisant. So ist das, wenn man die Dinge mal beim Namen nennt.

Von Menschen und Maulwürfen

Jetzt, wo der Winter die eisigen Krallen zögerlich, aber doch spürbar lockert, die Sonne an Kraft gewinnt und die Tage länger werden, nun, da das Eichhorn die Veranda inspiziert und fluchend registriert, dass es mit der Fütterung ein Ende hat, ist es an der Zeit, in den Garten zu treten und zu schauen, wie Pflanzen und Tiere die kalte Jahreszeit überstanden haben.

Erste Erkenntnis: Der Maulwurf hat den Winter nicht nur überlebt, sondern offensichtlich zur vollständigen Regenerierung genutzt. So riesige Maulwurfshügel habe ich noch nie gesehen. Fast 17 Zentimeter in der Höhe und 0,3 Meter im Basisdurchmesser misst der höchste der insgesamt acht mächtigen Gipfel, die sich pechschwarz aus zartem Rasengrün erheben. Zweite Feststellung: Der Feind bewegt sich direkt auf das Wohnhaus zu, noch knapp 30 Meter trennen ihn von der Außenwand. Ich muss auf der Hut sein.

Letztes Jahr habe ich einen seiner Gänge freigelegt, Lautsprecherboxen installiert und die schwarze Bestie über mehrere Wochen mit Musik beschallt. Selbst Wagner hat nichts bewirkt. Auch die anschließende Überschwemmungsaktion "Rohr frei" brachte außer einem Mahnschreiben der Wasserwerke nichts ein; die winzige Badehose, zum Trocknen auf einem der Hügel ausgebreitet, war ein deutlicher Hinweis darauf, wie wenig meine Maßnahme den Maulwurf in Bedrängnis gebracht hatte.

Sieht man einmal von der Bedrohung aus dem Untergrund ab, macht mir mein Garten überwiegend

Freude. Zu meinen größten Vergnügungen zählt es, am Samstagvormittag den nahe gelegenen Markt für Bau- und Gartenbedarf aufzusuchen und zu sehen, was es an neuen Technologien gibt. Denn mit der Anschaffung von Hacke und Spaten ist es nicht getan; wer im großen Saseler Gartenwettbewerb mithalten will, kommt um massive Investitionen nicht herum. Die geplante Anschaffung eines Hochdruckreinigers habe ich übrigens erstmal zurückgestellt. Gestern kam nämlich mein Freund Michael - in Kürze ebenfalls Eigner eines großen Gartens und schon jetzt dabei, sich bestens für das neue Leben auszurüsten - vorbei, um seine neue Motorsäge auszuprobieren. Ich sage Ihnen, so eine Motorsäge schlägt alle anderen Gartengeräte um Längen. Selbst das Geräusch eines Aufsitzmähers ist nichts dagegen, mit einer Motorsäge bist du absoluter Lärmkönig. Mann, das war ein Spaß! Wir haben ein paar Tannen, die dem Garten meines Nachbarn zuviel Licht nehmen, etwas gekappt. Naja, sagen wir besser: ein gutes Stück gestutzt. Okay, was soll ich drum herum reden: Die Tannen sind jetzt quasi weg. Aber nur so konnten wir vernünftig an dem Magnolienbaum arbeiten, der hinter den Tannen steht. Oder stand, wie man will...

Einmal werden wir noch wach...
6. Februar. Noch eine Woche bis zum Valentinstag. Die bedrohliche Aussicht, den Tag der Verliebten alleine zu verbringen, schlägt auf mein Gemüt. Habe heute in morgendlicher Frühe ein Fasanenpärchen verscheucht, das poussierend unter Rhododendron kauerte. Mittags in der Stoffabteilung des Alsterhauses einer blonden Frau tief in die Augen gesehen. Keine Reaktion. Habe mir in meiner Verzweiflung ein Stückchen Samt zum Streicheln gekauft. Ist schon ganz zerknittert.

7. Februar. Schlecht geschlafen. Von einer Nubierin geträumt, mit der ich am Nil entlang spazierte. Intimes Gespräch mit ihr über die wirtschaftliche Lage Assuans und die Auswirkung des Staudamms auf die Infrastruktur. Richtige Stimmung wollte aber nicht aufkommen. Was mache ich falsch? Am Nachmittag in alten Fotos und Liebesbriefen herumgestöbert. "Liebe Elisabeth, deine neuen Zopfspangen stehen dir unglaublich gut. Komm mich doch mal besuchen, unser Kaninchen hat Junge bekommen..." Mein Gott, war ich damals in Form. Warum fehlen mir 30 Jahre später die richtigen Worte?

8. Februar. Massiver Einsatz von Betäubungsmitteln. Zum Frühstück ein Kistchen "Mon Cherie" und vier Päckchen "Merci" gefuttert. Mann, ist mir schlecht. Am Abend den Fernseher zertrümmert. "Ein schööööner Taaag..." Noch vor zwei Wochen war das mein Lieblingsspot. Frau überrascht Mann mit Eintrittskarten fürs Fußballstadion. Wahnsinnig realitätsnah.

9. Februar. Ob daraus wohl was wird? Anrufen muss sie mich auf jeden Fall, schon wegen der Haftpflichtregelung und so. Irgendwie unglaublich: Eine kleine Unaufmerksamkeit beim Einparken, und schon ist man verliebt. Sie heißt Franziska, hat tiefgrüne Augen und eine ganz kleine Narbe am Kinn. Mit ihrem Hund werde ich mich auch noch anfreunden, mein Arzt sagt, dass die Bisswunde in meiner Wade schnell heilen wird.

10. Februar. Franziskas Mann ist ein unangenehmer Zeitgenosse. Einer dieser Kerle, die ihren Autos zum Valentinstag eine Komfortwäsche mit anschließender Heißwachsbehandlung schenken.

11. Februar. Aus, vorbei. Die Dame bei der Partnervermittlung hat nicht lange um den heißen Brei herumgeredet. Nein, es gäbe keine Notprogramme für den Valentinstag, sie seien ein seriöses Unternehmen und überhaupt. Nein, sie selbst sei auch schon vergeben. Nein, ich soll keine Blumen schicken.

12. Februar. Stand mittags lange weinend vor dem Komposthaufen. Sie hat die 120 Rosen tatsächlich zurückgehen lassen. Für den Brillantring will mir der Juwelier eine Gutschrift geben. Nächstes Jahr werde ich auf jeden Fall früher aktiv.

Lebendiges Zeugnis des Wechselschritts

Nur viel zu selten sind mir Themenkreise vorgegeben, innerhalb derer ich mich daheim, zuhause, bestens aufgehoben oder gar geborgen fühlen. Als die redaktionelle Maßgabe "Schreib mal was über das Tanzen!" aus meinem Faxgerät tackerte, war die Freude allgemein; die Mägde brachten frisches Bier herbei, Sabrina, meine sizilianische Zugehfrau, schmückte die Schreibstube umgehend mit seltenem Blütenwerk und setzte dem Badewasser belebende Öle zu. Schüsse hallten durch den Saseler Forst, Niederwild trat bereitwillig auf die Lichtung, wissend, dass der Tod nicht ganz umsonst.

Als Heidi, meine österreichische Köchin, den Hasenrücken spickte und dazu alt überlieferte Weisen sang, saß ich bereits in meinem marokkanischen Schreibgestühl und lud "Word 5", mein vielleicht etwas antiquiertes, aber effektives Schreibprogramm. Ein Blick ins prasselnde Kaminfeuer beseitigte letzte Zweifel, keine Frage, ich würde unter hervorragenden Bedingungen schreiben, zumal mein Sekretär Joschi mir im gleichen Moment ein mundgeblasenes Gläschen reichte, das er bis zur Gravur "114 Milliliter, vielleicht aber auch etwas mehr, was soll's?" mit einem 88er Maggiore gefüllt hatte. Funkelnder Wein, dazu ein modifiziertes Babyphon, das die Atemgeräusche meines Sohnes in Dolby-Surround-Qualität überträgt, nein, die Bedingungen für einen guten Aufsatz können wirklich nicht besser sein.

Wie lautet noch gleich das Thema? Richtig: Tanz. "König des Tango", "Lebendiges Zeugnis des Wechselschritts" und "Inkarnation des Walzers" sind nur einige der Komplimente, mit denen mich meine Tanzlehrerin 1969 bedachte. Vierzehn neugierige Jahre alt und um ihre Eheprobleme wissend, hielt ich sie fest im Arm, lauschte der knisternden Seide ihres Kleides und spürte die Wachsflocken auf dem Parkett der Tanzschule "Hühnlein & Gattin" unter unseren heißen Sohlen schmelzen. "Nicht so pressen", raunte sie mir ins Ohr, "Lass dich gehen!" gab ich forsch zurück und bereitete ihr jene Schwindelgefühle, von denen die Trivialliteratur noch heute lebt.

Dann kam der "Abtanzball" und ich schlecht aus dem Startblock, ich stürzte übel. Als ich meinen Anzug aus der Reinigung zurückerhielt, schmiegten sich die attraktiven Mädchen des Kurses bereits an Kerle, die ich heute "Lappen" nenne. Für mich blieb nur Nora Haskamp übrig, Tochter eines Handelsreisenden für Unterwäsche und dementsprechend unflexibel. Gegen 22 Uhr schickte ich meinen Vater los; als er mir eine halbe Stunde später seine Arbeitsschuhe mit Stahlkappen überstreifte, war bereits alles zu spät.

Die Ärzte kämpften 24 Stunden lang um meinen rechten Mittelfuß. Wer ihn am Ende bekommen hat, weiß ich nicht.

Ich bin der Hansi

Bier macht viele Dinge leichter. Bier hilft uns, die großen Rätsel der Menschheit zu lösen, einfache Antworten auf schwere Fragen zu finden, tief und fest zu schlafen, auch wenn es draußen stürmt und donnert. Kurz: Das Bier ist ein Freund des Mannes.

Freunde ständig um sich zu haben, trübt auf Dauer den Blick für die Wahrheit, denn sie reden einem meistens nach dem Mund und helfen einem nicht wirklich weiter. So kommt es, dass ich heute viel weniger Bier trinke, als dies früher der Fall war.

Neulich allerdings, holla, da habe ich mächtig zugelangt. Es begann damit, dass ich mit einem echten Freund im Wirtshaus beisammen saß und ein ums andere Glas leerte, um mit ihm die Schwangerschaft seiner Lebensgefährtin gehörig zu würdigen. Ein richtig lustiger Abend war das; wir sprachen über den Zeugungsakt an sich, über seine Tücken und Freuden, über die Kraft, die er uns kostet und über die Aussicht, ihn noch viele Jahre vollziehen zu können. Irgendwie brachte das Gespräch mein Blut in Wallung, jedenfalls rief ich - kaum dass der gute Freund sich verabschiedet hatte - eine alte Freundin an, um ein kurzfristiges Beisammensein in horizontaler Lage zu arrangieren. "Ruf' wieder an, wenn du nüchtern bist", war die schroffe Antwort. Das hat mich doch sehr verletzt, also ging ich ins nächste Wirtshaus, um meinen Feldzug gegen die Langeweile fortzusetzen.

Das Wirtshaus entpuppte sich als Nachtbar, was ich eigentlich schon vor Eintritt hätte erkennen müssen, denn erfahrungsgemäß sind 99 Prozent aller Gaststätten, die nicht ebenerdig liegen bzw. nur über abwärts führende Treppenstufen eine Einkehr ermöglichen, kleine Ableger der Hölle.

"Hallo, ich bin die Ute und trinke Edelzwicker", grüßte mich die Filialleiterin fröhlich, mäßig verhülltes Bindegewebe locker auf die Theke gestützt. Als Freund klarer Ansagen (so ich sie nicht machen muss) zögerte ich nicht, ihr ein Gläschen zu spendieren, orderte für mich ("Ich bin der Hansi und trinke Bier!") eine Flasche Männersaft und ließ mir Kleingeld geben, um die Musikbox damit zu füttern. "Drück' G1", säuselte Ute, "das ist mein Lieblingslied."

Liebe ist ein scharfes Schwert. Mir wurde warm ums Herz, auf Utes Drängen hin wählte ich auch noch deine Spuren im Sand, Ich war noch niemals in New York und ein Lied von Roland Kaiser, dessen Titel mir entfallen ist, weil es ein B-Seite war.

Die Zeit mit Ute verging im Fluge. Wir sprachen über die Todesstrafe, Arbeitslosenhilfe und das uneheliche Kind von Boris Becker, über Resopalflächen, WC-Reiniger und Zahnersatz, genau in dieser Reihenfolge.

"Du kennst das Leben, Hansi", sagte Ute so etwa gegen ein Uhr, "noch ein Bier?" Ich verneinte mit einem klaren "Nix, der Hansi muss jetzt in die Heia!", ließ mir eine Droschke rufen und lag 10 Minuten später waagerecht.

Bier ist ja denn doch irgendwie manchmal wohl eine schon schöne Sache, dachte ich umständlich, während ich aus meinem zweiten Kopfkissen eine Nachbildung von Heidi Klumm zu kneten versuchte.

Dann muss ich eingeschlafen sein, denn am frühen Morgen wachte ich auf. Kein Kater, kein schlechtes Gewissen, kein Herpes. Ich denke, dass ich mittlerweile gut mit Bier umgehen kann.

Sag' es mit Blumen

Sich frisch zu verlieben ist eine Sache. Den neu entdeckten Gefühlen angemessen Ausdruck zu verleihen, eine ganz andere. Mag auch das zärtlich ins Ohr geraunte "Ich liebe Dich" bis heute nichts von seiner Wirkung verloren haben, so führt es doch auf Dauer nur dazu, dass wir aufgefordert werden, unsere tiefen Empfindungen deutlich sichtbar abzubilden. Und welches Instrument ist da wohl geeignet, wenn nicht die Blume?

Praktisch denken, Blumen schenken! Ich selbst bin ein großer Freund dieser zwischenmenschlichen Geste und verschenke teures Grünzeug, wann immer sich eine Gelegenheit dazu bietet. Ich liebe Blumen, Blumenläden und ganz besonders die Floristinnen, die darin arbeiten. Das sind in der Regel Frauen mit rosigen Wagen, einem herzensguten Wesen und einer vielfach angeborenen Geschicklichkeit, aus einer riesigen Auswahl an Blüten ausdrucksstarke und individuell auf das Opfer zugeschnittene Gebinde zu fertigen. Diese Kreativität ist auch unbedingt notwendig, denn nur wenige Menschen sind in der Lage, der Floristin exakt zu vermitteln, was sie sich so vorstellen. "Ach, irgendwas für 20 Mark!" ist in Blumenläden ein häufig zu hörender Satz, und wenn Männer ihn sagen, winden sie sich und starren verlegen auf ihre Füße.

Ich selbst habe meinen ersten Blumenstrauß im Alter von sechs Jahren gekauft, ein prächtiges Gebinde aus 50 blutroten Rosen und exotischen Gräsern, das ich aus Anlass meiner Einschulung der Klassenlehrerin mit den Worten "Hier, für dich, Kleines, und wo die herkommen, gibt's noch mehr davon!" in die Hand drückte. Vier Jahre lang supergute Noten waren die Folge dieser so unscheinbaren Geste.

Wenn ich meine Mutter besuchen will, trete ich die Reise selten ohne Blumenstrauß an. "Guten Tag, " sage ich dann zur Floristin, "ich hätte gerne ein altersgerechtes Arrangement für meine Frau Mutter. Sie ist jetzt 76 und besitzt immer noch einen ausgezeichneten Humor, es sei denn, meine Brüder und ich erzählen uns Männerwitze, dann steht sie auf und sagt: Ich mache uns jetzt erst mal Kaffee. Die Liebe meiner Mutter zu kräftigen Farben ist im Laufe der Jahre einer tiefen Zuneigung zu verhalten leuchtenden Blüten gewichen, und Rot mag sie überhaupt nicht mehr. Außerdem möchte ich sie bitten, den Strauß unter den Kriterien "Langstieligkeit" und "Haltbarkeit" zusammenzustellen." Tja, und in den meisten Fällen sieht der Blumenstrauß dann so aus, wie ich ihn mir vorstelle, und Mama freut sich wie ein Schneider, was sie besonders gut kann, weil sie ja gelernte Schneidermeisterin ist.

"Wohin mit dem Papier?" ist eine Frage, die tagtäglich durch deutsche Treppenhäuser hallt, wenn Männer ihre (oftmals rasch an der Tankstelle erworbenen Arrangements) abliefern möchten. Nun, natürlich überreicht man Blumen nicht im Papier. (Nebenbei bemerkt: Diamanten-Colliers überreicht man auch nicht in einer Schachtel, sondern hängt den Schmuck der Empfängerin vorsichtig um den Hals, wenn sie eingeschlafen ist.) Das Papier wird gefaltet und in die Hosentasche gesteckt. Oder man drapiert es um die Blumenstiele. Oder man isst es einfach schnell auf.

Zum Abschluss noch ein Tipp: Sagen Sie nichts, wenn Sie die Blumen aushändigen. Lächeln Sie einfach nur wissend und überlassen Sie das Reden den Blumen. Die verstehen was davon.

Wenn ich jetzt eine Angel hätte

Das ist jetzt aber wirklich ärgerlich! Eigentlich wollte ich mir ja den Kampf von Klitschko ansehen, um mich etwas auf das Thema Boxen einzustimmen. Tja, wieder mal vor der Glotze eingeschlafen. Als ich klein war, hat mein Papa mich immer geweckt, jeden Kampf von Ali habe ich gesehen, manchmal um drei Uhr in der Nacht. Und heute? Da gebe ich schon um 22 Uhr den Löffel ab! Naja, was soll's, mal gucken, ob es auf einem anderen Kanal eine Zusammenfassung gibt.

"Ja, ich will dich spüren..." Hm, das sieht zwar auch leicht nach Nahkampf aus, hat aber mit Boxen nichts zu tun. Premiere Erotik, der Kanal meines Vertrauens. Zur Information derer, die keinen Decoder haben: Die Darstellerinnen in Premiere-Erotik-Filmen sind immer überdurchschnittlich gebildet. Bevor sie ihre Sachen ablegen, sagen sie Sätze wie: "Während meines Germanistikstudiums führte mich eine Bildungsreise nach Venedig. Dort traf ich Marcello, einen jungen Professor für Literatur. Zuerst schenkte ich ihm keine besondere Beachtung, aber eines Tages..." Warum der Literaturprofessor Marcello ca. 1,90 groß ist, etwa 180 Pfund wiegt und nur aus Muskeln und Samensträngen besteht, wird dem irritierten Zuschauer gleich erklärt. Auf die Bemerkung der Studentin "Wie gut du gebaut bist!" antwortet der Mann des Wissens ohne zu erröten: "Weißt du, viele dieser alten Bücher sind sehr schwer."

Nee, irgendwie bringt mich das heute nicht in Stimmung. Ich will Männer sehen, die sich auf die Nase hauen. Also weiter im Teletext.

Ein dicker Mann in Kochschürze hackt Paprika; neben ihm steht ein Asiat und schwenkt Gemüse in einem Wok. "Ich kann nicht anders, ich muss das jetzt einmal probieren", sagt der dicke Mann und futtert schmatzend die Pfanne leer. Zwischendurch erzählt er, dass es jetzt zwei dieser Pfannen zum Preis von einer gibt, und zwar nur für die ersten 100.000 Anrufer. Soll ich 100 Mark opfern? Lieber nicht, erst vor vier Wochen habe ich mir eine Angel bestellt. Auslöser für die spontane Kaufentscheidung war der Satz "Sie haben bestimmt schon oft im Auto gesessen und gedacht: Wenn ich jetzt eine Angel hätte!" Okay, ich habe das noch nie gedacht, ich denke beim Autofahren eher so Sachen wie: Wenn ich jetzt einen Führerschein hätte! Aber irgendwie ist da was dran. Wer in Hamburg lebt, sollte schon eine Angel haben. Also habe ich mir dieses praktische Ding bestellt; man kann sie zusammenschieben und unter dem Autositz verstauen und schon nach 14 Tagen hat man die Angel und die 140 Mark total vergessen.

Ich glaube, ich werde die Pfannen doch bestellen. Eine behalte ich, eine kriegt Mama zu Weihnachten. Oder? Oder nicht? Ich weiß nicht, irgendwie sind diese Boxnächte nicht mehr das, was sie früher mal waren.

Gleich noch eine Aufnahme

Heute habe ich mir ein wirklich feines Thema ausgesucht. Eine schöne und kluge Frau soll nämlich im Zentrum der Geschichte stehen: die Schauspielerin Barbara Auer. "Ja, kennt denn der Möhlmann etwa die Barbara Auer persönlich?" werden Sie sich jetzt sicherlich fragen, oder vielleicht auch nicht. Nein, ich kenne Barbara Auer eigentlich nicht, ich bin ihr aber vor Jahren mal auf einer Party begegnet, sehr schön und etwas scheu stand sie da im Türrahmen und hat mich angelächelt. Ich habe selbstverständlich ihr Lächeln erwidert, es gab ja auch keinen Grund, auf sie sauer zu sein, Bier war für alle reichlich da, und sie hat sowieso nur Wasser getrunken, wenn ich mich richtig erinnere.

Viele Menschen werden ja ganz nervös, wenn so ein Filmstar leibhaftig vor ihnen steht. Bei mir ist das nicht so, für mich sind das alles ganz normale Menschen. Als ich noch ein richtiger Journalist war und überwiegend für richtige Zeitungen aus Papier geschrieben habe, da durfte ich ganz schön oft Filmstars und Regisseure interviewen. Für die Filmstars und die Regisseure waren das schlimme Momente, denn sie haben immer rasch gemerkt, dass sie mich außerhalb der Leinwand überhaupt nicht interessieren. Ich meine, was soll man auch fragen? "Na, was machen sie denn so beruflich?" habe ich mal den Werner Herzog gefragt. Das fand der überhaupt nicht lustig und er hat dann im Verlauf der Befragung nur noch rumgezickt. War aber auch egal, weil in der Zeitung (so ein Männermagazin war das, mit abwaschbarem Faltblatt in der Mitte) eh nur 20 Zeilen vorgesehen waren und ich eigentlich nur 2 Fragen bezüglich seiner sexuellen Präferenzen stellen sollte, aber schließlich kann man ja nicht gleich mit der Türe ins Haus fallen, also habe ich versucht, eine emotionale Basis zu schaffen, und da ist die Frage nach dem Beruf normalerweise immer ein prima Einstieg. Wie auch immer: Das Interview ist nicht gedruckt worden und ich habe ein Ausfallhonorar erhalten. Zu dieser Zeit habe ich ausschließlich von Ausfallhonoraren gelebt, und das nicht schlecht.

Richtig gut finde ich nur Julia Roberts, die würde ich gern mal treffen. Die meisten Menschen in meinem sozialen Umfeld mögen Julia Roberts nicht, insbesondere Frauen werden ganz ungehalten und behaupten, dass Julia keine gute Schauspielerin sei und so überhaupt keine Ausstrahlung habe. Als Julia am letzten Sonntag den Oscar gekriegt hat, musste ich fast heulen, so hat mich das für sie gefreut, mehr noch als für Russel Crowe, und den finde ich eigentlich noch viel besser.

Jetzt aber zurück zu Barbara Auer. Ich bin an diesem bewussten Abend dann doch noch kurz mit ihr ins Gespräch gekommen, weil ich auf dem Weg zur Bierkiste versehentlich auf ihren Fuß getreten bin. Sie hat "Aua!" gesagt, aber ganz natürlich, überhaupt nicht aufgesetzt, es wirkte ganz natürlich und keinesfalls einstudiert. "Das war schon sehr gut, aber wir machen sicherheitshalber noch eine Aufnahme", habe ich gesagt. Das fand sie noch lustiger als ich, jedenfalls hat sie sehr laut gelacht, auf eine glockenhelle und reine Art.

So an die 16 oder 17 Jahre muss das jetzt her sein, bestimmt erinnert sich die Barbara Auer nicht mehr daran, aber das macht nichts. Ich weiß ja auch nicht mehr so genau, wer mir im Laufe meines Lebens auf die Füße getreten ist.

Was soll bloß aus dir werden?
Wir leben in einer Stadt, in der ein Mensch überwiegend nach dem beurteilt wird, was er beruflich leistet. Sie kennen das vielleicht: Sie sind Gast einer Party, haben bereits mit Hilfe von zwei oder auch drei Gläsern Bier eine gewisse positive Grundstimmung erzeugt und sehen sich ganz unverbindlich nach einem Gesprächspartner um. Nach einem, den Sie noch nicht kennen, der Sie noch nicht kennt und von dem Sie sich erhoffen, dass er im Gesprächsverlauf Ihren Horizont erweitern wird und dass er Ihnen die Welt in neuen Farben malt. "Schöner Abend heute", beginnen Sie zwanglos die Unterhaltung, Ihr Gegenüber nickt amüsiert, prostet Ihnen aufmunternd zu, sagt so etwas wie "Etwas warm, der Sekt" und feuert spätestens jetzt die Frage ab, auf der die komplette Karriere von Rudi

Carell basiert und die einfach unvermeidlich ist: "Was machen Sie beruflich?"

Sie haben jetzt zwei Möglichkeiten. Sie können sich wortlos auf den Balkon zurückziehen und darüber nachdenken, ob Sie den richtigen Beruf gewählt haben, ob Tischler nicht doch der bessere Job gewesen wäre oder ob Sie morgen dem Chef endlich mal gründlich die Meinung sagen. Solche Abende enden dann mit einer tiefen Depression, mit Selbstzweifeln und schlussendlich mit der tiefen Gewissheit, alles falsch gemacht zu haben.

Um dem zu entgehen, wählen Sie die zweite Möglichkeit. Sie nennen Ihren Beruf, getrieben von der Hoffnung, dass dieser Beruf dem Gesprächspartner interessant genug erscheint, noch ein Weilchen bei Ihnen zu bleiben und viel, viel mehr über Sie zu erfahren.

Unlängst hatte ich die gute Gelegenheit, ein solches Party-Gespräch zu belauschen; im Schutze einer hoch gewachsenen Yucca-Palme zog ich mir kontrolliert die Mütze zu und erhorchte heimlich, was mein Kollege Hannes einer bindegewebig hervorragend positionierten Endzwanzigerin diesbezüglich mitzuteilen hatte. "Ich erarbeite Lösungen", antwortete Hannes auf die Frage nach seinem Beruf, "in einem Team. Wir konzipieren Partnerprogramme, Sie verstehen?"

Lösungen, Team, Partnerprogramme. Als alleinstehende Frau, die die Hoffnung auf das Leben in einer Zweiergemeinschaft nicht völlig aufgegeben hat und deshalb bereit ist, jede Menge Kompromisse einzugehen, gibt es darauf nur eine richtige Antwort. "Sag' es, sag' es jetzt..." zischelte ich leise durch das ausladende Yucca-Blattwerk. Sie schwieg, Hannes lud rasch nach und feuerte eine weitere Breitseite ab. "Wichtig ist es, dabei immer nahe am Kunden zu sein und zielgruppengerechte Modelle zu entwerfen. Das geht nur, wenn sich beide Seiten erkennbar committen. Und was machen Sie so?"

"Sag' es, um Gotteswillen, sag' es", flüsterte ich erneut. Die junge Frau lächelte. "Sekretärin. Auch im Team." Fünf Minuten später stand sie allein da.

Falls Sie jetzt fragen, was die richtige Antwort gewesen wäre: Back Office. Sie hätte nur Back Office sagen müssen. Dann hätte Hannes endlos weitergeredet. Aber wahrscheinlich wollte sie genau das vermeiden.

Jungs weinen nicht

Jemand betätigte den Türöffner. Im Treppenhaus roch es nach Kohl und Verrat. Oder nach einer Person mittleren Alters, die seit sieben Tagen tot in einer der Wohnungen lag. Ich war mir nicht sicher. Olaf stand da und ließ eine Bierpulle baumeln. "Hab' verschlafen, Alter. Kaffee ist durch."

Die Bude machte einen ziemlich derben Eindruck. Im Flur lag ein Motorradreifen mit halb herausgezogenem Schlauch, die Tube mit Gummilösung machte "Squilp", als ich auf sie trat. "Sieht hier etwas wüst aus, ich weiß", sagte Olaf und ließ den Kaffeefilter in eine Plastiktüte plumpsen. "Mit sehr viel Milch, oder?" Ich nickte. Im Radio lief Pocket Full Of Rainbows von Elvis. "Frauen", sagte Olaf und drückte mir den Becher in die Hand, "sind doch der Anfang vom Ende."

Das hätte er nicht sagen müssen. Die Notiz ("Du Sau!") auf einer Meister-Proper-Flasche im Küchenregal verriet mir, dass Judith ihn verlassen hatte. "Verluste machen uns zu Männern", murmelte ich und hob das Unterhemd auf, das auf dem Boden lag. Schwarze Seide mit roter Spitze, geschmacklos und deshalb aufregend. "Gib her." Nachdenklich betrachtete Olaf das Hemd und starrte dann an die Decke. Es war der verzweifelte Blick eines halbbesoffenen Mannes, der an einem Sonntagvormittag ganz plötzlich erkennt, dass drittklassige Unterwäsche auf Dauer keine Basis für eine dauerhafte Beziehung zwischen zwei halbwegs intelligenten Menschen sein kann. "Ich verstehe nicht, warum Frauen existentielle Zweifel äußern, wenn sie während ihres Aufenthaltes im partnerschaftlich definierten Sanitärbereich mit ein paar Hautanhangsgebilden konfrontiert werden, die der Körper des Männchens im Verlauf einer übertriebenen Ganzkörperwaschung abgestoßen hat."

Haare in der Dusche, das war es also. Das war der Grund, einen Mann in den besten Jahren zu verlassen. "Ich dachte, ihr hättet das geregelt?" Olaf winkte ab. "Du kennst sie doch. Egal. Wie war es auf der Motorradmesse? Was gefunden?" Ich nippte am Kaffee, die Milch war sauer, kein Zweifel. "War ganz gut, hättest mitkommen sollen. Hab' mir mal die Hayabusa näher angesehen. Irgendwann werde ich mir so ein Motorrad kaufen. Eine Symbiose aus geheimnisvollen metallischen Legierungen und emotionalen Aussetzern während der Fertigung. Japanese High Tech, mit dem Samurai-Schwert ins Konzept-Papier geritzt und von visionär ausgerichteten Fließbandarbeitern umgesetzt. Du hast sie zwischen den Beinen und weißt sofort, wer zurzeit bei Suzuki als Chefkonstrukteur arbeitet." Olafs Augen leuchteten. "Wer?" Ich kippte den Kaffee in die Spüle. "Der Tod."

Wir redeten noch lange über Judith, den Tod und über den komischen Geruch im Treppenhaus. Ohne dabei einen Bruch innerhalb der Unterhaltung zu empfinden. "Gut, dass du hier warst", sagte Olaf, "ich hätte fast geheult." Ich nahm ihn in den Arm und steckte ihm meine Zunge in die Nase. "Du bist ein Junge, oder? Deshalb kann dir nichts passieren. Natürlich dürfen Jungs heulen. Aber sie dürfen dabei nicht vergessen, dass sie Jungs sind. Und Jungs heulen nicht. Kapiert?"

Preiset die Wurst!

Der Brunch mit Gospel-Songs, also das voluminöse, von Liedern gottgläubiger Inhalte begleitete Frühstück, steht heute im Zentrum des Wortes zur Woche.

Der Begriff Brunch stammt ursprünglich aus Amerika und bedeutet in etwa "Hau dir den Bauch ordentlich voll, denn der Spaß hier kostet richtig Geld". Bewohner ärmerer Länder reden von Brunch, wenn die Regenzeit ausbleibt und es deshalb erst dann was zwischen die Zähne gibt, wenn UNO-Hilfstruppen eintreffen.

Das Verhalten eines Menschen beim Brunch erlaubt vielfältige Rückschlüsse auf seine Sozialisation und seinen Verdauungsapparat. Wir unterscheiden grundsätzlich drei Brunch-Typen. Da ist zunächst einmal der Brunch-Paranoiker. Er erscheint bereits eine halbe Stunde vor Beginn und packt sich mit dem mit dem Signal zur Eröffnung den Teller rappelvoll. Nach ihm an die Reihe zu kommen, bedeutet den Verzicht auf Rührei, gebackenen Schinken und überhaupt auf alle warmen Gerichte. Der Brunch-Paranoiker legt mindestens dreimal nach, bestellt keinen Kaffee (der wird nämlich extra berechnet) und überprüft anschließend heimlich mit einem Taschenrechner, ob er auf seine Kosten gekommen ist. Er gehört zu der Sorte Mensch, die einem nach einer gemeinsamen Autoreise bei der Benzinkostenabrechnung solange etwas von "Verschleiß am Fahrzeug" vorquallen, bis man ihnen 20 Mark gibt, damit sie endlich die Klappe halten.

Vom Brunch-Profi können wir viel lernen. Bis zu fünf Stunden seiner Zeit investiert er in den Verzehr des kulinarischen Durcheinanders und langweilt die anderen Leute am Tisch mit seiner Meinung zu Themen, die am hellen Tage kein geistig normal temperiertes Schwein interessieren, nämlich Fußball, Einkommenssteuer und Herpes. Hinzu kommt die Eigenart des Brunch-Profis, jede blöde Scheibe Wurst zu lobpreisen.

Bleibt der Typ des Brunch-Allergikers, zu dem ich mich zähle. Für ein Brötchen mit Marmelade – und mehr schaffe ich vor Einbruch der Dunkelheit beim besten Willen nicht – berappe ich nur ungern 25 Mark, außerdem fällt es mir schwer, den Tag mit einem Gespräch zu beginnen. Nein, ich trinke am Sonntagvormittag nach dem Aufstehen lieber einen Liter Cola, rauche 20 Zigaretten und sehe mir alte Westernfilme an. So geht der Tag auch irgendwie vorbei und die Gesamtkosten liegen bei maximal sieben Mark.

Natürlich führt eine solche Haltung unweigerlich ins soziale Abseits. Deshalb habe an meinem letzten Geburtstag versuchsweise ein paar Freunde zum Brunch in die "Alte Mühle" eingeladen – und leider verschlafen. Als ich eintraf, waren alle satt und wollten heimgehen. Das tat mir natürlich sehr leid, aber tief im Herzen war ich froh, nichts essen zu müssen.

An meine Brust, Freund

Vorweg: Es ist spät geworden. 3 Uhr 30, um genau zu sein. "Die weibliche Brust" ist das Thema, das mir seitens der Redaktion an mein immer noch faustgroßes Herz gelegt wurde, und ich muss bekennen: Ja, da ist das Thema, über das ich schon immer mal schreiben wollte. Wenn auch nicht im Zusammenhang mit den stabilisierenden Maßnahmen, die im Rahmen der Veranstaltung, welche da diesem Aufsatz zugrunde liegt, angeregt werden.

Es ist wieder einmal Sonntag, der Tag des Herrn. Der Herr, Ausgangspunkt meiner schwer religiösen Erziehung und des damit verbundenen verklemmten Daseins, rät mir soeben, das Thema auf die männliche Brust zu lenken. Meine Brust ist relativ stark behaart. Damit ist mir quasi jede Chance genommen, jemals wieder eine Beziehung zu einer Frau aufzunehmen. Denn die moderne junge Frau – und 70 Prozent aller

Kontaktanzeigen bestätigen meine These - sucht nach einem unbehaarten Leib.

Die ersten Haare auf meiner Brust bemerkte ich 1971, da war ich 16 Jahre alt. Ich war sehr stolz auf diese Haare, denn sie schufen die lang vermisste Verbindung zu meinem Vater. Mein Vater war ein wandelnder Teppich, er sah aus wie Burt Reynolds und war doppelt so kräftig. Wenn ich heute so nachdenke, habe ich eigentlich alles von meinem Vater bekommen, was ich mir von ihm gewünscht habe: eine ordentliche Körperbehaarung, das Wissen um die Notwendigkeit finanzieller Reserven und eine außerordentliche Geschicklichkeit im Umgang mit der Schlagbohrmaschine. Als mein Vater starb, war ich traurig, denn ich hätte gern weniger Haare und ihn stattdessen länger an meiner Seite gehabt.

Sie fragen sich jetzt sicherlich, warum ich so aufgewühlt bin. Nun, ich habe am Wochenende ziemlich viel gefeiert, angeblich starke Männer unter den Tisch getrunken und mit schönen, in fester Beziehung gefangenen Frauen getanzt. Ich bin von deren Freunden beleidigt worden ("Warum hast du eigentlich Haare auf der Brust? Auf deinem Kopf sind doch auch kaum welche!?") und habe scharf reagieren müssen ("Stress, mein Freund, Stress. Meine Haare fallen aus, weil ich seit 30 Jahren 12 Stunden täglich arbeite und immer mit der Angst lebe, dass du mich mit deiner Freundin erwischt."

Wissen Sie, ich bin grundsätzlich ein friedliebender Mensch. Ich würde nie die Frau meines Nächsten begehren, nicht sein Hab, nicht sein Gut. Okay, ich begehre so manche vergebene Frau und denke: "Hey, den Spacken könntest du locker ersetzen!", aber ich belasse es immer bei diesem Gedanken. Ich glaube immer noch, dass es nicht gut ist, einem Mann die Frau oder Freundin wegzunehmen.

Lassen Sie mich zum Schluss doch noch über die weibliche Brust reden. Die weibliche Brust ist eine prima Sache. Ohne sie wären wir echten Kerle nichts. Unser Hirn bestünde aus Milupa. Die weibliche Brust ist für uns Männer in erster Linie unter ernährungstechnischen Gesichtspunkten von Bedeutung. Was vergessen? Ich glaube nicht.

Und dann wurde getötet

Was bedeutet eigentlich das Kürzel BSE? Besonders schlimme Erkrankung? Bestrafung sorgloser Ernährung? Wie auch immer: Seit etwa 44 Jahren esse ich Tiere. Einige habe ich persönlich gekannt, Vater hielt Schweine, Hühner und Kaninchen. Die aßen das, was bei einer achtköpfigen Familie unter den Tisch fällt. Was nicht ausreichte, also wurde zugefüttert: Mehlpampe für die Schweine, Getreide für die Hühner, Löwenzahn für das domestizierte Niederwild.

Und dann wurde getötet. Das Schwein vom Schlachter (Bolzenschuss), das Kanin von meinem Vater (Genickschlag), Hühner von mir (Beil). Ich habe zwischen dem elften und dreizehnten Lebensjahr so etwa an die 80 Hühner geköpft, bar jeglicher emotionaler Regung. Ein Huhn zu töten, das war relativ einfach: In enger Zusammenarbeit mit meinem Bruder stellte ich das erwählte Tier in einer Ecke des Geheges, griff es, umschloss Beine und Schwingen mit der linken Hand und trug das Huhn zu einem Baumstumpf. Dann schlug ich seinen Kopf gegen den Richtblock, worauf das Opfer in Somnolenz verfiel, richtete den Hühnerhals sorgsam aus und trennte das Haupt mit einem kräftigen Beilhieb vom Rumpf. Manchmal ließen wir das Tier eine Weile laufen; so ein kopfloses Huhn rennt im Schnitt 50 Sekunden wie Störtebeker herum, bevor es das Nirwana akzeptiert.

Die Hinrichtungen fanden in der Regel am Samstag statt, tags darauf aßen wir den Kandidaten, ich erhielt Herz und Leber, mein Bruder nagte mit Vorliebe am Hals herum und sagte manchmal, den Stumpf betrachtend, dass ich ein guter Hühnerköpfer sei, und dann lachten wir und knabberten die krosse Leiche korrekt ab, bis nur noch blankes Gerippe blieb.

Okay, ich wies als Kind zweifelsfrei soziopathische Tendenzen auf, ist mir durchaus bewusst. Aber das ist jetzt nicht das Thema. Worauf ich hinaus will: Wir sind nie auf die Idee gekommen, die Knochen des Huhns zu Mehl zu mahlen und an seine Artgenossen zu verfüttern. (Nebenbei: Die Briten fertigen Kekse aus Hühnerfedern und Schoko-Brotaufstrich aus Tierblut. Kein Witz, kein kontinentales Gedankengut. Eine Tatsache, mehr nicht.)

"Aus Argentinien", sagt mein Lieblingsitaliener heute, wenn er mir Rindfleisch aufschwatzen will. Nun, das Tier ist tot, kann keinen Ton mehr von sich geben und somit seinen Geburtsort nicht mehr bestätigen. (Außerdem sprechen viele argentinische Rinder akzentfreies Deutsch, weil sie auf den Farmen der Nachkommenschaft emigrierter Nationalsozialisten aufwachsen. Eine Vermutung, mehr nicht.)

"Wann werden alle Tiere wieder gesund?" fragt mich mein Bub, wenn wir beim Einkauf eine Metzgerei ignorieren. "Weiß es nicht", antworte ich, und dann spucken wir synchron auf den Bürgersteig, weil uns beim Gedanken an gute Salami das Wasser im Munde zusammenläuft. Einige Meter weiter erstehen wir oft ein Stück vom Reh oder vom Hasen, aber wenn wir das Fleisch später essen, sagt der Sohn Wörter wie "niedlich" und "kuschelig" und blättert vor dem Einschlafen provokant im Tierlexikon.

Früher hatten die blödesten Bauern die dicksten Kartoffeln. Heute haben die dicksten Bauern die blödesten Verbraucher. Verdammt, ich will jetzt sofort einen BSE-Schuldigen! Im Zweifelsfall Jenny Elvers, egal.

Mein schlimmstes Ferienerlebnis

Tot. Zuerst mochte ich es nicht glauben. Butzi tot? Nie im Leben! Aber es ist so: Butzi ist tot, gestorben während meiner Kurzferien.

Viereinhalb Jahre engen Zusammenlebens - dahin. Viereinhalb satte Jahre geradezu vollkommener Vertrautheit, geteilten Schmerzes, doppelte Freude an alltäglichen Dingen. Ich habe einen echten Kameraden verloren.

Ich traf auf Butzi im Januar 1997, im AEZ. Die Suche nach einem geeigneten Haustier für meinen Sohn ("Mein Tier soll laut brüllen und immer alles schnell auffressen, Pabba!") hatte uns in die Tierhandlung im Einkaufszentrum geführt. Löwen und Tiger waren - saisonal bedingt - alle, man führte uns in den Kleintierbereich. Sprunghafte Springmäuse, humorlose Hamster, paranoide Papageien: Nein, das konnte es nicht sein. "Haben sie fulminant fröhliche Fische?" fragte ich die ebenso dralle wie noch auszubildende Kleintier-Kauffrau. Sie lenkte uns zu den Fischen. Und da war er: Butzi.

"Der is' aber dick!" Auch dem Sohn fiel Butzi sofort auf. Ein korpulenter Kerl, der betont unbeteiligt durch das Glas des Aquariums starrte. Wie im Waisenhaus, dachte ich, das kluge Kind lässt sich seine Sehnsucht nach Nähe und Wärme nicht anmerken. "Was können sie über diesen Fisch sagen?" fragte ich damals die Auszubildende. "Das ist ein guter Fisch", antwortete sie, "sehr zäh."

Sie holte ihn mit einem kleinen Fangnetz aus dem Becken, ich nahm ihn in die Hand. Kräftige Flossen, regelmäßiger Puls, fester Stuhlgang. "Das ist unser Mann", sagte ich. "Und wenn er später doch eine Frau ist?" fragte der Sohn. "Dann wird er es bei uns besonders gut haben", entgegnete ich. Und Butzi hatte es gut bei uns. Als wir Sasel verlassen mussten, da hat er nicht geklagt. Okay, Sasel war für ihn nur ein Glasbehälter, 30 Liter Wasser, Kiesel, eine Umwälzpumpe und eine kleine Höhle mit zwei Eingängen. Oder Ausgängen, ganz nach Stimmung. Anders funktioniert Eimsbüttel auch nicht. Aber man spürt ihn schon, den Wechsel, auch als Fisch, davon bin ich überzeugt.

Er fehlt mir. Er hat mir beim Schreiben immer über die Schulter gesehen, am Sonntagabend. "Das ist doch ein feiner Satz, Butzi, oder?" habe ich ihn oft gefragt. Und immer hat er genickt. Goldfische, die mit egozentrischen Autoren zusammen leben, verneinen selten. Drei Tage ohne Futter können überaus hart sein, einmal hat er am zweiten Tag aus weißen Kieseln das Wort "Hemingway" geformt.

Meine Nachbarin hat Butzi tot aufgefunden, 12 Stunden nach meiner Abreise. Sie hat ihn im Garten begraben, unter einem Holunderstrauch, zwei Fuß tief. Zwei Fuß tief. Butzi mochte Westernfilme, manchmal habe ich das Aquarium ins Wohnzimmer geschleppt, um mit ihm am Samstagabend Kabel 1 zu gucken und Chips zu futtern.

Einmal konnte mir Butzi gar zum Geschlechterverkehr verhelfen, im Sommer 1999 war das. "Fühlt sich der Fisch nicht irgendwie sehr allein?" fragte sorglos die Frau, die ich nach einer Zechtour in meine Heimstatt eingeladen hatte, um daselbst eine Tasse Brühe und Mürbegebäck einzunehmen. "Sind wir nicht alle volle Kanne sehr allein?" war meine leise Entgegnung. Eine halbe Stunde später ging es dann etwas lauter her.

Das war richtig schön, irgendwie ist so ein Goldfisch ja doch kein echter Partnerersatz. Aber fehlen wird er mir, keine Frage. Ruhe sanft, mein kleiner Butzi. Wir sehen uns.

Einmal Unterbodenschutz, bitte

Mit Autowaschen habe ich damals mein erstes Geld verdient. Jeden Samstag so um die 45 Mark. 1970 war das für einen Jungen eine Menge Holz. Er konnte damit sein Mofa betanken, in die Dorfdisco fahren und

Bauerntöchter abrichten. ("Noch eine Cola, dann wird geknutscht, okay?")

Drei Jahre später schenkte mir Tante Elfriede ihren VW-Käfer zum Geburtstag. Er hielt drei Jahre lang, ich habe ihn nie gewaschen. Autowaschen galt als spießig, was auch immer dieses Wort bedeuten mag. "Du solltest dich schämen", pflegte mein Vater zu sagen, bevor er zu Eimer und Schwamm griff, um das Kraftfahrzeug seines Ältesten zu säubern. Ich ließ ihn gewähren und notierte, während ich ihm bei der Arbeit zusah, gedanklich Äußerungen wie "Wertminderung", "Lackschäden" und "Autoseele".

Heute wasche ich mein Auto einmal pro Woche. Das hat seine Gründe: Mein Vater ist tot, ich bin ein Spießer und der Wagen ist neu. Leasing, die moderne Form der privaten Verschuldung. Wenn ich mal kein Geld mehr habe, möchte ich die Kiste sauber zurückgeben.

Am liebsten fahre ich zum Autowaschen nach Lohne. Lohne in Südoldenburg, knappe 190 Kilometer von Hamburg entfernt. Sie nehmen die Abfahrt Lohne/Dinklage und fahren in Richtung Lohne. Gleich hinter dem Bahnübergang (links liegt das Betonwerk Ruholl-Meistermann, da hat mein Vater sehr hart gearbeitet) biegen Sie rechts ab. Nach 400 Metern winkt Ihnen ein junger Weißrusse zu, winken Sie zurück und halten Sie 11 Mark bereit. 10 Mark kostet die Wagenwäsche, eine Mark ist für den jungen Weißrussen, der dann freundlich lacht (nicht lächelt: lacht!) und eine besondere Dienstleistung abruft. Mit einem Hochdruckreiniger (Hinweis für Schalke-Fans: Es ist ein Kärcher!) wird er zunächst einmal den Fliegen, die Sie auf der A1 getötet haben, eine kleine Seebestattung zukommen lassen. Sie dürfen währenddessen ruhig aussteigen, den Weißrussen kritisch beobachten und auf Fliegen deuten, die er übersehen hat. Das ist alles im Preis inbegriffen.

Dann werden Sie und Ihr Wagen mittels eines raffinierten Ketten-Schlitten-Systems durch die Waschstraße gezogen. Jetzt können Sie mal so richtig abschalten. Sie werden - andere Waschstraßen-Besucher haben mir das bestätigt - an Sex, Mord und Tod durch Ersticken denken. Okay, daran denken Sie ohnehin alle fünf Minuten, aber in der Waschstraße ist solches Gedankengut von ganz besonderer Qualität. Verstehen Sie: In der Waschstraße sind Sie richtig allein. "Die Waschstraße ist die kleine Schwester des Todes", hat Lothar Matthäus einmal gesagt, als niemand aus dem Bayern-Präsidium so richtig aufgepasst hat.

So, geschafft. Ihr Auto ist sauber, es glänzt. Mit etwas Glück haben Sie eine Erziehungsberechtigte in Lohne, mit viel göttlicher Vorsehung eine Mutter in Kroge-Ehrendorf. Die hat bestimmt ein Brathähnchen vorbereitet, das essen Sie dann auf, dösen drei Stunden auf dem Sofa und fahren nach Hamburg zurück.

Sauberer Wagen, voller Bauch und mit etwas Glück eine Anhalterin an der Raststätte Wildeshausen, die bereits nach 200 Metern eine CD von den "Kinks" aus dem Rucksack kramt, diese ohne höfliche Anfrage in die Abspieleinrichtung Ihrer frisch gewaschenen Blechplazenta schiebt, perfekt die zweite Stimme zu "Lost And Found" singt und in Höhe der Abfahrt Hemelingen vorsichtig anfragt, ob sie übermorgen abtreiben oder lieber "das Ding alleine ohne den Idioten" durchziehen soll.. Sie werden schon eine Lösung finden.

Ich halte das nicht mehr aus!

"Schau mir in die Agen, Kleines." Klar, Casablanca, keine Frage.

Abschied von einer Frau zu nehmen, nun, das ist eine heikle Sache. Und im Moment der Trennung - sei sie kurzfristig, sei sie für ewig - die rechten Worte zu finden, ist eine Kunst, die nur wenige Männer beherr-

schen. Bogart hat diese Aufgabe seinerzeit prächtig gelöst, männliche Stärke demonstriert und es dadurch der
Ingrid sehr leicht gemacht, mit ihrem Spacken das Land
zu verlassen.

Ich erinnere ich mich in diesem Moment an eine
Abschiedsszene, die ich vor Wochen am Bahnhof
Dammtor beobachten durfte. In meiner unmittelbaren
Nähe stand ein junges Pärchen neben einem alten Koffer, der offensichtlich der Frau gehörte, denn der Zip-
fel eines seidigen Kleidungsstückes lugte seitlich heraus. "Aber du schreibst mir, ja?" fragte die Frau den
Mann. "Sicher doch", entgegnete dieser und stieß
schnell den Zigarettenrauch aus, weil die Frau ihn küssen wollte. An der Intensität des Schleimhautkontaktes
erkannte ich rasch, dass hier nicht Bruder und Schwester schweren Abschied voneinander nahmen. "Du bist
doch sicher froh, dass ich fahre", sagte unvermittelt die
Frau und zischte dann ein scharfes "ich halte das nicht
mehr aus!" hinterher. "Geht das jetzt schon wieder los",
entgegnete der Mann, sich unsicher umblickend und
ganz ohne Zweifel von der Angst beseelt, jemand könne Zeuge dieser emotional hochwertigen Szene sein.
Ich ließ mir meine Neugierde nicht anmerken, studier-
te den Fahrplan und stützte das gekonnte Schauspiel
definitiven Desinteresses dadurch, dass ich die Uhrzeit
"22 Uhr 50" in mein Notizbüchlein eintrug.
"Wenn ich weg bin, rufst du sie doch bestimmt sofort
an", erhob jetzt die Frau erneut ihre Stimme und trat
nach dem Knie des Mannes, der aber geschickt aus-
wich, sonst hätte es ihm unweigerlich das Kreuzband
zerrissen. Die Erkenntnis, diesen Kerl weder seelisch
noch körperlich beeinträchtigen zu können, zog nunmehr seitens der Frau einen geradezu mörderischen
Weinkrampf nach sich. "Du hast versprochen, dass du
auch nach Berlin kommst", stieß sie nebst Nasensekret
in eines dieser besonders sicheren Taschentücher und
trat gegen den Koffer. "Aber ich kann doch hier nicht
alles aufgeben", intervenierte der Mann, gab erneut ei-

nem Zigarettchen Glut und fuhr fort: "Das Leben ist kein Zuckerschlecken, Mädchen."

In diesem Moment lief mein Zug ein. Ich nahm meine Reisetasche, inspizierte sorgfältig die Radkränze der Speisewagenräder und stieg ein. Zwei Minuten später setze sich die verheulte Frau zu mir. "Er ist ein Schwein", sagte sie. Ich nickte stumm.

Präsens go home

Sich nur in der Gegenwartsform ausdrücken? Kein Satz länger als 15 Wörter? Keine Adjektive? Wohin, liebe Begründer und Unterzeichner des Hamburger Dogmas, soll denn das führen? Zu "besseren Büchern", wie ihr meint? Wohl kaum. Die guten Bücher sind alle geschrieben. Dafür haben Karl May, Ernest Hemingway, William Faulkner und Fjodor Michailowitsch Dostojewskij schon vor langer Zeit gesorgt. Ha, da habe ich doch just ein schönes Beispiel parat. Hier, hört mal: "Unterhalb der Wiese und der Birkenreihe begann das dunkle Grün eines kiefernbestandenen Sumpfes, und jenseits des Sumpfes erhoben sich in der Ferne blaue Hügel." Und, wer hat das geschrieben? Wer hat den Mut gehabt, sich im Beherrschen der Vergangenheitsform, im Aneinanderreihen von 23 Wörtern und im Finden unschlagbarer Adjektive zu üben? "Wortkarge Zeugnisse kühler Beobachtung, hinter denen Lust und Schmerz des Lebens erfahrbar werden", verrät der Klappentext. Na, klingelt es? Hemingway war das, ihr Banausen!

Nun denn, kleine Dogmatiker, ich will nicht grausam sein. Euer Zorn richtet sich ja, so habe ich der Pressemitteilung entnommen, nicht gegen die Größen der Weltliteratur; vielmehr prangert ihr die die derzeitig im Licht der Öffentlichkeit stehende deutsche Popliteratur an. Und da frage ich mich, was euch daran so ärgert? Ich glaube, dass ich die Antwort kenne. Es liegt vermutlich daran, dass diese Burschen und Mädchen (die ganz ohne Zweifel jeglicher Lebenserfahrung entbehren und einem Aufenthalt in der U-Bahn nur dann schriftstellerischen Nutzen abgewinnen können, wenn die Fahrt durch einen Vorort von Tokio führt und eine mittellose Geisha Harakiri begeht, weil sie beim Schwarzfahren erwischt wurde), unheimlich viele Bücher verkaufen. Und jetzt fragt mich nicht, welchem Buch mein geklammerter Einschub entspringt. Ich erinnere mich nicht. Nicht an den Namen des Schriftstellers bzw. Schwätzers, nicht an das Buch, nicht an den Verlag, nicht an den Preis. Weil solche Bücher nicht wichtig sind.

Ist euer Dogma wichtig? Lenkt es nicht engagierte Autoren von ihrer Lust am Schreiben ab? Warum könnt ihr nicht ein einfacheres und lebensbejahenderes Dogma wählen? Zum Beispiel: 1. Es darf alles geschrieben werden. 2. Die Sätze müssen entweder sehr kurz, kurz, mittellang oder lang oder sehr lang bzw. unglaublich lang sein. 3. Die Leser/innen sollen während der Lektüre lachen oder weinen. 4. Es ist egal, ob und wie oft sich das Buch verkauft. 5. Verlasst ab und zu das Haus und seht nicht unbedingt in Eppendorf nach, wie es in der realen Welt zugeht. 6. Schreibt nur böse Sachen über Menschen, die wirklich böser sind, als ihr es seid. 7. Schreibt auch mal gute Sachen über böse Menschen. 8. Baut niedliche Tiere in eure Schriften ein. 9. Gefährdet eure Karriere nicht dadurch, dass ihr im gesetzten Alter Skateboard fahrt und euer Sohn euch auslacht, weil ihr euch das Handgelenk gebrochen habt. 10. Zeigt das, was ihr veröffentlichen wollt, immer zuerst eurer Mutter.

Also dann, liebe Dogmatiker: Weiterhin ein frohes Präsens und ein erfolgreiches Schaffen!

Das Leben im Dschungel

Neben "100 Tipps für Steuerzahler" und "Nachts, wenn die Lust erwacht" zählt zu meinen Lieblingsbüchern unbedingt "Das Dschungelbuch", jene Geschichte, mit der Rudyard Kipling, eigentlich eher ein Meister der Kurzgeschichte und sparsamer Gedichte, seine Qualitäten als Romancier untermauerte.

Wie fast alle Bücher, die mir die Kindheit auf dem Lande erträglich machten, las ich das Dschungelbuch nachts unter der Bettdecke, in der Hand die Taschenlampe, die es zuvor dem Vater zu entwenden galt. Denn Vater war nicht nur der Herr über Haus und Hof, sondern auch über Haushaltsgegenstände, die wirtschaftliches Denken und Handeln erforderten, und dazu zählte auch besagte mobile Beleuchtungseinrichtung.

Mein Vater besaß viele außergewöhnliche Eigenschaften. Er konnte zum Beispiel die Radmuttern unseres VW-Käfers mit der bloßen Hand lösen. Und er wusste die Lebensdauer von auf elektrochemischer Basis arbeitenden Stromspeichern relativ exakt einzuschätzen. Wenn also die beiden Akkumulatoren seiner Taschenlampe innerhalb einer Woche leer gelutscht waren, konnte nur ein schwerer Missbrauch vorliegen.

So kam, was kommen musste. Ich hatte gerade einen tiefen Atemzug durch das Stückchen Gartenschlauch genommen, das seit zwei Nächten meine Sauerstoffversorgung unter dem schweren Federbett garantierte. Das bisher aus Sicherheitsgründen praktizierte Verfahren (Taschenlampe aus, auftauchen, Luft holen, abtauchen, Taschenlampe an, weiter lesen) hatte sich als sehr umständlich und zeitraubend erwiesen und die Leseleistung erheblich beeinträchtigt. Mit Atemluft versorgt, blätterte ich also um, als mir urplötzlich die Bettdecke weggerissen wurde und ich erschrocken in das vom Licht einer 40-Watt-Birne umflutete Antlitz meines Schöpfers blickte. Dieser nahm mir wortlos die Taschenlampe aus der Hand und entfernte sich mit Beleuchtungseinheit, Dschungelbuch und der gemurmelten Frage "Weißt du eigentlich, was Batterien kosten?".

Den folgenden Tag verbrachte ich in nervöser Ungewissheit. Sie müssen wissen, dass die schriftliche Abmahnung seitens der Eltern damals noch nicht zu den populären Erziehungsmaßnahmen zählte; um 1963 herum waren der Klaps hinter die Ohren und die Gartenarbeit anerkannte Mittel, den Nachwuchs nachhaltig auf Verfehlungen aufmerksam zu machen. Als mein Vater am Abend von der Arbeit heimkam, hatte ich also schon präventiv den Wildwuchs zwischen den Gehwegplatten entfernt und meinen Nacken klapsgerecht ausrasiert. Doch nichts geschah.

Zur Schlafenszeit mein Zimmer betretend, fand ich dieses vom milden Licht einer nigelnagelneuen Leselampe erhellt. Zu jung, um gerührt in Tränen auszubrechen, kroch ich einfach unter die Decke und wartete. Tatsächlich erschien der Vater zwei Minuten später, drückte mir mein Buch in die Hand, sagte "Aber nur fünf Seiten", und verschwand gleich wieder.

Ist doch irgendwie besser, als von stinkenden Wölfen erzogen zu werden, dachte ich und tauchte in den Dschungel ein.

Hallöchen, ich bin der Bernd

Phantastische Meldung aus der Redaktion! „Ab heute darfst du dir das Thema aussuchen. Das machst du ja sowieso schon seit Jahren." Schwingt da nicht eine leichte Ironie mit, lese ich da nicht zwischen den Zeilen einen kursiv geschriebenen kleinen Vorwurf? Wie auch immer, die Vorgesetzten haben ganz offensichtlich ein Einsehen, meine Zermürbungstaktik hat also doch gefruchtet. Freier Autor, endlich!

Neulich war ich in einem Film, der hieß „@mail für Dich". Es ging um einen Mann und eine Frau, die sich übers Internet kennen lernen, und das fand ich doch so was von faszinierend und einleuchtend, dass ich gleich in einen Computershop gegangen bin und mir die notwendige Technik besorgt habe.

Kaum im Netz, bin schnurstracks in den Chatraum „Singles" rein. Rund 20 Leute haben da miteinander kommuniziert, ich meine, man kann das ja ruhig Kommunikation nennen, wenn Menschen abwechselnd „hi", „echt geil" oder „lol" eintippen; das ist immer noch besser, als überhaupt nicht miteinander zu sprechen. Irgendwann hat sich dann eine gewisse „Cherie" angemeldet, und da hab' ich mir gedacht: Wenn schon 5000 Mark für den ganzen technischen Rotz ausgeben, dann sollte doch zumindest eine flotte Französin dabei herausspringen.

„Hallöchen, Cherie, ich bin der Bernd aus Hamburg", habe ich also fix in die Tasten gehämmert, und prompt kam ein flottes „Hi, mon cher, ca va????" zurück, und ich habe gedacht: Wow, alter Junge, die Sache scheint ja voll gut zu laufen, und es hat dich noch nicht mal einen Drink gekostet! Weil man aber im Internet nie vor Überraschungen sicher sein kann, habe ich die Kontrollfrage „M oder W?" gestellt, und als auf dem Bildschirm der Buchstabe „W" erschien, bin ich vor Freude in die Küche gelaufen und habe mir eine Flasche Bier geholt, ich meine, da laufe ich mir fast 30 Jahre die Hacken nach einer Französin ab, und dann so was!

Inzwischen hatte sich Cherie offensichtlich Deutsch gelernt, jedenfalls stand da „Dein Beruf?" Das fand ich zwar etwas ernüchternd, aber ich spreche und schreibe schließlich auch nicht Französisch, also habe ich das Wort „Chirurg" getippt. Cherie hat daraufhin eine lange Pause eingelegt; da musste ich dann nochmal mit „Neurochirurg" kräftig Kohlen nachschütten, ich meine, was soll's, wir leben nur einmal, und bis sie den Schwindel bemerkt, hab' ich mir gedacht, sind wir schon verheiratet. Das war wohl der falsche Gedanke, denn Cherie hat sich zwei Sekunden später mit dem

Wort „Lügner" verabschiedet. Tel Aviv, wie der Franzmann sagt.

Eigentlich wollte ich dann noch mit einer gewissen Angie plaudern, aber die gestand in diesem Moment, derzeit unter einer dicken Erkältung zu leiden, und so bin ich ebenfalls schnell raus aus dem Raum. Man hört ja immer wieder, dass sich Viren gerade über das Internet unglaublich schnell verbreiten.

Sucht

Zum Jahreswechsel fuhr ich zu meiner Mutter, um unter ihrer Aufsicht mein lange geplantes Entzugsprogramm durchzuführen. Frei von Sucht ins Jahr 2000, was für ein gewaltiger Vorsatz!

"Ich werde schreien, Mutter", sagte ich, "und dich bitten, meine Fesseln zu lösen. Welch Wehen und Klagen auch immer an deine Ohren dringend mag: Bleibe standhaft! Öffne auf keinen Fall die Tür, bring' mir nur dann und wann ein warmes Süppchen und versorge mich mit frischer Leibwäsche."

Da lag ich nun in dem Bettchen, das mir schon während der Kindheit als Lagerstatt gedient hatte. Wenn man so in dem Bettchen liegt, das einem schon während der Kindheit als Lagerstatt gedient hat, fallen einem unweigerlich viele Dinge ein und auf. Zum Beispiel, dass man gewachsen ist. Dass die Zeit rasch vergeht. Und dass man als kleiner Junge viel besser geträumt hat.

Denn von den zurückgelegten 213 Autobahnkilometern ermüdet, fiel ich alsbald in Schlaf und träumte den folgenden Traum: Ich saß im Kreise meiner Ex-Freundinnen und wurde von ihnen fehlender charakterlicher Eigenschaften bezichtigt. Dies geschah auf diese – übrigens vielen Frauen eigene – pseudo-humoristische Art und Weise, der ich zwar mit ausgefuchster Polemik, nicht jedoch mit stichhaltigen Argumenten begegnen konnte. Lediglich Anita (eine meiner Lebensabschnittsgefährtinnen während der 70er Jahre, die ihre Freizeit mit tantrischen Übungen und Kreuzstich-Stickerei zu gestalten pflegte) ließ sich von mir kurzfristig mundtot machen ("Damit du es weißt: Ich habe dich nie wirklich geliebt. Ätsch!").

Zurück zum eigentlichen Erlebnis: Der Versuch, die Sucht zu besiegen, scheiterte kläglich – in erster Linie deshalb, weil eine Mutter in solchen Fällen absolut die falsche Ansprechpartnerin ist. Bereits meine erste Bitte, das aus den frühen Entzugserscheinungen resultierende leichte Unwohlsein zu lindern ("Mama, bringst du mir mal schnell ein Zigarettchen?") stimmte sie weich ("Mit oder ohne Filter, Bernhard?").

Einige Tage später fuhr ich zurück. Mein erster Besuch galt dem AEZ, um dort meinem Sohn neue Vampirkrallen zu kaufen. Ein Jahr ist es her, da ich Sasel verließ. Ich muss verrückt gewesen sein: Lange sah ich nicht mehr so schöne Frauen. Eine Wahrsagerin namens Medusa hatte im Tiefgeschoss ihr samtenes Beratungszelt aufgeschlagen. Fasziniert starrte ich auf die Menschenschlange vor dem Zelteingang. (Wer Medusa heißt, muss ja ständig mit Schlangen rechnen, oder?) Eine Mittdreißigerin, offensichtlich die Assistentin der Wahrsagerin, schenkte Tee an die potentiellen Kunden aus und bat um Geduld. Ich trat auf die letzte der etwa 40 wartenden Frauen zu und ergriff ihre Hand. "Lassen Sie mich sehen... ich sehe... ja, ich sehe, dass Sie noch ganz, gaaanz, gaaaaanz lange warten müssen." Die Frau lächelte milde. "Das war ja nicht schwer zu erkennen, oder?" Nein, meine Liebe, war es nicht. Und deshalb habe ich ja auch kein Geld dafür genommen!"

Die Unhappy-Meal-Tüte

Der Körper, von dem ich mich seit etwa zwei Stunden verabschiede, liegt schlaff auf dem Sofa, die Stimme des TV-Kommentators (RTL2-Reportage "Heiße Nächte auf Ibiza") dringt nur verschwommen zu mir durch ("...für Anja ist es der erste Urlaub auf der Insel, aber sie hat schnell begriffen, dass ihre glatte Haut und ihre offene Art, bei den Männern...."). Ach Anja, mögest du dir deine offene Art noch lange bewahren.

Vor besagter Zeit habe ich mich freundlich von einem griechischen Kellner verabschiedet ("Sie nehmen doch noch eine kleine Ouzo, geht auf Haus...??"), bin in ein Taxi geklettert und habe mich, den gemischten Vorspeisenteller, den gemischten Salat, die Aphrodite-Platte sowie vier große Biere und vier Ouzo durch die Nacht chauffieren lassen. Die erste Wirkung dieser wahrscheinlich tödlichen Mischung hat vor etwa 30 Minuten eingesetzt, jetzt ist es fast Mitternacht und ich weiß, dass ich nicht schlafen werde. Ich verfluche meine Unvernunft, am späten Abend ein derartig üppiges Mahl eingenommen zu haben, ich schimpfe auf den Kellner, auf Aphrodite, auf den Ouzo. Ich kritisiere Anja, die sich bereits am dritten Urlaubstag dem vierten Schwaben hingegeben hat ("... beim Rüdiger war was, das hat mich sofort angetörnt, also voll angetörnt, so richtig...") und schalte auf den Video-Text um. Nein, kein Last-Minute-Angebot, das in meinen knappen Zeitplan passt. Bis ich da bin, ist Anja bestimmt schon wieder daheim, sitzt im Büro und schwäbelt kichernd den Kolleginnen was vor.

Ein Teil der Aphrodite-Platte - vermutlich das Hackfleisch – rutscht währenddessen vorzeitig durch den Pylorus, die Gallenblase kontrahiert freudig erregt, zur gleichen Zeit unternimmt die Lammkeule den angestrengten Versuch, die Kardia in untypischer Richtung zu passieren, wobei der letzte Ouzo die Rolle des Vorboten übernimmt und der Speiseröhre signalisiert, dass da gleich noch jemand kommt. Aufrichten, denke ich, und wehre das Unheil durch rasches Umsetzen der Idee rechtzeitig ab.

Inzwischen hat sich Anja in den vierten Schwaben verliebt; unter dem Einfluss von drei Eimern Sangria ist das Angetörntsein einem tiefen Gefühl gewichen, das vom Rüdiger volles Rohr erwidert wird, jedenfalls cremt er sie am späten Nachmittag danach fürsorglich ein und gesteht dem Reportage-Team, dass auch er grundsätzlich von "480 Mark pauschal" mehr als nur ein flüchtiges Genital-Event erwartet.

"Das Leben ist – auf seine Art – ein Bußgeldkatalog", denke ich und überlege, wer diesen Satz gesungen hat. Radio Krüger, stimmt, das ist Jahre her. Damals habe ich mich wesentlich gesünder ernährt, hier ein Salat, da ein Stück Käse, dorten ein Süppchen. Und jetzt? Hab' ich nicht mal ein kleines Kuscheltier, das mich tröstet. So ein plüschiger Odysseus, der würde es jetzt bringen. Oder ein kleiner Streitwagen, die filigrane Nachbildung einer Amphore, Herakles als Puzzle. Nein, es gibt nichts, was mir mein Ernährungsfehlverhalten im Nachhinein schmackhaft machen könnte. Schade.

Isch weiß nischt, Cherie

Frankreich! Endlich mal wieder ein Thema ganz nach meinem Geschmack, da weiß ich doch wirklich nicht, wo ich ansetzen soll! So heißt es zunächst einmal, frisch und frei zu assoziieren und dann die Wahl zu treffen. Also: Eiffelturm, Revolution, Frösche, Atomversuche, Mode, Erzfeind, Moulin Rouge, Brigitte Bardot... halt, das reicht. Die französische Frau, sie soll mein Thema sein.

Was den Reiz der französischen Frau ausmacht, kann ich nur aus der Ferne beurteilen. Denn bis zum heutigen Tag war es mir nicht vergönnt, eine Französin näher kennen zu lernen, geschweige denn, das Lager mit einer zu teilen. Ich weiß jedoch von einem sehr guten Freund, dass sie zwar aufwendig verarbeitete Leibwäsche tragen, ansonsten aber auch nur mit Wasser kochen.

Was mir an Französinnen besonders gut gefällt, ist ihr Akzent. Kennen Sie diesen Werbespot, in dem eine

Französin ihren deutschen Liebhaber bittet, ihr doch umgehend eine Hühnerkeule und eine Flasche Bier zuzusenden? „Lieber 'arald..." Es ist diese Unfähigkeit, das H auszusprechen, die der Französin den besonderen Kick gibt. Und dann erst dieses erotisierende „Isch weiß nischt, Cherie..." Brrr, da kriege ich schon bei der Niederschrift eine Gänsehaut!

Auch dem französischen Mann wird seitens der deutschen Frau eine ganz besondere Aura zugesprochen. Meine Freundin Anja zum Beispiel hat vor einem halben Jahr einen Franzosen kennen gelernt und mir kürzlich ein paar Fotos von dem Burschen gezeigt. Paul – wie sollte er auch sonst heißen – sitzt da unrasiert im Unterhemd am Küchentisch, hat eine Zigarette im Mundwinkel und tunkt sein Brötchen in die Kaffeeschale ein. „Wahnsinn, oder?" hat Anja gefragt und dabei ganz feuchte Augen bekommen. „Ganz außergewöhnlich, ja", habe ich geantwortet und mir nachdenklich die anderen Fotos angesehen. Paulchen unrasiert im Unterhemd und mit Zigarette im Bett, Paulchen unrasiert im Unterhemd und mit Zigarette auf dem Motorrad, Paulchen unrasiert im Unterhemd und mit Zigarette auf der Parkbank. „Er ist so anders", hat Anja gesagt, die Augen im Kopfe verdreht und ihre Fotos eingesackt, „er hat so gut wie keine Möbel und lebt einfach so in den Tag hinein. Am Wochenende fahre ich wieder hin."

Als sie weg war, habe ich gleich eine Schallplatte von Charles Aznavour aufgelegt und vor dem Spiegel getestet, wie das wohl bei mir aussieht, wenn ich meine Tage im Unterhemd und mit Zigarette im Mundwinkel verbringe. Das sah echt toll aus und ich überlegte schon, wo ich mit den Möbeln bleibe, als es an der Tür klingelte. Ich öffnete, es war Anja, die ihre Zigaretten vergessen hatte. Ich habe noch nie so ein vernichtendes Lachen gehört.

Die Welt der Frau

Im Sinne des Wortes oberflächlich betrachtet, ist die Welt der Frau der Welt des Mannes sehr ähnlich. Auch in ihrer Welt wachsen Bäume, fahren Autos, leben Kinder. Doch ist der Blickwinkel der Frau – und anhand der genannten drei Beispiele werde ich versuchen, dies für alle Zeiten gültig zu verdeutlichen – ein gänzlich anderer.

Unlängst unternahm ich mit einer reifen Frau, deren Interesse an meiner Person ich aufgrund einer beidseitig engagiert geführten Internet-Korrespondenz generieren konnte, einen längeren Spaziergang. Claire entpuppte sich zunächst als eine etwas verhuschte Enddreißigerin, aber das nahm ich hin, denn ich bin selbst ein etwas verhuschter Mittvierziger und weiß um die Gründe, die zwangsläufig zum Verhuschtsein führen müssen. So schnitt ich zunächst die üblichen unverbindlichen Themen an, über die Mann und Frau reden können, ohne sofort an die Grenzen der grundsätzlichen Toleranz zu stoßen. Tatsächlich gelang es mir, sie innerhalb kürzester Frist von der Existenz Gottes, der Notwendigkeit von Parkuhren und vom Segen der Trennkost-Ernährung zu überzeugen. Hierauf herrschte zunächst einmal jenes tiefe Schweigen, das eine Unterhaltung über Gott, Parkuhren und Trennkost unweigerlich nach sich zieht.

"Schau mal, was für ein schöner Baum", entfuhr es mir nach einer Weile, wobei ich auf eine Buche deutete, die zusammen mit befreundeten Buchen am Rande des Spazierweges stand. "Bäume sagen mir nichts", entgegnete Claire und versuchte, mich zu küssen, was ich in einem begrenzten Maße (Oberlippenrand links) zuließ. Spontane Hingabe aufgrund technologischer Gemeinsamkeiten ist nämlich nicht gerade meine Stärke.

Nun, Claire gab sich zunächst mit diesem schwachen Erfolg zufrieden; zügig schritten wir voran, wobei sie mit dem Kleinfinger die Innenfläche meiner Hand kraulte. Der Anblick einer Limousine der Marke

Jaguar bewog mich erneut, tiefe innere Empfindungen preiszugeben. "Was für ein Auto", raunte ich leise. "Männer und Autos", kicherte Claire und unternahm erneut den Versuch, meine Schleimhäute zu irritieren. Die mangelnde intellektuelle Übereinstimmung negierend, gab ich nach und gestattete ihr, mir die Unterlippe massiv anzufeuchten. "Ich habe das Gefühl, dich schon ewig zu kennen", sagte Claire anschließend und sah mir tief in die Augen. Endlich eine Übereinstimmung, dachte ich, denn auch ich habe bisweilen das Gefühl, mich schon sehr lange zu kennen. Und euphorisiert durch den Verdacht, eine Partnerin im Geiste gefunden zu haben, leitete ich die Beschleunigung des Verfahrens ein. "Möchtest du Kinder, ich meine, so grundsätzlich?"

Ich habe Claire nie wieder gesehen. Und meine letzte Nachricht an sie, dass wir ja auch ohne Bäume, ohne Auto und ohne Kinder die Freizeit gemeinsam gestalten könnten, ist bis heute ohne Antwort geblieben. Ja, es ist eine fremde und seltsame Welt, in der wir leben. Egal, von welcher Seite aus wir sie betrachten.

Morituri te salutant

Die Todgeweihten grüßen Dich. Götter und Gladiatoren im Museum für Kunst und Gewerbe, da wird der Lateiner in mir wach. "Nennt mir einige Begriffe, die der lateinischen Sprache entstammen und die heute innerhalb unseres eigenen Sprachgebrauches als selbstverständlich gelten", sagte mein 1972 mein Lateinlehrer. "Aquarium!" rief ich laut, fügte rasch "Terrarium!" hinzu und schloss mit "Amen!" ab. "Gut", lobte mich der Lehrer Fünf Jahre später musste ich das Gymnasium frühzeitig verlassen, ausschlaggebend war letztendlich eine miserable Note in Latein. So kann's kommen.

Latein ist eine so genannte tote Sprache und findet deshalb nur noch im Bereich der Medizin echte Freunde, weil sie es den Doktoren erlaubt, uns Halbtoten durch die Blume zu sagen, dass wir praktisch schon ganz tot sind. Deshalb habe ich es nie bereut, mich für das Wahlfach Latein entschieden zu haben. Ich konnte die Diagnosen der Ärzte immer deuten. Bis gestern.

Da nämlich konsultierte ich eine Kapazität auf dem Gebiet der Lehre von den Herzerkrankungen, der Kardiologie. Die Formulierung "Mausi, ich fahre mal eben zum Kardiologen!" nimmt der Tatsache, dass ein permanentes Stechen in der Brust den Alltag bestimmt, ein ganz gehöriges Maß an Schrecken. Außerdem war mir danach, der flüchtigen Bekanntschaft der vorhergegangenen Nacht noch vor dem ersten gemeinsamen Frühstück zu verdeutlichen, dass in meinem Alter erotische Höchstleistungen keinesfalls an der Tagesordnung sind. Wissen Sie, ich will überhaupt keinen Hehl daraus machen, dass ich mich seit einigen Jahren nur noch sporadisch in die Betten fremder Frauen begebe; dies geschieht im Grunde genommen nur noch aus jener kurzfristigen, hormonell bedingten Unzurechnungsfähigkeit heraus, von der Partnerschaftsvermittlungen zunehmend profitieren. "Susanne ist eine bildhübsche junge Frau, die es im Leben nicht leicht gehabt hat. Trotzdem sehnt sie sich nach einem..." Ich meine, da stehst du doch sofort auf der Matte, da willst du es doch noch einmal wissen, und zwar gründlich, das volle Programm.

Jetzt noch großartig über Götter und Gladiatoren zu schwafeln, mach eh keinen Sinn mehr, also: Susanne war ein echter Reinfall. Zunächst einmal hieß sie nicht Susanne, sondern Karin. Die Susannes waren alle, wie mir die Vermittlerin mitteilte. Ich musste dann zwischen Sonja und Karin wählen. Eine Sonja hatte ich schon, also entschied ich mich für Karin. Karin war zwar bildhübsch und auch jung. Aber sie hatte noch nichts mitgemacht. Ich meine, 12 Jahre verlobt gewesen zu sein, ist nun wirklich kein Beinbruch, das zählt nicht. Um es kurz zu machen: Karin war überhaupt nicht mein Fall. Also habe ich mich an meine Herzbeschwerden erinnert, mich in ihr Bett gepackt und mir von ihr den Puls fühlen lassen. Dabei sind wir dann beide eingeschlafen.

In der Frühe bin ich dann gleich zu besagtem Kardiologen gefahren. Sein Urteil war niederschmetternd. "Paroxismale Tachykardie", hat er gesagt. Sorry, Karin, aber ich werde jetzt erst einmal einen Griechisch-Kurs belegen. Ich muss einfach wissen, was mir fehlt.

You're the one that I want

Sie kennen *Grease*? Dann wissen Sie, dass der Auslöser für den musikalischen Ausflug in die Vergangenheit mittlerweile gereifter Teenager ein Klassentreffen ist.

Je länger die gemeinsame Schulzeit zurückliegt, desto interessanter ist so ein Klassentreffen für alle Beteiligten. Sozialer Status, körperliche Befindlichkeit und geistige Beweglichkeit gewinnen mit dem Überschreiten eines gewissen Alters an Bedeutung. Die Spuren eines mehr oder weniger bewegten Lebens lassen sich immer schwerer leugnen; Pläne, Ziele und Hoffnungen sind entweder verwirklicht, gescheitert oder unter fadenscheinigen Gründen relativiert worden. Kurz gesagt: Nach rund 20 Jahren dienen Klassentreffen in erster Linie dazu, ehemals überlegene Mitschüler zu demütigen und seinerzeit unnahbare Mitschülerinnen endlich mal gründlich in der Ecke der Turnhalle abzuknutschen.

Auf das diesjährige Klassentreffen habe ich mich gut vorbereitet. Die letzten 10 Begegnungen mussten ohne mich stattfinden, allerhöchste Eisenbahn, sich wieder einmal blicken zu lassen, denn wer über einen längeren Zeitraum hinweg nicht erscheint, hat offensichtlich etwas zu verbergen. So ist mein Anzug neu, aber nicht zu neu; in der Innentasche steckt ein Foto meines Sohnes und – falls das Gespräch mit meinem Erzfeind Walter mal wieder auf einen Potenzvergleich hinauslaufen sollte – ein Foto von allerliebsten Drillingen, die meine Freundin Klara vor etwa 16 Monaten zur Welt gebracht hat. Meine Brieftasche ist, so ich sie zücken muss und jemand zufällig einen Blick in ihr Inneres werfen möchte, mit etwa 15 Geld- und Kreditkarten renommierter Finanzinstitute präpariert. Gut, dass es Freunde gibt, die einem das Plastikzeugs für einen Abend anvertrauen; zwei Mitgliedskarten für Videotheken reichen heutzutage einfach nicht mehr aus, um finanzielle Unabhängigkeit vorzutäuschen.

Mein linkes Handgelenk wird an diesem Abend von einer Schiene gestützt. „Reiner Leichtsinn", könnte ich zu Franz, der die absolute Sportskanone in unserer Klasse war, sagen. „Ich wollte allein zurück ins Basiscamp, um für die Kameraden Sauerstoffflaschen zu holen. Ein unbedachter Schritt, eine Gletscherspalte... fünf Tage sind viel Zeit, um über das Leben nachzudenken. Als mein Hund Mopsi mit der Bergwacht auftauchte, habe ich hemmungslos geheult."

Anschließend werde ich Annemarie zum Tanz bitten. Sie hat sich vor zwei Jahren vom Klassenbesten Werner scheiden lassen und soll immer noch absolut begehrenswert aussehen. „You're the one that I wanted und immer noch want" will ich ihr ins Ohr flüstern und sie dann in Richtung Turnhalle lenken. Mit etwas Glück steht dort noch der alte Stufenbarren...

Wir saßen am Hein-Köllisch-Platz

Wir saßen am Hein-Köllisch-Platz. Das hat er doch schon in der Überschrift zum Ausdruck gebracht, werden Sie jetzt sagen. Stimmt. Es ist nur eine der vielen Grundregeln des Journalismus, durch eine attraktive Überschrift die Leserschaft für den folgenden Artikel zu sensibilisieren. „Wenn die Überschrift nichts taugt, solltest du den Job besser vergessen", hat mein Mentor, der meinerseits unvergessene Textchef A.B., vor etwa sieben Jahren zu mir gesagt. Rund 80 filterlose Zigaretten pro Tag sind seit 1960 durch seine Lungenflügel gerauscht, vor etwa drei Jahren ist er gestorben. Was die Todesursache betrifft, dürfen sie jetzt mindestens dreimal raten.

Eine Überschrift ist aber auch dazu da, zuerst einmal momentane Befindlichkeiten zu adressieren und dann auf eine ganz andere Sache zu kommen. Zum Beispiel auf das Thema Grillen.

Bei strahlendem Sonnenschein auf dem Balkon, im Garten, im Park, auf einer Wiese oder einem Feld zu sitzen und Nahrungsmittel über Holzkohle zu garen, gehört wohl zu den größten Vergnügungen, die der Sommer bieten kann. Was aber gehört nun unbedingt zu einem gelungenen Grillfest? Richtig, der Kartoffelsalat. Womit wir wieder auf dem Hein-Köllisch-Platz gelandet wären, denn da saß ich unlängst mit meinem Freund Marco vor der Gaststätte Abendmahl, um nach einem arbeitsreichen Tag schnell einen kleinen Salat und dann viele große Biere zu mir zu nehmen.

Während wir auf Speisen und Getränke warteten, vertrieben wir uns die Zeit mit der Beobachtung von drei Kleinkindern, die sich auf dem Platz prügelten. „Etwas laut hier", sagte Marco, „wir sollten bei nächster Gelegenheit die Grillsaison eröffnen. „ Gute Idee", stimmte ich zu. Dann schwiegen wir eine Weile, aber ganz plötzlich trat ein gewisser Glanz in unsere Augen, wir sahen uns an und riefen wie aus einem Munde: „Und ich mache den Kartoffelsalat!" Die anschließende Diskussion führte schließlich zu einem befriedigenden Ergebnis. „Dann macht eben jeder seinen Salat", sagte Marco „und dann vergleichen wir. Wie sieht denn dein Rezept aus, hm?" Ich bedeutete dem Freund, näher an mich heran zu rücken. „Ich will dir ein Geheimnis verraten", flüsterte ich ihm ins Ohr, „ich verwende in erster Linie Kartoffeln." Marco lächelte. „Weißt du was? Ich nehme auch Kartoffeln! Und – aber das bleibt jetzt unter uns – ich koche sie. Dann sind sie nicht mehr so hart."

Es wurde noch ein sehr langer Abend und wir stellten voller Freude fest, dass wir Kartoffelsalat nach geradezu völlig identischen Rezepten zubereiten: Kartoffeln, Äpfel, Eier, Zwiebeln, Gurken, Mayonnaise, Yoghurtsoße, Salz, Pfeffer und etwas Gurkenwasser. Marco rührt zum Abschluss noch eine Löffelspitze Senf unter, aber das ist für mich reine Besserwisserei.

Hut ab, meine Dame

„Mein Hut, der hat drei Ecken..." Ja, lange ist es her, dass ich mit kindlichem Gesang die Schönheit und den praktischen Nutzen der Kopfbedeckung pries, die den Mann als einen wahren solchen aus- und kennzeichnet. Wenn ich heute einen Hut trage, dann nur zu dem Zweck, meine katastrophale und mich immer wieder deprimierende Hinterhauptsituation zu kaschieren und einer Schädigung der Kopfhaut durch Kälte vorzubeugen, bzw. das unbewachsene Terrain vor starker Sonneneinstrahlung zu schützen. Wobei ich diese Aussage neuerdings doch etwas relativieren muss, habe ich doch in jüngster Zeit festgestellt, dass das Tragen einer gut geschnittenen Kopfbedeckung durchaus dazu beitragen kann, dass einem innerhalb des Berufslebens etwas mehr Respekt entgegengebracht wird. So lautet mein derzeitiges Credo: „Um Erfolg zu haben, braucht ein Mann einen Anzug, einen Hut und eine gute Tagescreme."

Doch birgt so ein Hut auch seine Gefahren. Die schlimmste Sache, die einem Hutträger widerfahren kann, ist die, dass ihm jemand den Hut vom Kopfe schlägt. Wird eine derartige Provokation durch einen Kerl hervorgerufen, ist eine handfeste Prügelei quasi unvermeidbar, so der Gedemütigte nicht völlig sein Gesicht verlieren möchte. Kleiner Tipp: Nicht erst nach dem Hut bücken, gleich zur Sache kommen. Anders ist die Sachlage, wenn eine Frau einen Mann mittels Hutgrabschens aus der Fassung bringen möchte. Da ist psychologisches Feingefühl gefragt.

Als ich unlängst am späten Feierabend durch den Stadtteil St. Pauli streifte, um daselbst mit ein paar Freunden einen guten Geschäftsabschluss zu begießen, stellte sich mir in der Davidstraße ein junges Mädchen in den Weg und bot mir – gegen Zahlung von 100 Mark meinerseits – ihre freiwillige Teilnahme an einem spontanen Geschlechterverkehr an. Tja, und als ich höflich entgegnete, ich müsse leider schnell heimgehen, um noch frisch gewaschenes Feintextil für den Trocknungsvorgang aufzubereiten, pflückte mir das Mädel flink den Hut vom Kopf und rief: „Geh' mit, dann kriegst du den Hut zurück."

Unter Druck gesetzt, neigen Männer häufig zum Versagen. Um diesen Zusammenhang wissend, vergaß ich die erste Idee zur unkomplizierten Hutrückgewinnung sofort. „Zuerst den Hut, dann komme ich mit!" antwortete ich stattdessen und setzte gekonnt jenen Augenaufschlag ein, mit dem ich aus sturen Sachbearbeitern schon Kreditvergaben in fünfstelliger Höhe herausgeholt habe. Und so trug ich dann auch eine Sekunde später den Hut wieder auf dem Kopfe und lief rasch davon.

„Ihr Kerle seid doch alle Lügner!" rief mir das Mädel wütend hinterher. Was soll ich sagen: Der Vorwurf hat mich – zum ersten Mal in meinem Leben – überhaupt nicht berührt. So ein Hut verleiht Männern eben eine unglaubliche innere Stärke.

Der eingebildete Kranke

Ich habe Fieber. Die rektale Messung hat 38,9 ergeben, das ist kein schlechter Wert für einen rüstigen Mittvierziger. (Nach fast vier Jahren offener Worte an Sie, liebe Leserinnen und Leser, fällt es mir zunehmend leicht, derartige Intimitäten preiszugeben; ich könnte ja auch eine axillar durchgeführte Kontrolle der Körpertemperatur beschreiben, aber das wäre ja nicht ehrlich, oder?)

Durch meine beruflich bedingten Aufenthalte in den großen Kliniken unseres Landes weiß ich, dass nur durch eine rektale Messung glaubhafte Fieberwerte zu generieren sind. Generieren ist eines meiner Lieblingswörter, dicht gefolgt von Generation und Geriatrie. Ich benutze übrigens eines dieser alten Thermometer, mit Quecksilbersäule, Sie erinnern sich vielleicht an diese kostbare Gerätschaft; wenn früher ein solches Instrument auf den Boden fiel, geriet die Mutter in Panik, stammelte "Quecksilbervergiftung" und rief "Nicht atmen, ich hole einen Besen...!" Dann wurden die virilen Kügelchen zusammengefegt und auf dem Kehrblech weit, weit, weit in den Wald hinein getragen. Einen Zusammenhang mit dem zu dieser Zeit einsetzenden Waldsterben herzustellen, werde ich mir jetzt mal gründlich verkneifen, obwohl ich gerade feststelle, dass so ein Fieber gewaltig inspirierend sein kann.

Ich bin ein sehr schlechter Patient; mich in die Obhut einer Pflegerin zu begeben, fällt mir schwer. Ich frage mich sowieso schon seit Jahren, was eigentlich ein guter Patient ist. Gute Patienten - und das vermute ich spätestens seit meinem mit "gut" bestandenen Krankenpflegeexamen - stellen niemals Fragen. Sie schlucken vertrauensvoll ihre Tabletten und erkundigen sich nicht nach den Bestandteilen eines im Vorübergehen verabreichten Laxativums (übrigens meist Bitter- oder Glaubersalz) oder einer bunten Tablette ("Bei Risiken und Nebenwirkungen verklagen Sie bitte Ihren Arzt oder Apotheker...").

Wenn ich in Gegenwart anderer Menschen krank bin, überkommt mich eine tiefe Scham. Körperlichkeit und eine damit unmittelbar verbundene Vergänglichkeit zu offenbaren, fällt mir schwer; dabei muss man sich nur mal meine Hinterhauptsituation vor Augen führen um zu erkennen, dass ich es nicht mehr lange mache.

Im Grunde meines Herzens will ich recht gern 92 Jahre alt werden. Was spricht dagegen? Primär die Angst, beim Einkauf um das Wechselgeld betrogen zu werden. ("Na komm', Opa Möhlmann, ich nehme mir das mal raus, das geht schneller..."). In einer Großstadt zu altern, ist keine angenehme Vorstellung, deswegen arbeite ich momentan sehr viel. Wenn ich 50 bin, möchte ich ein kleines Holzhaus als mein Eigentum betrachten können und am Samstag gegen 11 Uhr in Ruhe ein gekochtes Ei essen, ganz weich, aber nicht glibberig. Wo das Holzhaus steht und wo mein treues Huhn auf ein Korn ansitzt, ist mir mittlerweile ziemlich egal. Früher wollte ich unbedingt auf Lanzarote mit einer blutjungen Haushälterin leben, aber aktuell offenbart sich mir eine wundervolle Alternative. Das mag am Fieber liegen, deshalb messe ich jetzt noch einmal korrekt nach.

Komm' in meine Liebeslaube

„Dein Thema lautet in dieser Woche Liebeslaube. Damit kannst du doch was anfangen, oder?" Allemal, liebe Redaktion, allemal. Gehört doch zu meiner neuen Heimstatt eine wunderschöne alte Gartenlaube, und ich trage mich schon seit Wochen mit dem Gedanken, sie zu einem kleinen romantischen Liebesnest auszubauen.

Erst gestern habe ich so einen alten Spielfilm gesehen, da hat sich ein fast greiser Baron die Augen verbinden lassen und seine Mätressen („Ich kriege Euch, meine kleinen Täubchen...!") um den Liebespavillon gehetzt. Okay, momentan ist zwar für mich keine Frau in Sicht, aber so was kann sich ja stündlich ändern, ich meine, ich habe da gerade wieder eine Annonce gelesen, die zur Hoffnung Anlass gibt, warten Sie mal, wo stand das noch gleich... Blonder Traum, zierlich und willig, auch Haus und Hotel..., nein, das war es nicht.

Aah, da ist sie: Knackige, sportliche, italophile Frau wünscht sich ehrlichen und humorvollen Partner mit Hang zur Sinnlichkeit. Das klingt doch nett, oder? Si, da werde ich gleich mal antworten, da kann eigentlich nichts schief gehen, bis zum kommenden Samstag sollte sich das doch bestimmt regeln lassen. Zwei Pakete Miracoli habe ich sowieso immer im Haus und irgendwo liegen auch noch ein paar Ansichtskarten vom Petersdom herum, die kann sie sich in Ruhe ansehen, während ich die Nudeln in den Topf werfe. Oder besser: etwas Pasta zubereite.

Wie groß ist die Frau eigentlich? Hm, keine Angabe, hoffentlich ist sie unter 1,70. Die Deckenhöhe meiner Laube fällt nämlich etwas niedrig aus, ich ramme mir andauernd den Schädel an den Balken. Naja, wenn alles planmäßig läuft, werden wir ohnehin nicht lange herumstehen und gleich in enger Umarmung auf das gemütliche Sofa plumpsen.

Ob ich ein altes Grammophon besorgen soll? Eigentlich gehört das ja zur Grundausstattung jeder halbwegs funktionstüchtigen Liebeslaube, dieses sinnliche Geknister alter Schellack-Tonträger. „Caruso", werde ich hauchen und dabei die Augen verdrehen, „das ist eine Stimme, was? Noch etwas Chianti, Bella?" Dann ist es an der Zeit, meine humorvolle Art unter Beweis zu stellen. „Pass mal auf, Ragazza, kennst du den schon? Ein Amerikaner, ein Russe und ein Deutscher sitzen im Flugzeug. Da sagt der Amerikaner..." Da wird sie vor Lachen bestimmt vom Sofa runterkugeln!

Tja, und dann wird es hoffentlich schnell etwas kühl. „Sollen wir nicht besser reingehen?" werde ich sie fragen, und sie wird bejahen, weil sie nämlich zu diesem Zeitpunkt schon mit Mückenstichen übersät sein wird. Vielleicht will sie auch gleich nach Hause, „...lass uns nichts übereilen, Bernardo, wir haben Zeit, oder?" Im Grunde wäre mir das ja ganz recht, um 18 Uhr kommt ohnehin ran auf SAT.1 und da sind die ersten Differenzen quasi vorprogrammiert.

Kleine Massage gefällig?

Kerle, jetzt aufgepasst, das heutige Thema ist ganz und gar auf euch zugeschnitten. Es geht um die Massage. Genau, das ist das, was eure Freundin oder Frau immer von Euch verlangt, wenn ihr sie rein zufällig am Arm berührt oder ihr gedankenverloren den Nacken krault. Oder sie einfach nur anseht.

Es ist kaum möglich, eine Frau rein zufällig am Arm zu berühren, ihr gedankenverloren den Nacken zu kraulen oder sie anzusehen, ohne dass ein solcher flüchtiger Hautkontakt in körperliche Anstrengung ausufert. "Oh ja, massier' mich mal!" - wer von uns kennt nicht diesen Satz? Wenn dieser Satz fällt, Kerle, dann seid auf der Hut. In dem Moment, in dem ihr diesem Wunsch nachgebt, seid ihr auf ewig verloren. Dann müsst ihr die Frau bis an euer Lebensende massieren.

"Na, sie wird doch merken, dass ich gar nicht massieren kann", werden jetzt die Unerfahrenen lachend ausrufen und sich vielleicht sogar brüllend auf die Schenkel schlagen. Falsch. Frauen merken nicht, ob ein Mann wissend und zielgerichtet Bindegewebe lockert oder fahrlässig und unbeabsichtigt Zellen zerstört. Sobald man sie nur kräftig genug knetet, schließen Frauen die Augen und geben sich Tagträumen hin.

Aus Romanheftchen und von redseligen Prostituierten wissen wir, dass diese Träume überwiegend von muskulösen Kerlen dominiert werden, deren Hände zunächst mit "ungekannter Zartheit", dann aber relativ flott mit "erregender Bestimmtheit" zu Werke gehen und spätestens auf Seite 17 die Protagonistin in ein "süßes Nichts" sinken lassen. Dann beißen sie auch schon bald in den Schaumstoff und stammeln Worte, von denen sie "bisher nicht wussten, wie sie geschrieben werden". Und wer, Kerle, erträgt das, frage ich da?! Eben. Niemand erträgt das.

Fassen wir also zusammen: In dem Moment, in dem wir unsere Partnerin massieren, geben wir sie aus den Händen. "Der Mann aber, der seine Frau vorbehaltlos knetet, ist ein Narr", schrieb ich 1982 einleitend in Kapitel 2 meines Bestsellers "Kneten und Formen - Wenn Tantra nichts mehr bringt und für Kamasutra kein Geld mehr da ist". Die Frauenbewegung reagierte damals sehr heftig auf diese These, meine Lesungen wurden bestreikt, selbst meine seinerzeitige Co-Autorin Abigal Lützenschwing-Siems distanzierte sich von unserem gemeinsamen Werk und gewann schließlich den Prozess, der zum Einmassieren der Restauflage führte.

Wie also reagieren, wenn die Frau eine Massage einfordert? Ich wäre nicht Bernd Möhlmann, würde ich am Donnerstagmorgen Männer ratlos am Frühstückstisch zurücklassen. (Wieso frühstückt ihr eigentlich? Nichts zu tun?) Wenn also die Frau eine Massage einfordert, sagt fröhlich "Aber immer, Schatz!" Dann setzt euch auf ihren Rücken und macht euch ganz schwer. So richtig schwer. Das hält sie im Leben nicht aus, da ist nach zwei Minuten Schicht im Schacht.

Wenn ihr nicht schwer genug seid, holt einfach ein paar Freunde hinzu. Und: Ihr könnt euch auch gegenseitig helfen. Gründet "Massage-Hilfe-Ringe" und bleibt über Handy in ständiger Verbindung. Wir schaffen das! Wir müssen nicht massieren, wenn wir nicht wollen. Wir müssen nur so tun.

Hinlegen, der Arzt kommt

Beim Griechen an der Alster saßen wir beisammen. Jan, ein Anlageberater friesischen Ursprungs, Marco, bester Freund und Geschäftspartner. Und ich, verloren gegangen innerhalb von Zeit und Raum.

Zartes Lamm, Büsumer Krabbensuppe (ja, der Grieche ist Kosmopolit!) und gegrilltes Schwein verzehrend, kommunizierten wir eifrig. "One Size Fits All ist meiner Meinung das stärkste Zappa-Album", theorisierte ich kühn. Jan hüpselte, bestätigte meine Aussage mittels Augenzwinkerns und orderte sein drittes Mineralwasser. Ich fühlte Glück.

"Kinder sind die Basis", sagte Marco, "wir nehmen noch weiteres Bier, oder?" Marco hat es bisher versäumt, sich (was nicht so wichtig ist) und seine Kinder (was ihn zunehmend nachdenklich stimmt) finanziell abzusichern. Deswegen saßen wir mit Jan zusammen.

Jan ist ein ehemaliger Vollstreckungsbeamter. Er hat seinen Lehrberuf aufgegeben, Südamerika bereist und wirkt heute auf Außenstehende recht jovial. Jan weiß alles über Versicherungen und Anlagen, selbst Ölscheichs geraten ins Grübeln, wenn Jan sie auf Defizite im Bereich der Altersvorsorge hinweist.

Ich selbst bin privat versichert und zahle 580 Mark im Monat für den Fall, dass eine stationäre Behandlung erforderlich ist. Wenn mir eine ambulant verabreichte Injektion unumgänglich erscheint, fahre ich (falsch, mein Führerschein ist weg, also lasse ich fahren) in die UNI-Klinik und bitte Dr. Hauser (Name von mir geändert) um Verabreichung. Dr. Hauser schuldet mir nämlich einen Gefallen: Ich habe vor 12 Jahren die Verantwortung für einen (in der Bauchhöhle eines ohnehin zum Tode verurteilten Patienten) vergessenen Tupfer auf meine Kappe genommen. Chirurgie ist ein hartes Feld, jeden Abend bete ich für die die Operateure, denen ich die Instrumente reichen durfte.

Dr. Hauser hörte während der Operationen immer Wagner. Wagner stimmte ihn tollkühn, wenn Hauser Wagner hörte, glitt die Klinge schwungvoll durch Herrn Meier oder Frau Schmitz, ein wahres Gottesgeschenk war es, dem Dr. Hauser beim Schnippeln zuzusehen und dabei Wagner zu hören. Wagner ist schlechthin die Musik für Bauchchirurgen, keine Frage.

Gehirnchirurgen bevorzugen Chopin oder ähnlich verspielte Fiedeleien, denn ganz wie Chopin wissen auch Gehirnchirurgen nicht so recht, was sie da eigentlich gerade tun. Ich meine, schauen Sie sich doch mal so ein Hirn an, da weiß doch keiner, was da wo sitzt, . oder wissen Sie's? Na sehen Sie.

Die Unfallchirurgen, die ich kennen lernen und denen ich instrumentierend zur Hand gehen durfte, habe immer Radio Hamburg gehört, wie alle guten Handwerker, die mit Freude das Tagewerk beginnen. Popmusik ist die ideale akustische Begleitung, um eine Endoprothese in den Femur zu prügeln oder einen langen Nagel durch das Schienbein zu jagen.

Urologen operieren am liebsten in aller Stille, sonst hören sie nicht, ob's im Harnleiter noch rauscht. Gynäkologen summen meist leise vor sich hin, Kardiochirurgen lassen sich von Schwesternschülerinnen was vorsingen und Kinderchirurgen legen gern eine Zukowsky-Kassette ein, bevor sie den Nabelbruch richten.

Ach ja, manchmal trauere ich dieser schönen Zeit wirklich nach.

Nicht nach Hornissen schlagen

Unlängst, an einem späten Nachmittag, hart an der Grenze zum frühen Abend, wenn ich's recht bedenke, hocke ich im Englischen Garten in München, den zu besuchen mir die kurzfristige Absage eines so genannten Meetings erlaubt hat. Und wie ich da so vor meinem Bier hocke, werde ich plötzlich – zu meinem und auch zum Entsetzen anderer Gäste – von einer Hornisse attackiert, und mir wird bewusst, dass ich allgemein nichts über Hornissen weiß. Um mir also eine Meinung über Hornissen zu bilden und neues, im Zweifelsfall schmerzhaftes Wissen zu generieren, schlage ich also nach dem Tier. "Nicht nach der Hornisse schlagen", ruft ein Kleinkind entsetzt, und alsbald stimmen alle Besucher des Biergartens in den Ruf ein und warnen mich davor, dem Insekt gegenüber meiner emotionalen Regung körperlichen Ausdruck zu verleihen.

Wie ein Hanseat, also kühl bis ins Mark, nehme ich daraufhin einen kräftigen Schluck Bier zu mir und schlage mit der freien Hand der Hornisse vor den

Kopf. Taumelnd dreht der fiese Brummer ab, zieht noch eine letzte Schleife und verschwindet dann hinter dem Chinesischen Turm. Zwei Gäste applaudieren begeistert, andere wenden sich kopfschüttelnd ab, Mütter ermahnen ihre Kinder, dem Beispiel des schlagfertigen Mannes auf keinen Fall zu folgen, so sie jemals in eine solche Situation geraten sollten.

10 Minuten später. Eine Blaskapelle, die in der Chinesischen Turmspitze untergebracht ist, intonierte just eine Hymne wohl spanischer Herkunft; leicht bierselig summe ich eifrig mit, als unmittelbar neben mir korpulenter ein Schwarzafrikaner von einer Bank plumpst, weil am entgegengesetzten Ende ein Pensionär durch plötzliches Sicherheben das Gesetz der ungleichmäßig beladenen Wippe in Kraft hat treten lassen. Lachen steigt in mir auf und entlädt sich in einem fröhlichen Grinsen. "Über Neger lacht man nicht!" ruft das Kleinkind, das sich Minuten zuvor verbal in den Hornissenangriff eingemischt hat.

"Es ist die Situation an sich, die mich belustigt", will ich antworten, "nicht die Tatsache, dass ein stark pigmentierter Mitbürger in das Zentrum dieser von Elementen des Slapstick geprägten Situation geraten ist." Doch meine Richtigstellung ist überhaupt nicht vonnöten, denn die Mutter des vorlauten Kindes ergreift alsbald das Wort. "Wie oft habe ich dir schon gesagt, dass es nicht Neger heißt? Hier, trink' dein Cola!"

Willig greift das Kind nach dem Glas, nimmt einen ordentlichen Zug von dem aufputschenden Getränk, rülpst grandios und setzt das Behältnis mit der Bemerkung "Lecker, Negerbier!" wieder ab. "Ist halt noch ein Kind", murmelnd die Mutter entschuldigend in meine Richtung. Wohlwollend nicke ich ihr zu.

Während des Heimfluges gerate ich des Vorfalls wegen in elende Grübelei, aber ein tieferer Sinn will sich mir einfach nicht erschließen. "Na, muss ja auch nicht immer ein tiefer Sinn in allem liegen", denke ich und halte ein kleines Schläfchen. Lustig war's allemal.

Wir bitten leise um Asyl

Es ist eine stürmische Herbstnacht. Der Wind mag nicht ruhen, bereits den ganzen Tag hat er damit verbracht, welkes Laub aus den Baumkronen zu blasen, und noch immer ist kein Ende in Sicht.

Ich sitze daheim und fülle die Festplatte meiner geleasten Schreibeinheit, Nachtasyl lautet das Thema heute, kein schlechtes, fürwahr. Schließlich ist es Nacht und ich habe Asyl, da muss es eigentlich nur so sprudeln, so aus mir heraus, ganz frei. Will es aber nicht, also verlasse ich in Gedanken das Haus und gehe einen Tag zurück, einen ganzen. Schließlich sind sie frei, die Gedanken, und keiner muss sie erraten, weil ich sie ja niederschreibe. Das unterscheidet mich, von wem auch immer.

Gestern um diese Zeit saß ich in einem Wirtshaus südamerikanischer Prägung und aß ein Chili Konvex oder Konkav, ich weiß es nicht mehr, jedenfalls war es sehr lecker, ganz viele Bohnen waren darin enthalten, so auch zwei kleine Stückchen Fleisch, unaufdringlich im Sud schwimmend. Wir, also die Frau an meiner Seite und ich, führten eine an- und aufgeregte Unterhaltung über die uns betreffenden Ereignisse des Vortages, an dem ich mich höchst grässlich aufgeführt hatte. Wir tranken Bier und Tequila zum Süppchen, redeten leise und schwiegen unüberhörbar, wie es sich eben gehört, wenn der erste Wurm am Kern der Liebe nagt. Eine blutjunge Französin, mit den Betreibern der südamerikanisch geprägten Schank- und Speisestube im offenen Arbeitsverhältnis stehend, gab willkommenen Anlass zum Themenwechsel. "Was mag dieses junge Wesen in unser Land getrieben haben", wendete ich mich fragend an die Begleiterin, "und wie lange schon lebt sie hier?" "Nun,", entgegnete diese, "es mag an einem gespaltenen Verhältnis zu den Eltern liegen, auch ein Studium möchte der Grund ihres Aufenthaltes hier bei uns sein, oft ist es auch ein deutscher Freund

und Geliebter, der die gemeine Franzfrau in die Fremde treibt. Zwei Monate ist sie bei uns, jede Wette."

Ich schrieb die Aussagen der Begleiterin nieder und gestand jener nebenbei, um meine emotionalen Defizite wohl zu wissen. Das kam gut, sowohl an als auch 'rüber, so orderten wir weiteren Tequila, der alsbald braun und im kleinen Glase schwippend und schwappend vor uns stand. "Einer geht noch, einer geht noch rein", zirpte ich aufgeräumt, urplötzlich erkennend, dass es noch nicht aller Tage Abend war und werden würde.

Die etwa eine halbe Stunde später erfolgende Befragung der blutjungen Französin ergab drei Übereinstimmungen mit unseren Thesen. Lediglich die Angabe der Dauer ihres Aufenthaltes wich stark von unserer Schätzung ab (ein ganzes Jahr lebt sie schon bei uns, fern von Croissants und Milchkaffee, doch allemal fröhlich!), weswegen wir zwei weitere Kakteen-Destillate orderten, um unsere Sinne zu schärfen.

Im Zusammenhang mit der Anlieferung ihres Leibgerichtes beklagte derweil am Nebentisch eine übellaunige Frau die Abwesenheit von Bohnenmus. "Das Beste fehlt", raunte sie ihrer Freundin zu. "Dann ändere doch dein Leben", murmelte meine lauschende Begleiterin leise. Über diesen Satz musste ich dann sehr lange nachdenken.

Komm, ich zeige dir das Paradies
"Die geheimen Wünsche, die sich die Hamburger Agentur Seitensprung annimmt..." Aah, das tut weh. Warum muss ich mir auch immer im TV Magazine wie beispielsweise Die Reportage ansehen? "...derer sich...", murmele ich leise und nehme zwei Kohletabletten gegen den Durchfall, der sich bei mir unweigerlich einstellt, so der gute Genitiv von sensationslüsternen Beobachtern irrelevanten Zeitgeschehens negiert wird.

Gestern war ich besser dran; da speiste ich mit Andrea in einer Restauration fernöstlicher Prägung. Sushi, reines Eiweiß, Energie, nach die mein Körper so dringlich..., sorry, nach der mein Körper so dringlich verlangt. Oder: nach der es meinen Körper verlangt? Das Feldbusch-Syndrom, noch immer gibt es kein Gegenmittel. Es verlangt wen? Oder nach wem? Oder wen nach was tut es verlangen? Das ist hier ganz ohne Zweifel die Frage.

Mein allgemeines Wohlbefinden in der Gegenwart Andreas beruht auf der Tatsache, dass sie sich wohl auszudrücken weiß. Sie sagt Dinge wie "objektorientierter Zugriff auf strukturierte Texte". Wenn eine Frau so etwas sagt, werde ich unweigerlich rattig. Und zwar im rein intellektuellen Sinne, das müssen Sie mir glauben.

Andrea ist von zierlicher Statur und unaufdringlicher Zähigkeit; sie ist eine dieser Frauen, die mal eben schnell auf die Zugspitze steigen und dort - während die Kameraden eine Brotzeit einnehmen - mit der Niederschrift ihrer Doktorarbeit beginnen und spät in der Nacht ins Basislager zurückkehren. Was Andrea sonst noch auszeichnet, ist ihre Art, ihren Weg immer so zu wählen, dass man unweigerlich über sie stolpert. Wenn man nicht – so wie ich - über gewisse taktile Fähigkeiten verfügt und kurz den Arm hebt.

Warum erzähle ich Ihnen das? Nun, mein Thema heute lautet: Paradies. Da kommen einem natürlich viele Ansatzpunkte für einen flotten Aufsatz in den Sinn: Mann und Frau, Beziehungsgeflecht, Kampf der Geschlechter, semipermeable Membran.

Was ich an Andrea mag? Letztendlich ihre Art, über uralte Sushi-Witze meinerseits beruhigend herzlich zu lachen. ("Waren Sie zufrieden?" – "Ja, aber der Fisch war nicht so richtig durch.") Da ist kein Gram in dieser Frau, die am Tage den Kunden "prozessorientierte Workflow-Unterstützung" nahe bringt und eine "konsequente Nutzung bestehender Komponententechnologie zum Betrachten und Bearbeiten multimedialer Elemente" präferiert. In solchen Momenten befällt mich eine tiefe Andacht, da werde ich neidisch, da möchte ich Frau sein. Wirklich!

Der Traum vom eigenen Pool

Eine Party am Pool? Da gehe ich doch mal hin. Ist nämlich schon 30 Jahre her, dass ich mich in Badehose betrunken habe. Das war im Elternhaus von Michael Schlömer; er hatte sturmfreie Bude und die ganze Clique eingeladen, ein Bad zu nehmen, dabei Bier zu trinken und über Reichtum und Wohlstand zu diskutieren. Am Schluss ist die Party völlig aus dem Ruder gelaufen und alles hat damit geendet, dass die Klassenkämpfer unter den Gästen in den Pool gepinkelt haben.

Früher fand ich es erstrebenswert, irgendwann einmal einen eigenen Pool zu schwimmen. Bis heute ist es bei diesem Traum geblieben, obwohl ich ziemlich fleißig arbeite. Und ich spiele Lotto. Nicht regelmäßig, aber immer dann, wenn so um die 15 Millionen im Jackpot liegen. Wie, was heißt hier: Ganz schön gierig!? 1 Millionen sind schnell weg, Freunde! Eine warme Mahlzeit, ein Gang mit den Kumpels durch die Herbertstraße, ein Absacker im Spielcasino..., schwupps, schon ist die Kohle weg. Aber 15 Millionen, damit lässt sich richtig was anfangen.

Ich würde natürlich niemandem erzählen, wie ich zu dem Geld gekommen bin. Das wäre mir total peinlich. Menschen mit selbst erarbeitetem Wohlstand genießen nämlich immer noch mehr Ansehen als solche, die einfach nur Schwein gehabt haben. Nein, ich würde kein Wort darüber verlieren. Ich würde weiterhin offiziell in meiner kleinen Wohnung leben und mir darunter einen geheimen unterirdischen Wohnbereich anlegen, so ungefähr 500 Quadratmeter groß, mit riesiger Küche, Pool und einem Freigehege für die vielen Frauen, die kostenlos und unverbindlich bei mir leben dürften. Einen Teil des Geldes gebe ich der Kirche; als Gegenleistung will ich jeden Sonntag im Michel kurz zu den Menschen sprechen können und ihnen sagen, dass sie für den FC Schalke 04 beten sollen.

10 Millionen lasse ich einfach auf dem Girokonto liegen, sozusagen aus Rache, weil mein Dispo nie erhöht wurde. Ich gehe jeden Vormittag zur Bank, hebe 500 Mark ab und sage: "Heute kaufe ich mir mal ein paar schöne Klamotten!" Am Nachmittag zahle ich dann das ganze Geld wieder ein und sage dabei Sachen wie zum Beispiel: "Eigentlich wollte ich mir ja eine neue Hose kaufen, aber die alte tut's ja auch noch ein paar Wochen, oder, was meinen Sie?"

Was die Rechtfertigung meines Reichtums angeht, habe ich mich für folgende Lösung entschieden: Ich werde einfach behaupten, dass ich mein Geld als Ghostwriter verdiene. Zum Beweis lasse ich in meiner offiziellen Wohnung jede Menge Biografien von Prominenten herumliegen; überall flattern Zettel mit Notizen herum, z.B. "Boris anrufen", "Vorwort mit Claudia besprechen" oder "Fotos an Johannes Paul zurücksenden".

Ja, das wird ein prima Leben. Wünschen Sie mir Glück.

Reise in die Problemzone

Wie frühlingshaft der Tag! Wie dick und festgebacken der Belag auf dem Gartengestühl! Mit einem Dutzend Fixi-Schwämmen will ich ihm zu Leibe rücken. Da lacht das Herz der Hausfrau, das heimlich in mir schlägt. Klar, ich stehe auf Schalke, sehe gern Boxkämpfe und besaufe mich, wenn Schumacher gewinnt. Aber im tiefen, tiefen Grunde meiner Seele bin ich ein Weib und freue mich, wenn alles blitzt und glänzt; Meister Proper ist mein Zuhälter, Ata meine Wirtschafterin. Fehlt nur der Kerl, der mich lobt und auffordert, ihm ein Flascherl Bier aus dem Kellergewölbe zu holen.

Doch hört, was ist das? Ein schnaubendes Ross? Wohl wahr! Ein Herold tritt ein, ausgeschickt vom Leiter des Ressorts. Drei Trommelschläge schneiden die milde Luft in Scheiben: "So schreibe er heute über die Problemzonen der Frau, und schreibe er schnell! Am Donnerstag will das Volk lesen, und es liest kritisch!"

Das trifft sich gut, denn ich bin momentan eine wandelnde Problemzone. Die flüssige Unterhaltung mit einer Frau - vor ein paar Jahren noch meine olympische Paradedisziplin - will nicht mehr gelingen. Ich stottere, gerate während eines harmlosen Spazierganges aus dem Tritt und ertappe mich dabei, dass ich Sätze wie "Hast du gestern Wetten, dass... gesehen?" sage und den Auftritt von Cindy Crawford kommentiere. Ich lasse unfreiwillig lange Gesprächspausen zu, was unweigerlich den Eindruck erzeugt, langweilig zu sein und auf Dauer keine Familie ernähren zu können. Doch bevor ich mich hier gänzlich privat offenbare, will ich mich des Themas annehmen.

Wenn ich das Wort Problemzone höre, denke ich unweigerlich an Frauen. Komisch, gell? Haben denn Männer keine Problemzonen? Generell nicht, nein, keine Spur. Männer altern still vor sich hin, atmen ein letztes Mal tief ein und fallen dann tot um. (Männer, die das nicht tun, sind keine Männer.) Ganz anders die Frau, sie beobachtet sich und stellt ihre sterbliche Hülle permanent in Frage. Davon lebt eine ganze Industrie, und deshalb ist das auch völlig okay.

Von guten Freundinnen (die gute Freundinnen sind, weil sie wissen, dass ich ihre Problemzonen kenne) ist mir bekannt, dass ihnen der Oberschenkelbereich oftmals willkommenen Anlass zu tiefer Nachdenklichkeit gibt. Das liegt in erster Linie an den vielen Werbefotografien, die uns suggerieren, dass der weibliche Oberschenkel frei von Verfallserscheinungen ist. Meine Damen, das stimmt nicht. Das Programm, das einen einwandfreien Oberschenkel erzeugt, heißt nicht Aerobic, heißt nicht Outwork, heißt nicht Jürgen. Es heißt Adobe© Photoshop und ist ein Bildbearbeitungsprogramm. Damit kriegen sogar halbwegs geschickte Grafiker jeden Oberschenkel hin. Der perfekte weibliche Oberschenkel ist eine große Lüge, glauben Sie mir. Überhaupt ist der perfekte Körper eine große Lüge. Nur die Seele zählt wirklich. Wenn die schlaff und wellig wird, dann ist echter Alarm angesagt, dann ist Holland in Not.

Also dann: Strafft Eure Seelen, legt ihr Zusatzgewichte auf und ernährt sie verantwortungsvoll, damit ihr noch lange Freude daran habt.

Der beste Freund des Menschen

Mal ganz ehrlich: Sie haben doch sicherlich auch schon einmal daran gedacht, sich eine Ratte als Haustier zuzulegen, oder? Nicht? Nun, vielleicht kann ja dieser Artikel dazu beitragen, dass Sie Ihre Vorurteile, die Sie gegenüber diesem possierlichen Nager hegen, revidieren und stehenden Fußes in die nächste Tierhandlung eilen, um fortan einer Ratte ein gemütliches Zuhause zu geben.

Auch meine Haltung gegenüber Ratten war früher eine ablehnende. Es mag daran liegen, dass ich im Rahmen eines Hühnerstall-Schutzprogrammes Zeuge sein durfte, wie eines dieser in die Ecke gedrängten Nagetiere meinem Onkel Heinz ins Hosenbein schlüpfte und sich im Oberschenkel des armen Mannes festbiss. Onkel Heinz hat dieses schwere Trauma nie überwinden können und bis ins hohe Alter auch im tiefsten Winter immer Shorts getragen.

Nicht nur wegen ihres konsequenten Abwehrverhaltens hat die Ratte einen sehr schlechten Ruf. Noch immer gilt sie als Überträger von Pest und anderen Krankheiten, was wohl hauptsächlich daran liegt, dass sie noch immer Pest und Krankheiten überträgt. Aber was soll sie auch sonst machen, schließlich hat sie nichts anderes gelernt. Seit Jahrtausenden ist sie dazu verdammt, unter miserablen sozialen Bedingungen zu leben; da bleiben gewissenhafte Körperpflege und feines Benehmen natürlich irgendwann unausweichlich auf der Strecke.

Sobald aber die Ratte spürt, dass es ein Mensch gut mit ihr meint und ihr aus freien Stücken ein schützendes Dach über dem Kopf anbietet, ändert sie ihr Verhalten komplett. Sie beginnt den Tag mit einem ausgiebigen Wannenbad und steht dann bisweilen stundenlang vor dem Kleiderschrank herum, weil sie nicht weiß, was sie anziehen soll. Zum Frühstück nimmt die Ratte gern ein kräftiges Müsli zu sich; so gestärkt, steht sie alsbald auf der Matte und deutet durch heftiges Schubbern am Bein ihres Herrchens oder Frauchens an, dass es jetzt Zeit für einen kleinen Spaziergang ist. Also nichts wie raus an die frische Luft mit dem kleinen Schatz!

Viele Rattenbesitzer machen am Anfang immer wieder den Fehler, ihre Lieblinge vor Lebensmittelgeschäften und anderen Verkaufseinrichtungen anzuleinen. Vorsicht: Gerade in der Nähe der Uni-Klinik beobachtet man immer wieder Menschen, die unbeaufsichtigten Ratten fragwürdige Angebote unterbreiten. „Haben Sie nicht Lust, gegen gutes Entgelt an einem ganz neuartigen Forschungsprogramm mitzuarbeiten?" wird das arglose Tierchen gefragt, und kaum hat es das Formular unterschrieben, sitzt es auch schon in einem Käfig und muss Tabletten schlucken, bis der Arzt abwinkt.

Lassen Sie Ihre Ratte also niemals allein!

Risiken und Nebenwirkungen

Rausch. Habe ich das richtig verstanden, als ich meinen Anrufbeantworter abhörte und die redaktionelle Maßgabe an mein Ohr drang? Rauschzustände? Na gut, warum nicht, bin ich doch der letzte Mensch, der Rauschzustände ablehnt. Also los, es lebe der Rausch!

Mein erstes rauschhaftes Erlebnis hatte ich im Alter von sieben Jahren. Im nahe dem Elternhause gelegenen Forst grub ich aus Gründen vorübergehender sozialer Inkompatibilität meinerseits eine Erdhöhle. Ich grub und grub und grub, tiefer und tiefer und tiefer. Holozän, Pleistozän, Kreide, Jura und Trias rauschten an mir vorbei, zum Mittelpunkt der Erde führte mich mein Weg, als Mutters Kopf im Höhleneingang erschien und ihr Mund die Worte formte: „So, Bernhard, jetzt wird gebadet und dann essen wir. Papa kommt gleich von der Arbeit."

Der zweite Rausch beruhte nicht auf körpereigenen Hormonen, nein, Bruder Alkohol, der Erzfeind jeglicher Vernunft, bestimmte Denken und Handeln des jungen Burschen, zu dem ich herangereift war. Vier muntere Kerlchen waren wir, keiner älter als 14 Jahre, und eine ganze Kiste Bier gehörte uns. Drei Flaschen des beglückenden Suds leerte ich, rief stieren Blickes „Holla, wo sind die Weiber!?" und befleckte Minuten später nachbarliches Terrain mit Mageninhalt. Mutter wusch mich, Vater klopfte mir die Schulter und sagte: „Ja, so ist das, Junge."

Als ich 20 war, fuhr ich nach Holland. Mit 25 fuhr ich zurück. (Okay, ich habe gekifft, aber mehr sage ich nicht dazu, weil in der nächsten Woche wichtige Verhandlungen mit meiner Bank bezüglich eines neuen Dispo-Limits anstehen.)

Danach verfiel ich den Frauen, wer kennt die Opfer, nennt die Namen? Ich habe sie verlassen, sie haben mich verlassen, ich wollte Kinder, sie alle nicht. Klagend zog ich durch die Straßen, wissend, dass nur die Weitergabe meiner Erbanlagen Sinn in mein Leben bringen könne. Im Sommer schlief ich unter Brücken, im Winter im Vier Jahreszeiten, denn da ist es von November bis März muckelig warm.

Was mich heute berauscht? Nun, kennen Sie die Selection von Bahlsen? Eine Auswahl feiner Gebäcke, endgeile Kekse, 500 Gramm, auf zwei Etagen angesiedelt. Für die Italiener unter den Lesern: Assortimento di biscotti e wafers con cioccolato. Da liegen sie dann alle hilflos vor mir: die Gebäckbrezel, die krosse Waffelette, die Butterblätter, Chokini und Croissant de Lune, Ohne Gleichen und nicht zu vergessen: Piccadilly XL. Ein schokoladiges Versprechen, oder, wie der Holländer sagt: Koekjes, met chocolade overtrokken.

Wenn ich diese Packung intus habe, kann die Nacht ruhig kommen. Ein Pfund Waffelgebäck im Bauch, das ist besser als Schnaps, Kokain und Sex zusammen. Probieren Sie's ruhig mal und erzählen Sie's nachher Ihrem Arzt oder Ihrem Apotheker.

Die Geschichte der Reeperbahn

"Auf der Reeperbahn, nachts um ..." Die Uhrzeit, zu der ich justament meinen allwöchentlich fälligen Aufsatz schreibe, entspricht exakt der im Hans-Albers-Lied erwähnten.

In den Kiez-Kneipen herrscht um diese Zeit - und das regnerischere Wetter trägt seinen Teil dazu bei – stille Nachdenklichkeit. Mit etwas Glück trifft man auf einen freischaffenden Grafiker, der lauthals überlegt, ob er nicht doch in einem Großverlag arbeiten sollte, und einen diesbezüglich um guten Rat bittet. ("Klar, mach doch, warum nicht...?") Oder eine Frau um die 30 herum fordert ungefragt dazu auf, sie in ihre Wohnung zu begleiten und über den Verlust ihres Verlobten hinwegzutrösten, was, so man das Angebot wahrnimmt, erfahrungsgemäß mit dem Satz "Nein, ich kann das nicht, ich bin noch nicht soweit" endet. Es spricht also nichts dagegen, einen verregneten Sonntagabend daheim zu verbringen und sich zum Thema "Reeperbahn" Gedanken zu machen,

Früher, so um 1258 herum, hieß das Gebiet, dem heute die Reeperbahn zugeordnet wird, Hamburger Berg. Der Gedanke, hier Prostitution, Glücksspiel und fettige Fritten anzusiedeln, kam den Stadtvätern schon früh, aber zunächst einmal war es viel wichtiger, lange Seile zu produzieren, um die großen Schiffe im Hafen gut zu vertäuen. Bis dahin gab es nämlich nur kurze Seile, die in kurzen Gassen gefertigt wurden, und viele große Handelschiffe mussten sofort wieder umkehren, weil eben die Seile nicht lang genug waren, um große Handelsschiffe gut zu vertäuen. So entstand die Reeperbahn.

Das erste Seil, das hier gefertigt wurde, hieß Klara und war 120 Meter lang, das entspricht einem Güterzug von über 119 Metern Länge, also nicht mal grob der Entfernung von hier bis zum Mond, und schon überhaupt nicht dem Gewicht von 200 Elefanten oder gar der Strecke Nairobi – Autobahnausfahrt Waltershof. Später, als die Handelsschiffe noch größer wurde, wuchs auch die Anforderung an die Länge der Seile, also verlängerte man die Reeperbahn mittels der Ost-West-Straße, und dann ging's ein paar Jahre später über die Elbbrücken hinaus und noch ein paar Jahre später über die A1 bis nach Bremen, das waren Seile, Herre Christ, über 100 Kilometer waren die lang und so stark und sooo fest, das mag man heute kaum glauben!

Weil aber mittels der langen Seile immer mehr große Handelsschiffe anlegen konnten, kamen auch immer mehr Matrosen nach Hamburg, und wer die Matrosen kennt, der weiß, dass sie in jedem Hafen eine Braut erwarten, möglichst ohne Gummi und unter 50 Mark. Im Zuge dieser Entwicklung entstand das erste Bordell und damit ein Wirtschaftszweig, der den Reichtum der Stadt begründete. Heute werden in den Bordellen an der und rund um die Reeperbahn täglich etwa 80 Milliarden Mark verhudelt (bei Regen etwas weniger) und man muss kein Mathematiker sein um zu errechnen, wie lang das Seil wäre, dass man für soviel Geld herstellen könnte. Irre lang, sage ich Ihnen, irre lang.

Üppigkeit kennt keine Grenzen

Rubens der Reeperbahn. Da ist der Griff zum Lexikon unausweichlich. Was weiß ich über Rubens, was über die Reeperbahn? Mit müheloser Beherrschung aller malerischen Mittel, hinreißendem Temperament der Pinselführung und unerschöpflichem Einfallsreichtum gestaltete Rubens die Bewegung des menschlichen Körpers in Kompositionen voll rauschender Fülle und höchster Pracht. Das nenne ich ein Lexikon, das ist ein Satz! Da wächst die Lust, eigenem Gedankengut Schliff zu verleihen: Ein während ausgedehnter Spaziergänge ständig wiederkehrender und optimistisch stimmender Gedanke ist mir jener, welcher das zufällige Auffinden eines von flüchtigen Kriminellen nachlässig am Waldesrand vergrabenen Säckchens mit Bargeld beinhaltet.

Wie komme ich darauf? Nun, erst gestern unternahm ich mit meiner guten Freundin Johanna einen schönen Ausflug in eine Natur, die sich unerwartet in ganzer Pracht offenbarte. Auf einer lichten Anhöhe boten wir minutenlang unsere blassen Gesichter der Sonne dar, die sich am frühen Nachmittag grell und wärmend aufdrängte. "Möchten Sie auch mal kurz unsere Sonnenbank nutzen?", fragte ich ein Liebespärchen im besten Alter (45, da macht das Knutschen wieder Sinn!), das in rosaroter Goretex-Gewandung unterwegs war. Frau und Mann schmunzelten einträchtig und hätten mich fast zu weiteren Scherzen ermutigt, doch war es Johanna, die mit dem kurzen Satz "Halt' doch einfach die Klappe, Amigo!" meinem aufgesetzten sozialkompetenten Gebaren streng Einhalt gebot.

Spät am Abend hockte ich mit meinem Sohn bei einer Kanne Sanostol zusammen und spielte in rascher Folge mehrere Partien Dame, die ich alle verlor. Der Bub neigt – seine Mutter Silke hat mich darauf aufmerksam gemacht – seit einiger Zeit zu einer von mathematischen Überlegungen beherrschten Introvertiertheit und spielt die daraus resultierende Überlegenheit innerhalb rechenbasierter Spiele gnadenlos aus. Zur Strafe steckte ich den Burschen ins Bett, rief die Babysitterin an und verabredete mich mit Marco.

"Hey, Jungs, geht ihr mit?" fragte uns beim raschen Durchschreiten der Davidstrasse ein junges, in körperliche Fülligkeit vortäuschendes Daunen-Arrangement gekleidetes Mädchen. "Wohin", fragte Marco leutselig. "Aufs Zimmer, ihr Idioten", entgegnete das Mädchen. "Und was passiert da?", erkundigte ich mich neugierig. Ungeduldig erörterte das fröstelnde Kind den Umfang der Leistungen, die es gegen eine Vergütung in Höhe von 70 Mark zu erbringen bereit war. Marco äußerte echtes Entsetzen. "Du meinst, dass du uns bei entsprechendem finanziellen Ausgleich körperlich beiwohnst?! Aber das ist doch keine richtige Liebe! Oder, Bernd?"

Ich stimmte dem Freund zu und bugsierte ihn rasch in eine Kneipe mit Kicker-Automaten, wo wir zwei penetrante Jungunternehmer ("...und für den Mai ist der Börsengang geplant!") gnadenlos mit 6:1, 6:5 und 6:0 abkochten. Ein üppiger Abend, keine Frage.

Eine Kelle aus dem Ruhmtopf

Ruhm ist vergänglich. Wirklich? Seit dem vergangenen Wochenende weiß ich, dass dem nicht so ist. Ruhm ist zwar nur die Essenz aus glücklichen Umständen, günstig wehendem Wind, der inneren Einstellung zum Leben, dem Glauben an eine übergeordnete Macht. Aber dennoch ist Ruhm für jeden Mann unverzichtbar.

In enger Begleitung meines Sohnes besuchte ich den Dom, erlitt in der Geisterbahn beinahe den zweiten Infarkt (der kurz vor dem Ausgang postierte Gorillamann ist eine wahre Zumutung!) und war drauf und dran, das plebejischen Vergnügen nach 10 Minuten abzubrechen, als uns der Weg am Hexendorf vorbei führte.

Das Hexendorf ist genau das, was dem Dom bisher gefehlt hat; mittelalterlich denkende und anmutende Menschen präsentieren hier Fertigkeiten, mit denen in unserer modernen und blöden Welt eigentlich kein Staat mehr zu machen ist.

An einem Stand, dessen Betreiber minderjährigen Dombesuchern locker moderierte Schießübungen mit der handgefertigten Armbrust ermöglichen, hielten wir an. Eine Frau aus Thüringen wies den Sohn ein, bereits mit dem zweiten Schuss entfernte der Bub einen hölzernen Apfel vom Podest und erhielt zur Belohnung einen geschliffenen, der Aussage der Thüringer Frau zufolge gar Glück bringenden Stein.

Was nun folgte, mag Ihnen seltsam erscheinen. Ich möchte Ihnen aber beim heute intakten Augenlicht meiner jüngsten Schwester versichern, dass sich die Dinge so zugetragen haben, wie ich sie berichte.

Etwa 10 Meter weiter befand sich ein auf Schießübungen erwachsener Menschen zugeschnittenes Areal. Hier galt es, auf eine Entfernung von etwa 15 Metern einen Apfel mittels eines vom Bogen geschnellten Pfeiles zu durchbohren. Ich bin (und ich habe dies bereits in vielen meiner bisherig verfassten Aufsätze zaghaft angedeutet) ein recht ordentlicher Bogenschütze. Mein erstes Kanin nagelte ich im Alter von acht Jahren an eine Birke, weidete es vor Ort aus und aß Herz und Leber roh, nur leicht mit Salz und Pfeffer gewürzt. ("Mutter, ich gehe auf die Jagd!" - "Nimm Salz und Pfeffer mit, Sohn.") Heute sind mir Tiere heilig; bevor ich ein Putensteak anbrate, streichle ich es und brumme "Arme Sau..."

Eine Art Knappe reichte mir einen aus Esche gefertigten Bogen und den ersten Pfeil. Zitternd blieb das Geschoss knapp rechts neben der Frucht im Strohballen stecken. Um es kurz zu machen: Nach vier Schüssen staken vier Pfeile dicht neben dem Apfel: östlich, südlich, nördlich und westlich, eben in dieser Reihenfolge. Den fünften Pfeil legte ich sehr sorgfältig auf, atmete tief ein, spät aus. Und dann traf ich den Apfel, genau und mittig.

Um mich herum raunten, stöhnten und weinten die Menschen. Mein Sohn ergriff meine Hand und jaulte "Pabba!" Der Knappe nestelte aus einem Beutel die Prämie für den Schuss hervor: eine kleine, gülden schimmernde Pfeilspitze, befestigt an einem dünnen Lederband.

Ich kaufte meinem Sohn eine Armbrust und sechs Pfeile. Wir gingen heim und sahen zu, wie der S04 den roten Teufeln aus Kaiserslautern mit 5:1 eine neue Definition der Hölle lieferte.

Der Gedanke an diesen Tag wird mir irgendwann das Sterben erleichtern. Es wird nie wieder einen solchen kompakten, erfüllten und richtungweisenden Tag geben. Das Leben ist so prima!

Lieber die Mikrowelle

Erschrecken Sie bitte nicht, aber mein heutiger Aufsatz führt uns in die unheimliche Welt der Sexualität. Auch Sie werden sicherlich die vielen Plakate bemerkt haben, die seit geraumer Zeit in unserer Stadt flächendeckend eingesetzt werden, um auf ein ganz besonderes Ereignis hinzuweisen: die Sexpo 99. Was ist denn das, möchten jetzt vielleicht die fragen, die nur im Vorbeigehen das Bildmotiv – eine weibliche Kehrseite in hervorragendem Zustand – wahrgenommen haben und aus Zeitgründen nicht näher auf den Text eingehen konnten. Nun, es handelt sich um eine Art Fachmesse für Leute, die ihre Sexualität ins Lebenszentrum gerückt haben und einfach nicht genug davon bekommen können. Die Sexpo ist, so könnte man auch sagen, eine Art Baumarkt für Erotomane.

Angetrieben von journalistischer Neugierde und dem Bedürfnis, meine erziehungsbedingte Scheu vor nicht fortpflanzungsorientierter sexueller Betätigung endlich abzulegen, habe ich im vergangenen Jahr diese Messe besucht. Da gab es wirklich viel zu sehen, zu staunen und nachzudenken. Wussten sie, dass einige Menschen ihren Partner mit Handschellen am Bettgestell fixieren? Da scheint es doch innerhalb der Beziehung grundsätzlich nicht zu stimmen, oder? Ich meine, wenn jemand absolut nicht will, dann sollte man das einfach akzeptieren und einen günstigeren Zeitpunkt abwarten. Manchmal reicht ein Blumenstrauß oder ein herzliches Wort („Mmmh, das sind aber leckere Bratkartoffeln, Mausi!") völlig aus, um die Basis für ein stimmungsvolles Beisammensein zu schaffen.

Interessant war es auch zu erfahren, dass einige Mitbürgerinnen und Mitbürger während intimer Handlungen gern Gummianzüge tragen. Ich meine, da kann ich doch gleich mit einem stramm aufgepumpten Fahrradschlauch kuscheln, oder?

Naja, jedenfalls hatte ich dann nach einer Viertelstunde genug gesehen; mein Freund Harald ist noch etwas dageblieben, um ein paar Mädchen abzulichten. Ich bin dann noch an einem Stand mit Peitschwerkzeugen stehen geblieben und habe ein junges Pärchen beim Fachgespräch belauscht. „Die hier liegt sehr gut in der Hand", sagte der Mann und ließ dabei eine Reitgerte durch die Luft sausen. „Was soll die denn kosten?" hat seine Begleiterin gefragt. „Hundertvierzig", hat der Mann geantwortet und sie fragend angesehen. Die Reaktion der Frau fand ich dann doch sehr überraschend. „Ach 'nee", hat sie gesagt, „dann kaufen wir doch lieber die Mikrowelle."

Bis heute habe ich nicht in Erfahrung bringen können, wie man so eine Mikrowelle beim Sex einsetzt. Vielleicht wärmt die Frau ja auch nur die Bratkartoffeln damit auf, wer weiß?

Und es war Sommer

Sommer 2000! Im eigenen Garten ist es langweilig, also ab an den Teich, den Bredenbeker. Der Bredenbeker Teich ist ein Bilderbuchteich, bereits die Anfahrt verleitet zu haltloser Schwärmerei. Links liegt ein Golfplatz, rechts weiden Pferde auf grünen Wiesen, von Bäumen umgeben. Hier verführte mich 1985 eine junge Frau, um 9 Uhr in der Frühe war's, am heiligen Sonntag, der Raps stand hoch, die Pferdchen spitzten die Ohren und schnaubten mit mir um die Wette. Herre Christ, das war romantisch, damals brauchte es wenig, um glücklich zu sein. Ein Fleckchen Moos, eine Frau, ausreichend Sonnenlicht und etwa 1,4 Promille Restalkohol – Herzkranzgefäße, was wollt ihr mehr?

Wer unter dem Eindruck derartiger Erinnerungen am Bredenbeker Teich liegt, muss sich während der ersten Stunde keine Sorgen machen. Einfach daliegen, die Augen schließen und träumen, dann und wann einer Ameise den Weg aus der Badehose beschreiben ("... jetzt den Rektalbereich links liegen lassen, schnell über den Glutaeus maximus hinweg und dann immer am Oberschenkel entlang in Richtung Wiese...") und versuchen, den Mückenstich zwischen den Schulterblättern zu ignorieren.

"Entschuldigen sie bitte..." Wer hat das gerade gesagt? Nein, das ist kein Traum, diese Stimme ist echt und gehört einer Frau, die einen langen Schatten wirft. (Sie kam ganz plötzlich aus der tief stehenden Sonne und er wusste sofort, dass sie sein Schicksal besiegeln würde.) "Könnten sie mir mal helfen, ich bekomme diese Flasche nicht auf..." Das Aufrichten meines Oberkörpers und das Einziehen meines Bauches verschmelzen zu einer flüssigen Bewegung, die Teilnahme am Seminar (Thema: "Was tun, wenn eine Frau aus der tief stehenden Sonne kommt?") hat sich gelohnt. "Selbstverständlich, geben Sie mal her", antworte ich charmant und nehme das Behältnis entgegen.

Sonnenschutzfaktor 16 lese ich und suche, während ich den Schraubverschluss traktiere, nach weiteren Botschaften auf der Flasche, wer weiß, vielleicht ist sie schüchtern und mag mich nicht nach der Uhrzeit fragen, weil sie genau weiß, wie spät es ist, und hat sich deshalb für diesen neuen Trick entschieden, und das spricht doch schon mal für ihre verhaltene Phantasie, oder? Wenn ich das Ding aufkriege, werde ich sie eincremen, denke ich. Bis der Arzt kommt, das steht mir zu, umsonst ist der Tod, hier gibt es nix geschenkt, 1,82 groß, etwa 65 Kilo, das entspricht einer Fläche von..., egal, da geht die Sonne unter, bis jeder Quadratzentimeter Schutzfaktor 16 aufweist.

"Ganz schön fest, was?" fragt sie nach zehn Minuten und geht vor mir in die Hocke. Es dauert eine Weile, bis ich begreife, dass sie nicht vom Zustand ihres Bindegewebes, sondern vielmehr von dem Schraubverschluss spricht, der (ganz im Gegensatz zu ihr) inzwischen einer formlosen Masse gleicht, sich aber keinen Millimeter rührt. "Zu fest für mich", gestehe ich kleinlaut und reiche ihr die Flasche zurück. "Naja, einen Versuch war's wert", sagt sie und geht wieder in die tief stehende Sonne zurück. "Stimmt!" rufe ich ihr nach. Was auch immer sie jetzt damit meinen könnte, es stimmt.

An jedem verdammten Sonntag

Der neue Film von Oliver Stone, dem ich den Titel für diesen Aufsatz entliehen habe, ist ein prima Anlass, endlich und endgültig mit dem Sonntag abzurechnen, denn der Sonntag ist ein übler Tag.

Früher liebte ich den Sonntag; ich stand frühzeitig auf, aß mein Butterbrot mit dick Marmelade drauf und besuchte den Gottesdienst. Dort empfing ich den Leib des Herrn, der gab mir die Kraft, die kommende Woche zu überstehen. Anschließend ging ich in die Schulbücherei und holte mir dort etwa 20 Bücher, die ich in den folgenden Stunden alle las, nur unterbrochen von den Hinweisen meines Vaters, der befürchtete, ich könne durch das viele Lesen und Sesselhocken meine Sehkraft einbüßen und an Muskelschwund sterben.

Vierzehnjährig zog es mich am Sonntag in den Wald, wo ich mit Freunden tonnenweise Zigaretten rauchte und über Mädchen philosophierte, Sie wissen schon: woher Mädchen kommen, warum sie immer kichern, warum sie den Schlagball nur 10 Meter weit werfen können und dabei auch noch hinfallen und dann heulen.

Es dauerte etwa 10 Jahre, bis ich Antworten auf diese Fragen fand und fortan die Sonntage mit meiner Freundin im Bett verbrachte. Das war eine fröhliche Zeit, im Nachhinein besehen vielleicht die beste meines Lebens. Als meine Freundin die Sonntage nicht mehr im Bett und generell nicht mehr mit mir verbringen mochte, suchte ich mir eine neue Freundin, und dann noch eine und noch eine und noch eine, bis ich schließlich eines Sonntags allein im Bett aufwachte und bitterlich weinte.

Zunächst gelang es mir, mit langen Spaziergängen und dem Beobachten von Vögeln, Niederwild und anderem Gesochse die Sonntage auszufüllen, aber es dauerte nicht lange, bis wieder eine große Leere eintrat, und so verbrachte ich den Tag des Herrn im Kino, aber drei Vorstellungen von zum Beispiel "Apocalypse Now" hintereinander gehen nicht auf den Geldbeutel, sondern auch aufs Gemüt; ich verlor sichtlich den Bezug zur Realität und ertappt mich schließlich immer häufiger dabei, dass ich bei Karstadt nach Napalm suchte und tagelang monologisierend ("Das Grauen, das Grauen...") auf dem Sofa lag.

Heute gehe ich mit dem Sonntag relativ gelassen um. Ich schlafe lange, lege mich dann in die Badewanne und warte darauf, dass mein Körper sich auflöst. Oder ich versuche, möglichst lange unter Wasser die

Luft anzuhalten, mittlerweile schaffe ich knapp zwei Minuten. Dann frühstücke ich und gucke "Xena", das ist zurzeit meine absolute Lieblingsserie. (Zitat: "Der Weg zum Herzen eines Mannes führt durch seinen Brustkorb.") Anschließend laufe ich ein paar Stunden um die Einkommensteuererklärung 97 herum, die seit einem halben Jahr auf meinem Schreibtisch liegt, aber ich kann mich immer noch nicht dazu entschließen, die notwendigen Eintragungen vorzunehmen. Irgendwann wird es dann dunkel; gegen Mitternacht setze ich mich ans "Wort zur Woche" und tobe mich aus. So erhält der Sonntag schlussendlich doch noch seinen tieferen Sinn.

Aber bitte mit Sahne!
"Bernd, gehen wir gleich zum Straßenfest?" Die Hälfte aller Wörter des Satzes, mit dem der Sohn mich am frühen Samstagmorgen weckt, löst Angst und Schrecken in mir aus. Da ist zunächst die Anrede mit meinem Vornamen; ein sicheres Zeichen dafür, dass der Abnabelungsprozess unaufhaltsam voranschreitet, dass nur noch wenige Jahre bleiben, um meinen Einfluss auf die Entwicklung des Knaben geltend zu machen. Auch das Wort gleich trägt nicht dazu bei, den Tag fröhlich zu beginnen, so es um 8 Uhr 30 verwendet wird. Und Straßenfest beinhaltet das Grauen schlechthin, es ist Synonym für Lärm, müde Füße und unnötige finanzielle Verluste.

Zwar gelingt es mir, den Gang zum Spektakel noch ein paar Stunden hinauszuzögern, aber um 14 Uhr ist die Geduld des Sohnes erschöpft. "Versprochen ist versprochen!" – welcher stets um Vorbildfunktion bemühte Vater will sich diesem Argument verschließen?

Als wir die Osterstraße erreichen, sind die Feierlichkeiten bereits im vollen Gange. Kein Anlieger, der nicht an diesem Tag seinen überschüssigen Hausrat auf einem Tapeziertisch feilbietet. Kein ansässiger Gastronom, der nicht seinen Speise- und Getränkevorrat ausgelagert hat und mit Hilfe moderner Beschallungstechnik allgemeine Aufmerksamkeit für seinen Verkaufsstand generiert.

Zielgerichtet studiert der Sohn das reichhaltige Angebot an Spielwaren, das verkaufstüchtige Kleinkinder auf Wolldecken ausgebreitet haben. Wer hier Geduld und Sachkenntnis beweist, kann die komplette Playmobil-Produktpalette zum Bruchteil des Einzelhandelspreises erwerben, kann einen Power Ranger mit gebrochenem Unterarm für 4 Mark mitnehmen und Kassetten mit dem unerträglichen Gegröle von Benjamin Blümchen kartonweise wegschleppen. Heute habe ich Glück. Der Sohn begnügt sich mit einer Plüschkatze, einer Hüpfespinne und drei Runden auf einem, wie er sagt, "saulahmen Karussell", während ich eine karzinogen anmutende Bratwurst mittels viel Senf in meinen Magen zwinge.

Weiter geht es. An der nächsten Straßenkreuzung liegt eine in die Jahre gekommenen Pop-Kapelle ("...und jetzt zeigen wir euch mal, dass man auch in Indonesien etwas von Rock'n'Roll versteht...") im Wettstreit mit dem Inhaber einer Fleischerei. Letztgenannter versucht, seine Kunden mit dem Liedgut von Udo Jürgens und Howard Carpendale bei Laune zu halten (...und jetzt allleeee: Aber bitte mit Saaahnee...!"). Derartiges Klanggemisch verwirrt die Sinne, so kann ich nicht eingreifen, als ein beidhändig mit Caipirinha bewehrtes Mädchen den Tücken von Plateau-Sohlen erliegt und zu Boden kracht. Doch da ist ja noch die Feuerwehr, die an jeder Ecke Einsatzbereitschaft demonstriert und geschult zerbrochene Gläser und gebrochene Herzen aufsammelt.

Gebeugt von der Last dieser Eindrücke, gehen wir heim, geleitet von der Hüpfespinne, die das Tempo bestimmt. "Wann ist Hafengeburtstag?", fragt der Sohn, als wir das Haus erreichen. "Fällt in diesem Jahr aus", lüge ich dreist. Manchmal muss ich auch an mich denken.

Ganz schön windig heute

Sie kennen das vielleicht: Sie haben ihren Körper – sei er nun als blühend jung oder als fortschreitend welkend definiert – spät am Abend einer wohltuenden Ganzkörperwaschung unterzogen und ihn, den ganz gewaschenen Körper, mit einer innen angerauten und außen seidig-schlüpfrig materialisierten Nachtbekleidung ausgestattet. Jetzt haben nur noch einen Wunsch.

Ja, und dann liegen sie also im Bett und denken darüber nach. Darüber, wie der Tag so verlaufen ist. In der Regel denken Sie an zähe Verläufe, an kurzfristig fließende Verläufe, an mehr oder weniger glatte Verläufe. Und irgendwann stellen Sie fest, dass Sie sich an diesem Tag komplett verlaufen haben. Sie beginnen, den Wert Ihres Daseins in Frage zu stellen. In der Folge geraten Sie in eine nervöse Stimmung, die alsbald der Erkenntnis weicht, dass Sie nur ein klitzekleiner Teil des Universums sind.

Sie können nicht einschlafen, denn wozu auch sollte ein Nichts schlafen? Was nutzt ein ausgeruhtes Nichts der Gesellschaft, den Freunden, den Kreditgebern? Nichts.

Sich aus dieser Stimmung zu lösen, bedarf jahrelanger Erfahrung oder eines vehementen Naturereignisses. Die jahrelange Erfahrung lehrt uns, dass sechs Dosen Bier, flott und flügge weggezischt, die gewünschte Erleichterung bringen. Nach der dritten Dose denken wir an unsere erste Freundin. Nach dem vierten Blechbehältnis kommt uns unser erstes Dreirad in den Sinn, nach dem Entleeren des fünften kleinformatigen Rauschcontainers würgt uns der Gedanke an weiche Haut. Die sechste Blechbüchse trinken wir mit dem Vorsatz leer, das Bett zu erwischen, wenn es beim nächsten Mal an uns vorbei rauscht.

Manchmal ist kein Bier verfügbar, denn Gott kennt viele Tricks, uns an das zu erinnern, was wir sind: seine kleinen Lieblinge, seine wuseligen Playmobil-Figuren, seine Ersatz-Stuntmen in Filmen wie Antz oder Das große Krabbeln. Deshalb lässt Gott bisweilen das Bier teuer werden, die Tankstelle an der Ecke schließen oder unser Konto pfänden, damit wir kein Bier kaufen, nicht einschlafen können und bis in den frühen Morgen hinein nachdenken müssen. (Gerade höre ich "L.A. Woman" von den Doors und frage mich, warum Jim Morrison so früh sterben musste. Die Antwort ist einfach: Wenn Gott dir den Löffel reicht, halte ihn fest und gib ihn nicht unnötigerweise vorzeitig ab.)

Einmal – ich hatte kein Bier im Hause, die Tankstelle war geschlossen, mein Konto gepfändet – lag ich ach so hilflos in meinem Bettchen und konnte nicht einschlafen. Da hörte ich einen Ton, zage und weich, pfeifend und winselnd. Das ist der Wind, dachte ich. Minuten später erzitterte die Doppelverglasung, Regen peitschte die Hausfassade, Blätter meiner sorgsam gepflegten Ziersträucher offenbarten dem, der aus dem Fenster blickte, also mir, ihr aggressives Potenzial. Sturm, kein Zweifel, das war ein Sturm. Ich hörte ihm zu. Alles wird besser, brüllte er, alles wird gut! Mach' dich gerade, trotze mir! Sei Hanseat, was immer das auch bedeuten mag!

Auf Sturm reimt sich Wurm. Machen Sie aus dieser Erkenntnis das, was Sie wollen. Bestenfalls glauben Sie an Gott.

Geh' doch zum Teufel

Als ich noch ein Kind war, ich meine, ein richtiges Kind, so mit kurzen Beinen und frohem Lachen schon am frühen Morgen, da glaubte ich an den Teufel.

Ich stellte mir den Teufel so vor, wie ihn sich wohl jedes Kind vorstellt: mit Hörnern auf dem Kopf, einem Pferdefuß und einem Dreizack in der rechten

Klaue. Der Teufel, das hatte mich Tante Elfriede ge-
lehrt, war scharf auf meine Seele, die damals noch eine
gute war, frei von Trug und Harm, eine Kinderseele
eben, wie wir sie aus Funk und Fernsehen kennen.

Bis zum 14. Lebensjahr vermochte der Teufel mir
nichts anzuhaben, denn ich sprach an jedem Abend ar-
tig mein Gebet. Das ging ungefähr so: "Bevor ich mich
zur Ruh' begeb' / zu dir, oh Gott, mein Herz ich heb'
/ und sage Dank für jede Gabe / die ich von dir emp-
fangen habe. / Und hab' ich heut' missfallen dir / dann
bitt' ich dich / verzeih es mir...." naja, und so ging das
endlos weiter, und heute denke ich, dass der Teufel
einen Weile ziemlich gelangweilt zugehört und irgendwann das Schlafzimmer verlassen hat, um sich ir-
gendein Kurzgebet-Bürschchen zu schnappen und zu
grillen.

Tja, und dann kam die Pubertät. Zwar blieb mein Gesicht von Pickeln frei, aber meine Seele mutierte zu einem einzigen großen Abszess. Aus heiterem Himmel
heraus erhob ich die Stimme gegen die Mutter, ver-
drosch meinen Bruder schon vor dem Frühstück, trat
nach Hühnern, so sie mich schief ansahen und hinter-
fragte höhnisch die Rasenkanten-Theorien meines Vaters, der mir daraufhin relativ unbeeindruckt den
Kamm stutzte.

Zu dieser Zeit pubertierten in Kroge-Ehrendorf
noch sieben weitere Kinder und drei Hunde, Grund
genug für den Pfarrer, an einem wunderschönen Sonntag das Thema einmal offen anzusprechen, denn der
Pfarrer wusste, dass der Teufel bevorzugterweise nach
hormonell gestressten Opfern Ausschau hält.

"Für jedes Kind kommt einmal die Zeit", sagte der
Pfarrer und drehte sich dabei wohl innerlich dreimal
um die eigene Achse, "in der es verwirrt ist und nicht
weiß, warum das so ist." Dann legte er eine kleine Pause ein, bevor er fortfuhr und bedeutsam "Das ist der
Teufel" flüsterte. "Wenn Euch der Teufel packen will",
stieß er alsdann wild hervor, "dann wehrt Euch! Sagt

dem Teufel, dass Eure Seele dem Herrn gehört und dass ihr sie nicht beflecken werdet!"

Es dauerte ein paar Wochen, bis ich erfuhr, wie man seine Seele befleckt. Ich erfuhr es aus der BRAVO; es war mehr oder weniger ein Zufall, dass ich den Winnetou-Starschnitt überblätterte und direkt in die Sprechstunde von Dr. Sommer rauschte. Zu erfahren, dass auch außerhalb Kroge-Ehrendorfs allgemeine Verwirrung herrschte, beruhigte mich ungemein. Dr. Sommer, offensichtlich mit dem ganzen Befleckungskram schwer vertraut, nannte die Dinge schonungslos beim Namen und riet der Hilfe suchenden jungen Leserschaft, die Probleme mutig anzufassen, Verwirrung hin, Teufel her.

Der Teufel, das lehrte mich Dr. Sommer, verliert viel von seiner Macht, so man ihn freundlich empfängt und sich seinen Kram in Ruhe anhört, und ein paar seiner Tipps sollten wir ruhig mal überdenken. Und wenn es zu arg werden sollte: Rausschmeißen kann man ihn immer noch.

Für eine Tube Brisk

Ortsansässige und Eindringlinge über Veranstaltungstermine und deren tiefe Inhalte zu informieren, ist die Herausforderung, der sich die HH-Live-Redaktion des Hamburger Abendblattes immer wieder stellt. Und es gibt stets ausgesuchte Themen, die über das Maß bloßer Kenntnisgabe hinausgehen, zum Beispiel die Fitness-Tipps, in deren Zentrum immer ein wichtiger Teil des menschlichen Bewegungsapparates steht. In dieser Woche ist es zum Beispiel die Wade.

Die Wade ist mindestens so alt wie der Mensch selbst. Von venezianischen Kaufleuten entdeckt ("Hey, die nehmen wir mit nach Europa!") und importiert, ist die Wade heute aus unserem modernen Leben nicht wegzudenken. Dem Manne ermöglicht sie gezielte Zuspiele zum Nebenmann und das Vortäuschen von bösen Krämpfen, so es beim Schiri Zeit zu schinden gilt. Noch wichtiger ist die Wade heute für die Frau, denn was soll ein Feinstrumpf formen, wenn nicht sie, die Wade?

Zum ersten Male aufmerksam wurde ich auf die Wade im Frühherbst 1968; es ergab sich im Laufe einer Kartoffelernte, dass mir bewusst wurde, welche Anziehungskraft die Wade – ganz speziell die weibliche – auf mich ausübt. Denn um meine Pubertät zu finanzieren (Bravo und Brisk waren damals für ein Arbeiterkind definitiv unerschwinglich), hatte ich mich bei meiner Tante Agnes als Erntehelfer verdingt. Für einen mit Ackerfrüchten gefüllten Korb gab es als Lohn 5 Pfennige, und die Körbe waren so groß, dass selbst gestandene Knaben sich gegen Mittag an die Brust griffen und mit dem Schrei "Ich habe drei Körbe geschafft!" in der Furche starben, nachdem sie zuvor die Eltern, die Pubertät und das Wirtschaftssystem ausgiebig verflucht hatten. Dass ich von einem solchen Schicksal verschont geblieben bin, verdanke ich meiner Fantasie und Irmgard.

Irmgard war eine Magd auf dem Hof meiner Tante. Ihre Aufgabe bestand darin, die minderjährigen Erntehelfer zu begleiten und ihnen die gefüllten Körbe abzunehmen. Irmgard besaß eine Statur, die heutzutage kaum Medieninteresse hervorrufen würde: Sie war überaus drall, und zwar von Kopf bis Fuß. Wenn sich Irmgard herunterbeugte und den Korb aufnahm, stieg unser Puls auf 240 - für Knaben im Stadium hormonellen Irrsinns eine tödliche Frequenz. "Achtet nicht auf die Oberweite!" rief ich den Freunden zu – vergeblich. Otto, Hermann, Jürgen: Sie alle starben unter meinen Händen, wusste ich doch nicht, dass man bei der Mund-zu-Mund-Beatmung nicht die eigene Nase mit Daumen und Zeigefinger zudrückt.

Warum habe ich überlebt? Weil ich mich auf Irmgards Waden konzentriert habe. Diese Waden, die in den Schäften schwerer Gummistiefel steckten und bei jedem Schritt ein klatschendes Geräusch erzeugten. Klatsch-eine-Kar-toffel,   Klatsch-zwei-Kartoffeln, Klatsch-drei-Kartoffeln... jeder ihrer Schritte inspirierte mich, eine weitere Kartoffel in den Korb zu legen.

Nach der Ernte erfuhr ich aus der Bravo, dass man so was Fetischismus nennt. Ich ging sofort zur Beichte, aber mein Beichtvater wusste nicht, was Fetischismus ist. Glück gehabt, oder?

Kühne weiß, was Frauen wollen

Ich saß mit Frau Kühne beisammen, beim Italiener gleich um die Ecke waren wir eingekehrt, um am Ende eines gewohnt langen Arbeitstages unsere Gedanken zur Gestaltung eines sowohl grafisch anspruchsvollen wie auch funktionstüchtigen Redaktions-Moduls auszutauschen und zu einem wegweisenden Konsens zu gelangen. Einen bösen Hunger hatten wir auch.

"Der Text rechts neben dem maximal 140 X 80 Pixel großen Bild sollte idealerweise nicht über dessen unteren Rand hinausgehen", sagte ich klug, "das beruhigt die Leser, sie wissen, dass hier nicht geschwafelt wird." Frau Kühne strich sanft mit dem Zeigefinger der Linken über die feine, vertikal verlaufende Narbe auf ihrer Stirn, die - so meine ich zu wissen - einem Unfall im Verlauf früher Kindheit zu verdanken ist. "Gut" sagte sie, "so geben wir das dann weiter." Dann orderten wir einige Nudeln.

Ich will Ihnen nicht verschweigen, dass Frau Kühne eine schöne Frau ist. Eine jener Frühdreißigerinnen, die unter das Artenschutzgesetz fallen. Wenn Sie, liebe Kerle, Frau Kühne einmal begegnen sollten, werden Sie sofort verstehen, wovon ich rede. Frau Kühne ruht in sich selbst und lacht, dass Ihnen der Atem stocken würde.

Früher hat Frau Kühne die Presse- und Öffentlichkeitsarbeit für einen Kleintier-Zirkus geleitet, heute bedient Sie im Bereich Marketing das gehobene Kundensegment und besitzt eine sehr schöne Handtasche, aus der immer eine Schachtel Lucky Strike ragt. Mehr als eine Zigarette ist in dieser Schachtel nur selten drin.

Frau Kühne hat das, was man einen festen Freund nennt, deshalb kann ich mit ihr recht zwanglos die gemeinsame Arbeit abwickeln und, so die die knappe Zeit es erlaubt, auch privat relativ ungehemmt reden.

"Was wollen Frauen?" fragte ich sie an diesem Abend, bewegt durch ihre Art, die Nudeln locker aus dem Handgelenk heraus um die Gabel zu wickeln, frei heraus. "Was meinst du damit?" raunte Frau Kühne gaumenfreudig erregt zurück, weiterhin den Blick aus schönen braunen Augen auf den Teller gerichtet. "Nun ja", führte ich verlegen aus, "ich meine: Was bewegt das Herz einer Frau wirklich, so sie regelmäßigen Umgang mit einem Manne pflegt? Was hält sie bei ihm, Frau Kühne?"

Frau Kühne saugte unprätentiös Reste von Pasta an. "Täglich ein glaubwürdiges Kompliment. Klare Entscheidungen, getroffen ohne Rücksicht auf ihre Launen. Dass er ihr dauerhaft das Gefühl gibt, der wichtigste Bestandteil seines Lebens zu sein. Wieso?"

Wir sprachen dann noch darüber, wie sehr sich doch die Radio-Landschaft im Verlauf der letzten sieben bis acht Jahre verändert hat, darüber, dass wir immer noch einen gewissen Spaß an der Arbeit haben, auch wenn sie längst nicht mehr unserem eigentlichen Naturell entspricht.

"Im Osten hatten wir keine Schraubverschlüsse", sagte Frau Kühne, als ich sie zum Nachtbus brachte, "deshalb geht oft eine Flasche kaputt, wenn mein Freund sie aus dem Kühlschrank nimmt. Ich schraube nie etwas zu, ich könnte es erlernen, aber wozu? Wenn es ihn nervt, wird er es mir schon sagen."

Die Frau Kühne ist schon ein echter Brummer. "Ich bin noch nicht mit dir fertig!" hat sie angeblich mal zu einer Subalternen gesagt. Ich bin froh, dass sie mich mag, aber nicht will. Ich raste ja schon aus, wenn ein Schraubverschluss nur halb zugedreht ist.

Freiheit, die ich meine

Neunundvierzig Kugeln in einer Trommel. Neunundvierzig Zahlen, aus denen wir uns sechs ausgesucht haben. Hochspannung und blanker Nervenkitzel, wenn sich die Trommel in Bewegung setzt. Millionenschwere Bilder rauschen an unseren Augen vorbei, heute ist der Tag der Wahrheit, ab sofort beginnt ein neues Leben. Und dann die blanke Enttäuschung, wieder nichts, aber das Loch, in das wir fallen, ist nicht mehr so tief; weich landen wir auf dem Polster aus Tippscheinen, die wir im Laufe unseres Lebens weggeworfen haben.

Was ist das Wesen des Lottospiels? Worin liegt sein Sinn begründet? Nein, kommen Sie mir jetzt bitte nicht mit Wahrscheinlichkeiten und Zufallsthesen. Wenn jemand 7 Jahre lang an jedem Mittwoch und Samstag die Lottozahlen 1, 3, 4, 7, 9 und 19 tippt (der Zahlenfolge liegt das Geburtsdatum meines Sohnes zugrunde) und nach sieben Jahren an einem Samstag – erstaunlicherweise der Wochentag, an dem mein Sohn den Geburtskanal passierte – die Irrsinnssumme von 128 Mark gewinnt, steht der tiefe Sinn des Lottospiels außer Frage. Da sinniere ich nicht über Zufall und Wahrscheinlichkeit, sondern verbeuge mich in aller Demut vor meinem Herrn und Schöpfer, der es gut mit mir meint. Okay, nicht so gut, dass ich fortan an Bord einer Luxusjacht vor Monaco dümpeln kann und mit der Hilfe einer Vielzahl junger und hoch gewachsener Frauen meine Defizite im Bereich der Mengenlehre ausräumen kann, aber immerhin, eine gewisse Sympathie seinerseits scheint doch vorhanden zu sein.

Mal abgesehen von den 128 Mark: Das Wetten auf besagte und instinktiv festgelegte Zahlenfolge bereitet mir allwöchentlich viel Freude. Wenn ich am Freitagabend im Lottostübchen von Frau Hillbrandt meinen

Tippschein abgebe, weiß ich spätesten beim Hinausgehen, dass die paar Mark Einsatz allemal gerechtfertigt sind. Frau Hillbrandts (mittlerweile computergestütztes) Lottostübchen birgt nämlich einen Geist, den zu beschreiben eine echte Herausforderung ist. Zwekkoptimismus, drohende Verwesung und der allgegenwärtige Duft eines marktführend positionierten Kräuterlikörs, den lottomane Mitbürger hier nach Scheinabgabe erstehen und im Schutze des durch Nikotinabusus konservierten Gewölbes noch vor Passieren des Türrahmens wegsaugen. Wer unter dem Matriarchat von Frau Hillbrandt Lotto spielt, atmet ein gutes und aufschlussreiches Stück Realität, wird entschädigt für allerlei Demütigungen am Arbeitsplatz und therapiert zum Sonderpreis emotionale Defizite ("Frau Hillbrandt, wenn ich gewinne, teilen wir Geld und Leben miteinander, versprochen!")

Wenn Sie Frau Hillbrandt jemals kennen lernen sollten, werden Sie meinen Standpunkt verstehen: Der Sinn des Lottospiels ist nicht der, zu gewinnen. Innerhalb dieses Spiels offenbaren sich lediglich alle Eigenschaften, die den Menschen vom Rhesusäffchen unterscheiden: der Glaube an langfristige Wahrscheinlichkeit, der Glaube an eine höhere Macht und nicht zuletzt der Glaube, dass ganz viel Geld ganz, ganz glücklich macht.

Das Wirtshaus in Damme

Wie bereits in meinem Aufsatz letzter Woche angedeutet, fuhr ich in die Heimat, um das Osterfest in Gesellschaft einer Frau zu verbringen.

Am späten Vormittag des Ostersonntags spazierten wir Arm in Arm durch die Dammer Berge und erzählten uns lange Geschichten. "Wie kommt es nur", fragte ich sie nach einer Weile, "dass mir jedes deiner Worte, ja, dass du selbst mir so vertraut vorkommst?" Die Frau lächelte. "Vielleicht deshalb", entgegnete sie, "weil ich deine Mutter bin?"

Die lange Wanderung, die frische Luft, der Anblick satten Grüns sowie der von Niederwild, das sich hier und da vorsichtig zeigte, hatte uns hungrig gemacht. So kehrten wir gegen Mittag in den Lindenhof ein, ein Restaurant, welches über die Landesgrenzen hinaus für seine feinen Speisen und ausgesuchten Weine bekannt ist.

Gleich beim Eintritt in die Gaststube spürte ich, dass hier die Welt in Ordnung ist. Liebespaare, kinderreiche Familien und einige zufrieden wirkende Einzelgänger hockten an festlich gedeckten Tischen und schmausten. Eine stämmige Bedienstete schmetterte ein kräftiges "Frohe Ostern!" in den Raum, wies uns einen Tisch zu und reichte uns die Speisekarten. Während sich Mutter von der reichhaltigen Auswahl beeindruckt zeigt und laut überlegte, welches Gericht denn wohl das beste sei, genügte mir ein kurzer Blick in die Karte, um meine Entscheidung zu treffen: Moorschnucke!

"Was ist eigentlich eine Moorschnucke?", fragte Mutter, nachdem wir unsere Bestellung aufgegeben hatten. "Ich weiß es nicht", erwiderte ich, "aber das Wort klingt irgendwie kuschelig. Warten wir einfach ab." Auch am Nebentisch herrschte offensichtlich Unklarheit darüber, wer und was die Moorschnucke wohl sei. "Das isch ei so was wie ein Huhn", belehrte ein Herr aus dem Stuttgarter Raum seine Angehörigen, "wo frei lebt, oder?" Die allgemeine Unruhe spürend, trat alsbald die stämmige Bedienstete an den Tisch und klärte die Tafelnden auf. "Die Moorschnucke ist ein ganz junges Lamm, das frei in der Heide lebt und nur natürliche Nahrung bekommt. Das Fleisch ist sehr, sehr zart und schmeckt eigentlich überhaupt nicht nach Lamm, mehr so in Richtung Kalb, wissen Sie?" Jetzt wussten wir.

Zwar schmeckte die Schnucke, die uns eine halbe Stunde später serviert wurde, überaus köstlich, um nicht zu sagen: schnuckelig. Aber so richtig Stimmung wollte nicht aufkommen. Frei in der Heide, jung, zart... Mutter riss mich aus meinen melancholischen Gedanken. "Das war sehr lecker, Bernhard", sagte sie. Ich nickte stumm.

Daheim legte ich mich aufs Sofa und sah im TV ein paar Runden Formel 1, aber wie immer schläferte mich das Geräusch der Motoren ein. Bald träumte ich von jungen Lämmern, die zur Schlachtbank geführt werden, ich sah mich in einer blutroten Robe und hörte mich die Urteile sprechen. Schweißgebadet wachte ich auf. "Du siehst blass aus", sagte Mutter. "Vermutlich Moorschnuckenfieber...", murmelte ich.

Über die Bieglichkeit des Menschen

Es ist mal wieder einer dieser unsäglichen Sonntage. "Die ganze Stadt war wie in Watte gehüllt", würden Konsalik schreiben, und ich stimme ihm zu, weil mir auch kein besseres Bild einfällt. Die Cornflakes wollen nicht schmecken, die kleinen Bananenscheiben, die sonst verlässlich meine Lebensgeister wecken, dümpeln träge in der Milch. Nein, ist nicht mein Tag heute.

Auch der Sohn blickt verschlafen aus seinem Batman-Hausmantel, den er wie immer am Heizkörper auf 40 Grad Betriebstemperatur gebracht. Gleich wird er mich fragen, was wir heute machen, wird auf meine Antwort "Mal sehen..." ungeduldig mit "Was sehen wir?" reagieren. Und da ist sie auch schon, die Frage, heute allerdings mit leichtem Zynismus garniert. "Machen wir was?"

"Ja, wir gehen in den Zirkus!" rufe ich fröhlich und frage mich in der gleichen Sekunde, wer da aus mir spricht. Und bevor ich dem Buben erklären kann, dass fremde Mächte in mir wohnen, die bisweilen ein überzogenes Mitteilungsbedürfnis an den Tag legen, ist der Ausflug schon beschlossene Sache.

Die Wartezeit bis zum Beginn der Vorstellung verbringen wir mit Kartenspiel und Schreibübungen; in etwa zwei Jahren will ich mich zur Ruhe setzen, dann ist es an ihm, das tägliche Brot zu erwirtschaften..

Das Zirkuszelt ist bis auf den letzten Platz gefüllt, hoch oben in der letzten Reihe lassen wir uns nieder. "Wann kommen die Löwen?" fragt der Sohn ungeduldig. Um den Abend nicht frühzeitig zu gefährden, verschweige ich klug, dass der Chinesische Staatszirkus auf den Einsatz von Löwen verzichtet und dass vielmehr der Mensch und seine erstaunliche Beweglichkeit im Zentrum der Vorführung stehen werden. "Später", antworte ich also, und dann geht auch schon das Licht aus. "Ich sehe nichts", sagt der Sohn, und als ich ihm gerade erkläre, dass der Chinese an sich und der Mensch allgemein den kurzfristigen Verzicht auf ausreichende Illumination gern als Element zur Steigerung der Spannung einsetzt, geht das Licht auch schon wieder an und lautes Getrommel setzt ein. In der Folgezeit sitzen wir mit offenem Mund da und staunen über Menschen, die anmutig durch die Lüfte schweben und unaufdringlich darauf hinweisen, dass man auch ohne Gelenke gut über die Runden kommt.

"Warum sind sie so bieglich?" will der Bub wissen, und bevor ich "biegsam" sagen kann, wird mir ganz warm ums Herz. Bieglich ist ein so schönes Wort, das meine aktuellen Lieblingswörter ("Wurstfälscher" und "Samenräuber") ganz locker auf die Plätze verweist. "Sie sind so bieglich, weil sie täglich üben", erkläre ich und spreche "bieglich" ganz laut aus, damit ich das Wort nicht vergesse.

Es treten dann noch ganz viele dieser bieglichen Menschen auf, okay, ein paar Löwen zwischendurch könnte ich jetzt auch vertragen, aber ich werde mich hüten, auch nur ein Wort darüber zu verlieren, schlafende Hunde und staunende Kinder soll man nicht wecken.

Daheim versuche ich, meinen rechten Fuß in den Nacken zu legen, aber so richtig will das nicht gelingen. "Du musst mehr üben, Pabba", bemerkt der Sohn kritisch und springt vom Schrank ins Bett. "War das gut?" fragt er stolz. "Ganz schön bieglich" antworte ich, "ganz schön bieglich." Ein wirklich feines Wort.

Der mit dem Fisch tanzt

"Butzi, Butzi, Buuuttzzziiii! Ja komm! Jaaah, du bist ein ganz, ganz wilder Bursche! Ja und wie er gucken kann! Na komm, komm zu Herrchen, ja, wo ist denn das Fresschen?! Na, das schmeckt ihm aber gut, was?! Guter Butzi!"

Was bisher niemand für möglich halten mochte, hat in jüngster Zeit immer mehr Gestalt angenommen und ist nun wahr geworden: Ich habe ein ganz persönliches und auf völligem Vertrauen basierendes Verhältnis zu meinem Goldfisch aufgebaut. Sobald ich die Küche betrete, rast Butzi mit mächtigem Anlauf (oder sagt man bei Fischen: Anschwimm?) los und knallt mit dem Kopf immer wieder gegen die Scheibe. Ich feuchte dann meinen Finger an, streue etwas Futter darauf und - Sie werden es nicht glauben - verabreiche dem Tier seine Nahrung sozusagen aus der Hand. Ich will nicht protzen, aber das ist bestimmt einzigartig auf der Welt, oder? Okay, Delfine und Killerwale, ja, aber doch nicht Goldfische! Gerade Goldfische, die sind doch als Eigenbrötler geradezu verschrien, oder? Aber nicht mein Butzi, der ist ein richtiger Racker, ein ganz wilder Kerl ist das!

Überhaupt habe ich neuerdings viele und gute Erfahrungen im Umgang mit Tieren gemacht. Zum Beispiel am vergangenen Sonntag, da war ich Zoo, um mal kurz zu sehen, wie denn der Mandrill so den Winter übersteht. Natürlich saß er in seiner warmen Stube; es hatte am Vormittag geschneit, und wenn es schneit, dann – so lautet ein bekanntes westafrikanisches Sprichwort – jagt man keinen Mandrill vor die Tür. Und jetzt kommt's: Unser Mandrillus sphinx steht also aufrecht in einem Haufen Stroh und ist offensichtlich guter Dinge, da sieht er plötzlich mich. Und was macht der Bursche? Er winkt mir zu. Kein Flachs, der Mandrill winkt mir zu! Dreimal! Und zwar mit solch einer echten Herzlichkeit, dass ich fast "Kennen wir uns?" gefragt hätte. Aber das ist noch nicht alles.

Kurze Zeit später stehe ich im Tropenhaus und erkläre meinem Buben, wie die Python ihre Beute würgt, ihr die Knochen bricht und sie dann in einem Stück verschlingt, und gerade erzähle ich weiter, wie ich mal während einer Expedition auf Ceylon von so einer Python bedrängt wurde, da richtet sich die Schlange plötzlich auf und folgt der Bewegung meiner rechten Hand, die ich zwecks eindrucksvoller Untermalung meiner Erzählung in die Höhe recke (...und dann habe ich sie einfach gepackt, schau: etwa so, und einfach zwei feste Knoten in sie reingemacht.").

Dass die Schlange meiner Handbewegung folgte, habe ich zunächst mal für einen blanken Zufall gehalten, aber bei einem zweiten Versuch war dann eindeutig zu sehen, dass die Python exakt allen Bewegungen meiner Hand Aufmerksamkeit schenkte, sich aufrichtete, pendelte, wieder zu Boden sank und so weiter, und so fort. Eine eindrucksvolle Nummer war das, wirklich. Unter dem Beifall von etwa 15 Zoobesuchern verließ ich wenig später das Tropenhaus. "Das war wirklich supergeil toll, Pabba", murmelte mein Sohn. "Du darfst mich Sahib nennen", entgegnete ich sanft.

Eine steile Karriere

Von Zeit zu Zeit habe ich das starke Bedürfnis, mein Leben zu ändern. Ausgelöst wird dieses Gefühl, gänzlich neue Pfade zu beschreiten zu müssen, meist durch

Begegnungen mit Menschen, die mich durch ihre Tätigkeit zum Nachdenken anregen. Sehe ich zum Beispiel einen Straßenmusiker, bekomme ich unweigerlich Lust, mein musikalisches Können noch mehr zu perfektionieren und mit einem Zupfinstrument die Welt zu bereisen. Oder ich sehe eine Ordensschwester und denke darüber nach, ob ich nicht mein Leben gänzlich Gott weihen soll.

Unlängst besuchte ich mit meinem Sohn den Dom. Nach mehreren Fahrten über die Wasserrutsche, einem halbstündigen Autoskooter-Exzess und einem ebenfalls - allerdings unfreiwilligem - ausgedehnten Aufenthalt im Spiegellabyrinth erweckte eine bisher unbekannte Attraktion unsere Aufmerksamkeit: Motorradfahrer in der Steilwand. "Da gehen wir rein, das müssen wir sehen!" jubilierte der Sohn. Schnell waren die Eintrittskarten gelöst, schon standen wir am oberen Rand einer riesigen Holztonne, die in der Höhe 8 und im Durchmesser etwa 9 Meter messen mochte, es mögen aber auch im Durchmesser 8 und in der Höhe 9 Meter gewesen sein, ich bin nicht sonderlich geübt im Schätzen von Raummaßen riesiger Holztonnen.

Alsbald begann die Show, die zu beschreiben einfach sinnlos ist. Man muss das sehen. Und man muss es fühlen: Ich kann mich nicht erinnern, schon einmal solche Mengen Adrenalin produziert zu haben. Gebannt starrte ich auf das dröhnende Spektakel, auch der Sohn schwieg bis zum Schluss andächtig, das schweißnasse Händchen von Vaters Faust fest umschlossen, bisweilen erschrocken vom Rand der Tonne zurückweichend. "Tolle Männer", sagte er, als wir den Ort verließen, "und ganz schön mutig. Stell dir mal vor, wenn du das auch könntest."

Am nächsten Tag erzählte ich meinem Kollegen Ewald von dem Erlebnis und dem daraus resultierenden Wunsch, mich beruflich zu verändern und fortan als Steilwandfahrer zu arbeiten. Und nicht nur das. "Ich werde", fuhr ich fort, "in diesem Zusammenhang all meine bisher ansatzweise entwickelten Fähigkeiten zur Reife bringen und diese in meinen Auftritt als Steilwandfahrer integrieren." Welche Fähigkeiten das denn seien, fragte Ewald interessiert. "Bauchreden, Singen und Banjo spielen. Stell dir das mal in der Steilwand vor! Auf dem Motorrad sitzen, Banjo spielen und..." Ewald unterbrach begeistert. "Bauchsingen! Mach doch Bauchsingen! Und verbinde dir noch die Augen dabei!" Jetzt gab es kein Halten mehr. "Nein, ich werde meinen Sohn in die Nummer integrieren und ihm die Augen verbinden. Im Vorbeifahren werde ich den Zuschauern Gegenstände aus der Tasche ziehen und meinen Sohn die Gegenstände benennen lassen. Oder wir lassen uns von den Leuten fünfstellige Zahlen zurufen und addieren sie. " Ewald nickte. „ Wenn der Kleine dabei auf deinen Schultern steht, ist das eine einwandfreie Sache."

Es sind solche Visionen, die mein Leben bereichern und mich optimistisch in die Zukunft blicken lassen. Wenn Sie, liebe Leserinnen und Leser, die Dimension meiner Zukunftsplanung ermessen möchten, sollten Sie die Gelegenheit nutzen und die Steilwandfahrer auf dem Dom besuchen. Es lohnt sich wirklich.

Ein hübsches Gemüt

"A Beautiful Mind" heißt der Film, dessen Kinostart heute ansteht. Es geht darin, so hat mir die Redaktionsleitung glaubhaft versichert, im weitesten Sinne um Schizophrenie. ("Müsste doch irgendwie dein Thema sein, oder?") Richtig, da fällt mir gleich ein sehr alter Witz ein. "Herr Doktor, ich bin schizophren. Brauche ich da zwei Lohnsteuerkarten?" Und was sagt da der Doktor? "Klar, wenn beide arbeiten..." Ein Brüller, oder?

Schizophrenie ist ein Krankheitsbild, das ich komplett nachvollziehen kann. Etwas in mir will seit etwa acht Wochen überhaupt nicht mehr arbeiten. Ich könnte diesem Bedürfnis jetzt nachkommen, einfach durchgehend in horizontaler Lage verbleiben und der Dinge harren. Warum bin ich nicht der Mensch, der solcherlei Verhalten zulässt? Weil bestimmte Mechanismen weiterhin greifen. Ein Beispiel? Vor etwa drei Jahren habe ich erwogen, meinen rechten Zeigefinger mit Sekundenkleber am Küchenschrank zu fixieren. Lediglich um zu beobachten, was wohl innerhalb der folgenden 36 Stunden passiert. Hab's dann aber doch nicht gemacht, weil ich meinen Sohn aus dem Kinderladen abholen musste.

Mit zunehmendem Alter frage ich mich, wer und was ich wirklich bin. Sie wissen schon: Woher komme ich, wer bin ich, wohin gehe ich? Ich bin im Rahmen meiner diesbezüglichen Überlegungen schon sehr weit gekommen. Momentan gehe ich zum Aldi. Oder sagt man: zu Aldi? Wie auch immer.

Beim Aldi fühle ich mich heimisch. Ich kaufe dort Milch, Konfekt und Bananen. Und ich treffe dort regelmäßig (täglich um 19 Uhr 10, ausgenommen am Montag) auf eine Frau. Sie ist etwa 40 Jahre alt, praktisch gekleidet (Wollmütze, Morgenmantel, Puschen) und stets in ein Selbstgespräch vertieft, so ich ihr begegne. Sie muss ehemals eine rechte Schönheit gewesen und noch immer bemüht sein, diesen Status aufrecht zu erhalten, gepflegte Nagelbetten und ein sorgsam gezogener Lidstrich deuten zweifelsfrei darauf hin. Sie lächelt, so uns unsere Blicke begegnen. Aber sie ist mental umtriebig, keine Frage.

"Du kleiner Mops", sagt sie beispielsweise und herzt ein Stück Weichkäse, das sie dem Kühlregal entnommen hat. Das gefällt mir. Manchmal aber beschimpft sie andere Kunden. "Alles anfassen und wieder hinlegen, jaja, nur zu", sagt sie und schlägt mit der flachen Hand nach denen, deren Kaufverhalten sie erzürnt. Man lässt sie gewähren, raunt vernehmbar "verrückte Alte" und füllt hastig den Warenkorb. Einmal haben Jugendliche die Frau attackiert, ich musste einschreiten und mich schützend über ein Paket Bandnudeln werfen, das ihr aus den Händen gerissen wurde, weil sie das laute Zwiegespräch mit Teigware gesucht hatte.

Was passiert wohl, wenn ich mich jetzt einfach am Verhalten dieser Frau orientiere? Ich frage mich das oft. Wenn ich einfach nur tue, wonach mir der Sinn steht? Pakete mit Frühstücksflocken aufreiße und nachsehe, ob ich die beiden "Herr der Ringe"-Sammelkarten schon besitze? Thunfischbüchsen öffne und rufe "Flipper?! Fliiipppper!?" Ich kenne die Antwort. Man wird mich in Gewahrsam nehmen. Warum? Weil ich keinen Morgenmantel und keine Puschen trage. Weil ich rein äußerlich den Eindruck erwecke, dass ich voll zurechnungsfähig bin. Weil meine Wollmütze farblich auf meine Socken abgestimmt ist.

Ich habe gelernt, die Form zu wahren. Und in Ruhe abzuwarten. Meine Zeit wird kommen.

Tagebuch eines Hochstaplers

Samstag, 9 Uhr 15: Es ist einer dieser irritierenden Sonnenaufgänge, wissen Sie, so ein Sonnenaufgang, den man durch einen schmalen Spalt zwischen den Brokatvorhängen wahrnimmt. Ein feiner Lichtstrahl, reflektiert vom glänzenden Parkett, über den alten Kristallspiegel neben der Kommode direkt ins sich mählich öffnende Auge geleitet. Genevieve, mein französisches Hausmädchen, auf das ich vor Jahren durch die Annonce „Suche abwechslungsreichen Job bei einem stinkreichen Kerl" aufmerksam wurde, zeigt in der letzten Zeit unübersehbare Anzeichen der Unkonzentriertheit, das passiert in dieser Woche schon zum zweiten Mal. Oh, da kommt sie ja schon und öffnete die Vorhänge zur Gänze. „Genevieve, leg dich doch mal einen Moment zu mir. Ich glaube, ich muss mal wieder etwas mit dir schimpfen."

11 Uhr 30: Die Zeit vergeht, schon schlägt die alte Standuhr 11 Uhr 31. „Wie oft schon habe ich dich ge-

beten, das Pendel der Uhr anzuhalten, so du mein Nachtlager richtest?" Genevieve errötet. „Verzeihen sie, Herr", antwortet sie. Chloe, die Schwester von Genevieve, trägt das Tablett mit dem Frühstück herein. „Zieh dir doch bitte zukünftig etwas über", weise ich sie nachsichtig zurecht", noch sommert der Sommer nicht mit aller Kraft, eine Unterkühlung ist schnell eingefangen. Na komm, nicht weinen, leg' dich einfach dazu und wärme dich."

13 Uhr: Wo bleibt Margot, die Erstgeborene der Drillinge? Wahrscheinlich sattelt sie mein treues Pferd Windsor. Das Tier fühlt sich seit einigen Wochen nicht wohl, der Transport von London zu meinem Sommersitz in der Provence hat das Vollblut wohl doch etwas angestrengt. „Das Tier hält eine Menge aus" hat mir Scheich Nassim al Burda il Meyer-Wendeborn seinerzeit beim Kauf versichert. Nun ja, immerhin mache ich seit dem spontanen Erwerb seiner Ölquellen ganz ordentlich Gewinn. Außerdem hat das Tier mittlerweile 500.000 Punkte auf seiner Miles&More-Karte gesammelt. Trotzdem werde ich die Lufthansa wohl am Montag verkaufen.

13 Uhr 50: Der Ausritt tut gut. Jean, mein bester Stallbursche, hält tapfer Schritt. 82 Jahre ist er nun alt und läuft die 14 Kilometer immer noch in einem ordentlichen Tempo. Mein Vater hat mir Jean zu meinem 21. Geburtstag geschenkt. „Den kann ich nicht annehmen", habe ich damals gesagt. Wie gut, dass Vater beharrte. „Gutes Personal ist rar", sagte er damals und lachte in entzückender Art und Weise, eben so, wie nur Waffenhändler in 4. Generation lachen können.

15 Uhr 25: Das Badewasser hat eine angenehme Temperatur. „Oh, ich habe die Seife verloren!" rufe ich laut. Schon ist meine Seifentaucherin Nadine zur Stelle. „Das ist doch keine von diese alte Tricke, Monsieur?" fragt sie neckisch und springt einen gekonnten Salto vom 5-Meter-Brett, das ich unlängst über der Wanne habe errichten lassen.

17 Uhr: Kinder, wie die Zeit vergeht! Jeden Moment muss sich diese Frau namens Naddel bei mir vorstellen Nur sie hat sich auf mein Inserat „Suche exhibitionistisch veranlagte Köchin, die derzeit weder Wohnung noch Job noch Kinder noch Anspruch auf eine Rente hat" gemeldet. Ich werde sie mir sehr genau ansehen, darauf gebe ich E-Mail und Siegel.

7 Uhr 15: Warum kann ich solche Träume nie in Ruhe zu Ende träumen?

Darf ich bitten?

Der Tanz ist, so verrät es uns das Lexikon, eines der ursprünglichsten, naturtriebhaften Ausdrucksmittel des Menschen, seelisch-geistige Vorgänge durch Bewegungen des Körpers oder Gestik und Mimik zu versinnbildlichen. Als Inhaber zweier Tanzabzeichen, die ich bereits in jungen Jahren erwerben konnte und die mich dazu berechtigen, neben Foxtrott, Marsch-Fox und Walzer auch lateinamerikanische Standardtänze sowie Modetänze der 60er und 70er Jahre zu tanzen, möchte ich den aktuellen Anlass nutzen und insbesondere sozial-gehemmten Herren wertvolle Tipps für den Tanz in den Mai geben.

Der erste Schritt ist die Wahl der Partnerin. Überstürzen Sie nichts. Meiden Sie Frauen, die Jogging-Anzüge tragen und am Gürtel kleine Behälter mit isotonischen Getränken mit sich führen. Es sei denn, Sie möchten in Grund und Boden getanzt werden. Nein, studieren Sie die anwesenden Damen ganz in Ruhe. Sitzt die Brünette dort drüben nicht schon zwei Stunden ganz allein am Tisch? Hat sie nicht soeben ihre Schuhe abgestreift? Zupft sie nicht nervös am Blumengesteck, das vor ihr steht? Und sieht sie nicht minütlich auf ihre Armbanduhr? Atmen Sie tief durch, Sie haben den geeigneten Frauentyp entdeckt. Manchmal passiert es allerdings, dass just im Moment des Aufforderns der Verlobte der von Ihnen auserkorenen Frau eintrifft und Ihnen ansatzlos auf die Nase haut - ein Risiko, das wir nie gänzlich ausschließen können, das aber zu tragen sich lohnen kann.

Wie nun fordern Sie auf? Bewährt hat sich die von Generation zu Generation überlieferte Floskel "Darf ich bitten?", die von einer gewissen demütigen Grundhaltung zeugt. 90 Prozent aller Frauen wissen das zu schätzen. Die verbleibenden 10 Prozent reagieren primär auf "Komm, Spatzl, lass knacken!" oder "Na, Püppi, noch nichts abgekriegt?" bzw. "Okay, Purzel, jetz' is' Tango!" Wenn eine derartig angesprochene Frau Ihrer Aufforderung nachkommt, können Sie, so Sie Raucher sind, während des Tanzens die Kippe ruhig im Mund behalten.

Immer wieder schreiben mir Rat suchende Männer, die aufgrund feuchter Hände den Kontakt zu Frauen meiden und speziell die Trägerinnen rückenfreier Kleider nicht berühren mögen. Ich selbst hatte früher dieses Problem und führte deshalb stets ein kleines Tuch aus feinem, saugfähigen Frottee bei mir, das ich beim Tanzen zwischen meine Hand und die Rückenhaut meiner Tanzpartnerin legt. Heute benutze ich Magnesiumpulver, das zudem den Nebeneffekt birgt, die Dame noch fester und sicherer führen zu können.

Die wohl wichtigste Voraussetzung für das Betreten einer Tanzfläche ist der kontrollierte Alkoholgenuss, kommt es doch bisweilen zu stürmischen Drehungen, die sich beim Mann unangenehm auf das Koordinationsvermögen auswirken können. Damit wir uns richtig verstehen: Bei der Frau ist es durchaus erwünscht, wenn nicht sogar eigentlicher Zweck der Übung, dass sie die Kontrolle über Geist und Körper verliert und seltsam verwirrt den Vorschlägen zur weiteren gemeinsamen Gestaltung des Abends bzw. der Nacht willig zustimmt. Unter diesen Aspekten sind "Was machst du denn mit mir?" und "Huch, bei mir dreht sich alles!" sichere Anzeichen dafür, dass Sie auf dem richtigen

Wege sind und den Tanz in den Mai erfolgreich ab-
schließen können.

Mein schönstes Osterfest

Einem alten Brauch folgend, wonach sich der älteste
Sohn zu Ostern bei seiner Mutter ein warmes Hühner-
süppchen und etwas Bargeld abholt, erschien ich am
Ostersonntag 1988 pünktlich zu Mittag bei meiner Mutter. Die Geschwister waren bereits vollzählig versammelt, Neffen und Nichten suchten seit Stunden im
Garten nach Eiern und schokoladigen Überraschungen,
die Sonne schien milde und nachsichtig, es war ein
prächtiger Tag.

Nach dem Essen unterhielt ich mich mit meinem
Bruder über seine Trainerarbeit, den Fußball an sich,
über den Sinn und Zweck der Kirchensteuer und
schließlich über seinen Hund, den er sich vor einiger
Zeit zugelegt hatte. Es handelte sich dabei um ein rein-
rassiges Drahthaarerzeugnis, zur Jagd geboren und auf
den Namen Arko von Schlickersrode hörend. Das ist
ein prächtiger Name für einen kleinen Tollpatsch, der -
bedingt durch seine erst dreimonatige Lebenserfahrung, noch nicht einmal richtig laufen kann. "Er wird
irgendwann ein Stockmaß von 65 Zentimetern erreichen", erklärte mein Bruder stolz. "Ein was?", fragte ich
nach. "Stockmaß", wiederholte mein Bruder geduldig,
"der Abstand zwischen Boden und Widerist des Tie-
res." "Stockmaß, komm doch her!" versuchte ich den
Hund zu locken. "Lass das", wies mich mein Bruder
streng zurecht, "das verwirrt ihn."

Am frühen Nachmittag beschloss die Familie, einen
kleinen Gang zu tun. Die Kinder wollten im Wald Zu-
taten für eine Hexensuppe sammeln, was auch immer
das sein mochte, und mein Bruder gestattete mir großzügig, den Hund an der Leine zu führen. "Wie gut er
farblich zu meinem Mantel passt", bemerkte ich fröhlich, "Stockmaß, komm, bei Fuß." "Nenn ihn doch bitte

183

Arko!" Ein leichter Unwille in der Stimme meines Bruders bestärkte mich im Wissen, auf dem richtigen Weg zu sein. "Ja, Stockmaß, braver Hund!" Mein Bruder schwieg, aber ich sah die kleinen Äderchen an seinen Schläfen schwellen.

Das Kind Zimmerman (warum mein Bruder seine jüngste Tochter so nennt, weiß niemand zu sagen) kam aus dem Unterholz gekrochen, stolz eine tote Maus in die Höhe haltend. "Ah, eine tote Maus! Komm, Stockmaß, die sehen wir uns aus der Nähe an!" Das brachte meinen Bruder endlich aus der Fassung. "Du gibst mir jetzt sofort den Hund! Arko, hierher!" Zeit, etwas Holz ins Feuer zu werfen. "Heißt die Schwester von Arko eigentlich Pads?" Das reichte.

Zwei Sekunden später lief ich gehetzt auf dem Pfad, den ich als junger Indianer oft beschritten hatte. Damals hatte ich immer einen Pfeil vorausgeschickt, dazu blieb nunmehr keine Zeit, war mir doch der Große Weiße Mann auf den Fersen. Er bekam mich in Höhe der alten Eiche zu fassen, an der wir früher den dicken Jürgen so erfolgreich mit Brennnesseln gefoltert hatten.

Wie erwähnt, mein Bruder ist Fußballtrainer, besitzt eine hervorragende Kondition und kein Gewissen. Ich erhielt einen - glücklicherweise schwachen - Tritt in eine dem Osterfest angemessen Körperregion und einen prachtvollen Schlag auf das rechte Ohr. Dann trennte uns meine Mutter. "Ihr benehmt euch wie die Kinder!" wies sie uns scharf zurecht. "Wie zwei junge Hunde", ergänzte meine Schwägerin kopfschüttelnd. "Genau, wie Stockmaß!" bekräftigte ich grinsend. Den folgenden Schlag auf die Nase nahm ich dabei gern in Kauf. Es ist das letzte Wort, das zählt.

Ordnung muss sein

Daumen, Zeigefinger, Daumen, Mittelfinger, Zeigefinger, Mittelfinger, Zeigefinger, Daumen. Na also, geht doch. Es braucht halt eine gewisse Zeit, bis man ein Banjo beherrscht.

"Pabba, wie lange musst du noch üben?" Oh, stimmt ja, ich habe ein Kind. Manchmal vergesse ich das. "Naja, so ungefähr sechs Monate, vielleicht auch sieben." "Und was soll ich in der Zeit machen?" Das ist eine gute Frage, die geradezu nach einer guten Antwort schreit. "Räum doch dein Zimmer auf, das hast du schon lange nicht mehr gemacht."

Es sind solche Antworten, die zur Entfremdung von Sohn und Vater führen. Dabei ist es nun wirklich nicht so, dass ich meinen Sohn vehement zur Ordnung anhalte. Schließlich ist es sein Reich, soll er es doch so einrichten, wie er es für richtig erachtet. Andererseits hat er das Zimmer schon lange nicht mehr aufgeräumt, kürzlich kamen bereits Anfragen der Taliban, ob Bin Laden das Zimmer übergangsweise als Versteck nutzen könne. Ich habe abgelehnt.

"Immer aufräumen, ich hasse das!" Ich mag es, wenn der Kleine auf der Treppe flucht. Und ich liebe dieses klagende "Wo soll ich denn hier anfangen!?" Ehrlich gesagt, ich wüsste es auch nicht. "Pabba, kannst du mir nicht helfen?!"

Ich kann. Ein Kind in Not, zwei Sekunden später stehe ich in seinem Zimmer. "Also gut, fang mit den Tieren an." Es sind etwa 50 Stofftiere, denen das Zimmer als Großgehege dient. Übermütig tollen sie zwischen einer Rennbahn, einer Ritterburg und einem Fort herum. "So, die kommen jetzt hier ins Regal, und zwar nach dem ABC geordnet. Da der Affe, her damit. Und jetzt der Bär, gut. Was kommt jetzt?" Ein suchender Blick. "Hier Pabba, das Zebra." Das darf doch nicht wahr sein!" "Zebra beginnt mit Z! Also, wo kommt es hin?" Das Kinderhirn rattert. "Es kommt ganz zum Schluss, oder?" Sehr gut. Wer hat eigentlich diese Unmengen an Spielzeug angeschafft? "Hier Pabba, die Maus. Weißt du noch, wie wir sie geholt haben?"

Klar weiß ich das. Juli 2000, Raststätte Wildeshausen. Da gab es so einen Automaten, Sie wissen schon, diese Glaskästen mit Greifarm, 2 Mark pro Versuch, ein Tier zu befreien. 28 Mark hat mich der Nager damals gekostet. "Da musstest du es ganz schön oft versuchen, oder?"

Mein Sohn ist ein hochsensibler Knochen, der sofort spürt, wenn seine Worte den Vater tief verletzen. "Aber du hast es immer wieder gemacht, bis es geklappt hat. Weil du ja mein Vater bist. Hier, die Katze! Das war nur ein Versuch, oder?" Stimmt, das war nur ein Versuch, sie lag ganz obenauf, eine Kleinigkeit war das.

Dann stehen alle Tiere im Regal. Rund 25 von Ihnen haben ihr Dasein in diesem Glaskasten an der A1 gefristet, bevor ihre Befreier vorfuhren und sie retteten. Zufrieden schreite ich die Reihe ab.

"Welches Tier soll mit in deinen Sarg?" Herrgott, was ist denn das schon wieder für eine Frage? Okay, ich sehe heute etwas müde aus, aber wer hat dem Jungen erzählt, dass ich sterblich bin? "Der Löwe. Der Löwe soll mit. So, und den Rest schaffst du allein, oder?"

Drei Stunden später, Zeit fürs Bett, noch drei Seiten aus "Der alte Mann und das Meer" vorlesen, dann ist es vollbracht. "Schlaf gut, Pabba. Willst du den Löwen ausprobieren? Kannst du ruhig." Eine gute Idee, nachher hat man ein Tier im Sarg, mit dem man sich nicht versteht. "Aber stell' ihn morgen wieder bei L hin, sonst muss ich schon wieder alles aufräumen." Na also, es geht doch.

Zickenalarm

Seit geraumer Zeit ist auffällig, dass diese jungen Mädchen und solche, die sich noch dafür halten, ihre Oberkörper in eng anliegendes Baumwollgewebe zwängen, welches mit übelsten Attributen bedruckt ist. "Biest", ist da zu lesen, "Flittchen" oder gar "Zicke". Warum tun diese das und solche dieses?

"Die wollen nur auffallen", werden jetzt verkniffen jene murmeln, die von Haus aus ein auffälliges Gebaren ablehnen und froh sind, wenn man sie nicht atmen hört. "Mangelndes Selbstbewusstsein", höre ich laut die Erstsemester des Fachbereichs Psychologie rufen, die derartige Defizite nicht kennen und ihre Kontaktfreudigkeit untermauern, indem sie einem auf dem Weg zur Vorlesung verpennt und frontal ins Auto laufen. Mittlerweile steige ich schon gar nicht mehr aus.

Das folgende Beispiel soll belegen, dass beide Ansichten von geringer ethologischer Relevanz sind. Denn ich habe eine dieser, nein: solcher Frauen getroffen.

Sie war - wie sollte es bei meinem derzeitigen Glück anders sein - nicht sonderlich jung, andererseits aber auch nicht so alt, dass ich das Bedürfnis gehabt hätte, mit ihr über die Riester-Rente zu sprechen oder gar die Neueröffnung eines Bandagen-Geschäftes in Eppendorf als Aufhänger für eine unzulängliche Anmache zu nutzen. Nein, sie war das, was man gemein bzw. frau gemeinhin als einen flotten Herbstbrummer bezeichnet.

Sie hieß - und das sollten Sie mir jetzt einfach mal glauben - Serafina. Das ist nicht nur ein wohlklingender Name, das ist quasi schon eine Verheißung, ein Mantra, ein klanggewordener Wallfahrtsort, wie Sie wollen. Das Gehirn eines Mannes verweigert, so es einen solchen Namen registriert, ohne die kleinste Warnung jegliche nützliche Funktion. Nur wer fest auf einem Barhocker sitzt, darf auf ein Überleben hoffen. Brokat, ätherische Öle, ein Muttermal in der Kniekehle und ein gewalttätiger Halbbruder mit Sprechfehler sind nur vier von mindestens 1.000 möglichen Assoziationen, die den halbwegs gewandten Mann des Wortes heimsuchen, so er den Namen Serafina hört.

Mein Therapeut - dies zur Erklärung meines auf einen Werktag fallenden Aufenthaltes im Pupasch - hatte mir zwei Tage zuvor geraten, ein Etablissement der Güteklasse "Aber Zusammenfrühstück is' ers'mal nich'!" aufzusuchen und dort Kontakt mit Frauen aufzunehmen, deren Triebfeder die Spannung nicht aus übermütig avisierten Verbindlichkeiten bezieht. ("Du musst nichts versprechen, Bernd, niemand zwingt dich, wenige Frauen wollen das überhaupt...")

Zurück zu Serafina und nahe ans Ende der Erzählung: Beim Zuprosten ("Hinein damit, Purzel!") bemerkte ich, dass ihr Thorakalbereich von einem wohl zu heiß gewaschenen Hemdchen mit dem Aufdruck "Komm zu Mutti!" umspannt wurde. Was heißt: bemerkte ich? Es war ein Schock.

Ich weinte in dieser Nacht bitterlich. "Schlampe" wäre okay gewesen. "Zicke" auch. Selbst "Biest" hätte ich verkraftet, gegen Mittag Backware besorgt und marmeladig aufbereitet an ihr Bett getragen. Ich hätte an diesem Abend alles ertragen, aber auf "Komm zu Mutti!" war ich nicht vorbereitet. Was tun? Nun, ich werde abwarten, wie mein neues T-Shirt mit dem Aufdruck "Ich kaufe dir von meinem Ersparten ein Endreihenhaus" ankommt. Was denken Sie?

Valentinstag

Noch vor wenigen Wochen hätte ich meine Kolumne zum Valentinstag mit einem Loblied auf die Liebe begonnen. Nun, derzeit bin ich nicht verliebt. Vor dem Hintergrund einer solchen emotionalen Distanz kann ich mich relativ unbeteiligt und unbedarft auf bloße Fakten stützen und die Dinge beim Namen nennen.

Glaubt man der Überlieferung, so war Valentin ein ebenso armer wie ehrsamer Mönch, der irgendwann ein blindes Mädchen heilte und jenen Blumen zukommen ließ, die auf Hilfe und Trost angewiesen waren. (Ein Konzept, das erst Jahrhunderte später von Fleurop ansatzweise aufgegriffen und im Sinne eines erfolgreichen Marketings materialistisch-konsequent umgesetzt wurde.)

Am 14. Februar 269 - die Älteren unter uns werden sich vielleicht noch daran erinnern - wurde Valentin in Rom enthauptet, hatte er doch entgegen einem ausdrücklichen Verbot von Kaiser Claudius II. ("Traue keine unter 30!") Liebespaare nach christlichem Zeremoniell in den Ehestand versetzt.

In der Mitte des Februars pflegen die Vögel sich zu paaren. War dies der Grund, den 14. Tag des Monats Valentin zu weihen? Ja, glaubt man den Historikern. Auch Juno, einer römischen Göttin mit anspruchsvollem Auftrag (Schützerin von Ehe und Familie, quasi eine Familienministerin), schreibt man ein Urheberrecht zu. Ihr - und auch sterblichen Frauen - wurde an diesem Tag farbenfrohes Gewächs geopfert.

Dieser Brauch setzte sich im Mittelalter in Frankreich und England fort. So war man dort der Meinung, ein Mädchen werde den Kerl heiraten, den es am 14. Februar als ersten Mann erblickt. (Bäcker, Gerichtsvollzieher und Bofrost-Außendienstler profitierten noch heute von dieser These ganz immens.) In England war es Brauch, der Angebeteten einen Liebesbrief ohne Angabe des Absenders zukommen zu lassen, in Frankreich wurden in einer Art Lotterieverfahren "Valentin" und "Valentine" füreinander bestimmt und einem öffentlichen Probe-Verlöbnis unterworfen. (Heute ist dieser Prozess als "Schiffer-Copperfield-Verfahren" bekannt.) Weiterhin galt der Valentinstag als ein Unglückstag für das Vieh, das aus diesem Grunde von körperlicher Arbeit befreit war.

Wie nun kam der Valentinstag zu uns nach Deutschland? Nun, auf dem gleichen Wege, wie uns Schokolade, Seidenstrümpfe und Zigaretten erreichten: Der Ami war's! 1950 - der Großteil deutscher Frauen war ihm bereits hörig - bestimmte er den 14. Februar zum "Tag der offenen Herzen". Die sowjetischen Besatzer gerieten unter Zugzwang und riefen keine 4 Jahre später den "Tag der Mauer" ins Leben. Zu spät, wie wir heute wissen: Die Mauer ist weg, den Valentinstag gibt es noch immer.

Genug der Historie, praktische Anwendung ist gefragt, aufgemerkt, ihr Herren, denn heute ist der 14. Februar. Was ist zu tun? Den Wecker auf 6 Uhr 30 stellen. Im Nackenbereich der Braut, so sie verfügbar ist, eine sanfte Massage initiieren. (Das kann auch ein guter Freund machen, wenn Sie früher raus müssen.) Zärtliche Worte raunen (Muckel, Spatzl oder Täubchen, wahlweise aber auch Luder, Biest oder gar Mops) und dann schnell aufstehen und Frühstück machen. Cornflakes, Milchschnitte oder Steak, egal. Sagen Sie urplötzlich "Ich bin spät dran!" und verlassen Sie fluchtartig das Haus. Warten Sie drei Minuten und kehren Sie dann zurück. Brüllen Sie: "Dein Tiger ist wieder da!" und genießen Sie den Rest des Tages. Nur die Liebe zählt.

Meine Nacht mit Jennifer Lopez
Unlängst überfiel mich ein Traum, der mir intensives und mehrmaliges Beschlafen von Jennifer Lopez ermöglichte.

Zugegeben: Ich war überrascht. Üblicherweise träume ich von ausgedehnten Wanderungen durch das Fichtelgebirge, von eigenverantwortlich durchgeführten Eingriffen am offenen Herzen oder von Gitarren der Marke Gretch, bevorzugterweise aus der Baureihe White Falcon, so etwa 30 Jahre alt, wenig bespielt und im Original-Koffer für etwa 100 Mark auf einem

Flohmarkt angeboten. Ganz nebenbei bemerkt: Wenn Ihnen eine Gitarre der Marke Gretch, bevorzugterweise aus der Serie White Falcon, so etwa 30 Jahre alt, wenig bespielt und im Original-Koffer für etwa 100 Mark auf einem Flohmarkt angeboten wird, bleiben Sie ganz cool. Weisen Sie den Anbieter darauf hin, dass die Saiten schon sehr alt sind und dass Sie deshalb nur 90 Mark zahlen möchten. So etwas zeugt von sehr viel Sachverstand.

Die Lopez ist ein Tier, das kann ich Ihnen versichern. Redete nicht lange drumherum, kam gleich zur Sache. Sie hatte ein paar Drinks intus und wollte es wirklich wissen. Also krabbelte ich unter ihren Mantel und ließ mich ("We have to be vorsichtig, Honey...") von ihr ins Hotel "Chicagoer Hof" einschleusen. „Fräulein Lopez, sie haben da was unter ihrem Mantel", sagte der Nachtportier noch, aber da waren wir schon im Aufzug, der uns raketenschnell in die Präsidentensuite katapultierte.

Wie gesagt, Jennifer war reichlich angeschickert und zauberte uns erst einmal ein paar Bratkartoffeln, ganz lecker waren die, schön kross am Rand, auch gefächerte Gürkchen auf dem Tellerrand fehlten nicht. Während ich noch nach einer annehmbaren Übersetzung des Kompliments "Ganz vorzüglich, Moppelchen!" suchte, hatte Jennymaus - so durfte ich sie mittlerweile nennen - schon ihre Portion aufgefuttert und stiefelte stracks ins Bad. Ob Sie es glauben oder nicht: Ich war ganz schön nervös.

Zehn Minuten später lagen wir in der Kiste. Sie war echt blitzesauber, also knutschte ich sie zunächst mal ordentlich ab. Das fand sie dann auch ziemlich gut.

Anstatt Sie jetzt mit Einzelheiten zu langweilen, möchte ich Ihnen lieber ein paar Tipps allgemeiner Art geben. Schließlich kann es auch Ihnen passieren, dass Sie nur ein Autogramm möchten und wenig später mit den Fingernägeln den eigenen Namen in den Rücken Ihres Idols ritzen müssen. Also immer schön locker bleiben. Niemals den Tag vor dem Abend loben. Wenn sie Jennifer heißt, nennen Sie sie bitte Jennifer. Nicht Madonna, auch dann, wenn die Erinnerung an Madonna sehr stark ist. Ein solcher Versprecher kann den ganzen Abend ruinieren (Freud und Leid liegen oft eng beieinander). Vergessen Sie nicht: Mit einer Frau wie Jennifer Lopez das Lager zu teilen, ist die eine Sache. Eine andere ist es, Lager und Lopez in aufgeräumtem Zustand zu verlassen.

Mein Traum endete gegen 6 Uhr 30. Weil ich noch nicht angekleidet war, drückte die Wecktonwiederholung meines Braun, hüpfte weiterträumend in die Klamotten, hauchte Jenny einen Kuss auf die Stirn und verließ eilig das Hotel.

Der Stoff, aus dem die Träume sind. Ich habe jede Sekunde genossen. Davon zehren wir Kerle bis zu 24 Stunden und leiden anschließend nicht mal unter Jetleg. Jaja, wie gesagt, der Traum spielte in Chicago! 16 Stunden, mit Umsteigen in Amsterdam. Dort traf ich übrigens zwei Nächte - bzw. Träume - später Julia Roberts und musste einen ausgeben. War nämlich schon das dritte Mal.

Sing mir ein Chanson

Aus gegebenem Anlass gilt mein heutiger Aufsatz dem Chanson, also der ursprünglich gesungenen epischen und lyrischen Dichtung, deren Entwicklung vom alten französischen Heldenlied, dem *Chanson de geste,* bis hin zum Volkslied, zum *Chanson populaire, reicht und die sich,* von den Troubadours ausgehend, in der Renaissance zu höchster Blüte entfaltete. Heute versteht man unter Chanson allgemein das Kabarettlied.

Im Gegensatz zum Schlager, den jede Dumpfbacke munter trällern kann, verlangt die Interpretation eines Chansons dem Künstler wesentlich mehr Einsatz und Ausdrucksfähigkeit ab. Grundsätzlich kann man zwar sagen, dass sich Schlager und Chanson rein inhaltlich kaum voneinander unterscheiden, auch beim Chanson geht es fast immer um die Liebe und um das Wetter, wobei aber beim Chanson die besungene Liebe in der Regel eine verzweifelte und aussichtslose ist und das Wetter überwiegend als bewölkt und regnerisch geschildert wird. Ich möchte ihnen das kurz an zwei Textbeispielen verdeutlichen, die ich bisher in der untersten Schreibtischlade verborgen gehalten habe: "Deine Augen sind die Sonne / wie die Kirsche ist dein Mund / doch der Grund, warum ich komme / ist dein Po, der ist schön rund." Zweifelsfrei ein Schlager, der am Ballermann die besten Erfolgsaussichten hätte, oder? Ganz anders würde sich die geschilderte Grundsituation - ein Mann besingt ein erotisches Erlebnis mit einer Frau - innerhalb eines Chansons ausmachen. Obacht, ab geht der Fisch: "Regen zog die Fenster zu / Lippen klagten lustvoll leise / diese Nacht in Malibu / war das Ende meiner Reise." Sie bemerken den Unterschied? Gut, dann können sie jetzt quasi ihr erstes Chanson schreiben, inzwischen werde ich ihnen einige Tricks verraten, die ihnen nachher auf der Bühne bestimmt helfen werden.

Wenn sie ein Mann sind, benötigen sie eigentlich nur einen Schal und zwei Schachteln Zigaretten, um als Chansonnier ernst genommen zu werden. Den Schal legen sie einfach locker um den Hals, die Zigaretten qualmen sie während ihres Vortrages munter weg. Charles Aznavour hat auf diese Weise eine unglaubliche Kohle gemacht.

Auch die ambitionierte Chansonnette kommt mit relativ simplen Hilfsmitteln aus. Ein langes Kleid, entweder vorn bis zum Nabel oder rückseitig bis zum Kreuzbein ausgeschnitten, und eine einzelne Blume in der Hand, wahlweise eine rote Rose oder eine weiße Chrysantheme, sind bestens geeignet, den Vortrag emotional zu unterstreichen.

Besondere gesangliche Fähigkeiten sind beim Chanson nicht gefordert. Ein gutes Beispiel ist da Hilde

Knef, deren unrhythmischer Sprechgesang bis heute unerreicht ist. Im Prinzip geht es beim Chanson eigentlich nur darum, dass sie bestimmte Wörter (z.B. Vater, Mauer, Blitz, Lachen und Abszess) laut und scharf intonieren, andere wiederum flüsternd und zaghaft ausstoßen (z.B. Haut, Gedanke, Kuss, Gras und Appendektomie). Schauen sie während ihres Auftritts möglichst nachdenklich aus der Wäsche, heben sie beschwichtigend die Hand, wenn Beifall zu eskalieren droht. Wo auch immer sie sind, sagen sie, dass sie diese Stadt lieben und dass Jacques Brel einen enormen Einfluss auf sie hatte. Damit sind sie automatisch auf der sicheren Seite.

Man wird doch träumen dürfen

"...und damit gebe ich jetzt direkt nach Hamburg zu Werner Hansch, der hat sich nicht nur das neue Stadion gründlich angesehen."

"Ja, meine Damen und Herren, hereinspaziert, hereinspaziert, hier in die neue Heiligengeist-Arena, und willkommen in der neuen Heimat des FC. St. Pauli! 99.000 Zuschauer, ausverkaufte Hütte - eine ideale Kulisse für das erste Spiel des Wiederaufsteigers in der neuen Saison 2003/2004. Gerade ist "Hell's Bells" verklungen, da hatten hier alle eine richtige Gänsehaut, jaaaa, auch die letzten Zweifler werden jetzt wohl endlich überzeugt sein, dass es richtig war, diesen 50 Meter hohen Glockenturm direkt hinter der neuen Nordkurve zu bauen, und der kleine Angus Young selbst hat ja die drei Tonnen schwere Glocke aus purem Gold mit einem Knopfdruck in Bewegung gesetzt, nach dem Spiel wird er ja hier mit seiner Band AC/DC ein Freikonzert geben, zusammen mit den 2600 Tenören, die hier Lieder von Hans Albers singen werden, und das passt ja hierher.

Die Atmosphäre hier ist einfach riesig, das hat mir St. Pauli-Trainer Klaus Toppmöller noch vorhin im VIP-

Bereich gesagt, da kommt kein anderes Stadion mit, meinte er, ganz entspannt hat er gewirkt, sooo, als ob das alles ganz normal wäre. Gerade da gab es ja im Vorfeld viieeele Diskussionen, aber erst gestern hat ja ausgerechnet Schalke-Manager Rudi Assauer dem Verein zu eben diesem Bereich gratuliert und diesen Muuuut gelobt, dieses neue Marketing-Konzept zu probieren und hier ein großzügig angelegtes Bordell zu integrieren, um den Zuschauern bei schwachen Spielen zumindest eine kleine Alternative zu bieten, wie der Rudi augenzwinkernd gesagt hat, jaa, der Assauer, das ist schon ein Fuchs.

Aber, mit einem schwachen Spiel ist heute nicht zu rechnen, der FC. St. Pauli kann mit der ersten Garnitur auflaufen, Van Nistelroy ist rechtzeitig fit geworden, Beckhams Rückenprobleme sind behoben und auch Henry hat inzwischen zur Mannschaft gefunden, wie mir Co-Trainer Hitzfeld vor dem Spiel erklärt hat, ganz zuversichtlich hat er das gesagt.

Man muss sich das vorstellen: Da steigt ein Club in die zweite Liga ab und dann gewinnt er alle Spiele und steigt direkt wieder auf. Und inzwischen sammelt ein ganzer Stadtteil Geld und steckt es in den Bau eines neuen Stadions, kauft vom Rest neue Spieler und sackt dann auch noch den Wunschtrainer ein. Das muss erst mal einer nachmachen, auf die Idee muss man erst mal kommen.

Natürlich gibt's da auch die üblichen Zweifler, da geht bestimmt ein Stück Fußballkultur verloren, haben ein paar Leute gesagt, aber diese ewigen Meckerer kennt man ja, die gibt es überall, nicht nur hier in Hamburg, die gibt es auch in München, in Stuttgart, die gibt es überall, meine Damen und Herren, da lassen wir uns jetzt mal die Freude nicht verderben, schauen sie mal, wie auch der Frank Rost lacht, der hat heute den Vorzug vor Jörg Butt bekommen, auch Oliver Kahn, der ja hier noch seine Karriere hier beenden will, ja schauen sie mal, wie der sich freut!

So, und nachdem wir jetzt hier die Atmosphäre ge-
schnuppert haben, machen wir noch mal ganz kurz
Werbung, und dann sehen wir mal, ob der FC. St. Pauli
mit seiner neuen Rolle zurecht kommt. Bis gleich."

Die Tiefe des Raumes

1966 lebte ich - wie es sich für einen elfjährigen Jungen schickte - bei meinen Eltern in Kroge-Ehrendorf,
einem Juwel unter den zahlreichen Dörfern Südoldenburgs, und war überwiegend damit beschäftigt, den
schulischen Anforderungen gerecht zu werden und so
die Grundlage für das Studium der Humanmedizin zu
legen, um später als Herzchirurg die Lebenserwartung
meiner Eltern und Geschwister verlängern zu können
("Ich komme dann immer am Wochenende und ope-
riere euch, ja?").

Es war ein schönes Häuschen, in dem wir da seit
drei Jahren lebten, und die Eltern taten alles, um sich
und uns Kindern ein wohnliches Umfeld zu schaffen.
Die Inneneinrichtung oblag meiner Mutter, die ein
gottgegebenes Verständnis für Raumaufteilung besaß
und vier Kinderbetten auf 16 Quadratmeter verteilen
konnte, ohne in uns ein Gefühl von Enge und Einge-
schränktheit auszulösen. Mutter war es auch, die den
weißen Porzellanpferdchen ihren Platz auf dem Fernseher zuwies, sie war es, die Vater mahnte, nicht mehr
als 10 Hufeisen im Hausflur aufzuhängen und den
Treppenaufgang nicht mit Wandschmuck aus hölzernen Wagenrädern komplett zu blok-kieren. Vater folgte
den Anweisungen meiner Mutter stets willig, erbat sich
aber die Freiheit, seine Leidenschaft für landwirtschaft-
liche Accessoires zumindest auf der Terrasse ausleben
zu dürfen, was ihm auch gewährt wurde.

Waren also Innenarchitektur und dekorative Raum-
gestaltung die anerkannten Domänen meiner Mutter, so
konnte Vater seine kreativen Ambitionen im Außenbe-
reich uneingeschränkt ausleben. Die Mittel, die dabei

zum Einsatz kamen, lassen sich in einem Wort zusammenfassen: Beton. Vater liebte Beton, bevorzugterweise in Form von Platten mit den Maßen 30 x 30, alternativ 50 x 50. Fast jeden Abend brachte er fünf bis zehn dieser Elemente heim, Geschenke seines Chefs, in dessen Betonwerk mein Vater als Betriebsmechaniker tätig war. Die Platten wurden hinter dem Haus sorgfältig gestapelt und täglich gezählt. Irgendwann am Ende eines Monats hörte man Vater dann "Klasse, 240 Stück" murmeln.

Die Möglichkeiten, mit quadratischen Betonplatten architektonische Glanzpunkte zu setzen, sind nachweislich sehr beschränkt. Man muss meinem Vater zugute halten, dass er erst gar nicht versuchte, hier in neue Dimensionen vorzustoßen. Er pflasterte einfach konsequent das Grundstück zu.

Einem Stellplatz für den Wagen folgten zunächst fünf Stellplätze für Fahrräder und eine etwa 60 Quadratmeter große Fläche vor der Garage (Zitat: "Da springt euer Ball viel besser."). Bereits ein halbes Jahr später waren die ersten sechs Gemüsebeete eingeebnet, 1967 lebten wir dann ausschließlich von Konserven. Die Rasenfläche wurde innerhalb von 16 Monaten von 520 auf 70 Quadratmeter reduziert, eine Fläche, in deren Zentrum irgendwann ein Springbrunnen stand, den Vater aus Betonplattenbruchstücken zusammengemauert hatte. Was schlussendlich blieb, war eine Grasfläche in der Größe einer Tischtennisplatte. "Jetzt kommt der Rasen viel besser zur Geltung", sagte Vater zufrieden, "oder?" Wir widersprachen nicht.

Bernd Möhlmann, Jahrgang 1955, Sohn einer Schneiderin und eines Hufschmieds, wuchs in Kroge-Ehrendorf, gelegen im Herzen Südoldenburgs, auf. Er verließ das Dorf, um in Hamburg sein Glück zu finden, wozu der Verkauf dieses Buches maßgeblich beitragen soll.

Weitere Informationen finden Sie unter

www.berndmoehlmann.com

Hier habe ich Ihnen Raum für persönliche Notizen eingerichtet. Zum Beispiel können Sie eintragen, wem Sie dieses Buch empfohlen oder geschenkt haben.